SI TU ME LIS...

KATY LOUTZENHISER

SI TU ME LIS…

Traduit de l'anglais (États-Unis)
par Virginie Cantin

POCKET JEUNESSE
PKJ·

Titre original :
If You're Out There

Collection « Territoires » dirigée
par Pauline Mardoc

Loi n° 49 956 du 16 juillet 1949 sur les publications
destinées à la jeunesse : février 2021

ISBN : 978-2-266-29681-6
Dépôt légal : février 2021

À mes lumineux,
à tous les amis, à tous les guerriers du monde.

De : Zan Martini
<martiniweenybikini12@gmail.com>
À : Priya Patel
<priyajesuismoiettoitaistoi514@gmail.com>
Date : Vendredi 6 juillet, 23 : 32
Objet : JE ME DROGUE MAINTENANT ! UNE VRAIE JUNKIE !

Mais non, je ne me drogue pas. Je voulais juste capter ton attention. Sérieusement, t'es où ? Lis mes textos, meuf ! Et APPELLE-MOI !

De : Zan Martini
<martiniweenybikini12@gmail.com>
À : Priya Patel
<priyajesuismoiettoitaistoi514@gmail.com>
Date : Samedi 7 juillet, 04 : 09
Objet : JE SUIS ENCEINTE !!

Qui va bientôt être tata ?!

Encore un mensonge. Je ne suis pas enceinte du tout. Il n'y a pas de wifi en Californie ? On a plein de trucs à se raconter ! Comment ça se passe avec Nicholas ? Et l'appartement ? Quand est-ce que je peux venir me baigner dans ta piscine ??? Tu te rends compte que ce sera ta faute si je m'emmerde cette année ? Fais-moi signe !

De : Zan Martini
<martiniweenybikini12@gmail.com>
À : Priya Patel
<priyajesuismoiettoitaistoi514@gmail.com>
Date : Lundi 9 juillet, 22 : 20
Objet : PFFF ! MA SEX TAPE N'EST PLUS EN LIGNE !

OK, promis, cette vanne est la dernière d'une longue et magnifique série. Si ça se trouve, tu es en train de défaire tes cartons et tu n'as pas envie de rigoler (alors que moi, je trouve ça très drôle) : J'avais pensé à des intitulés du style JE FABRIQUE DE LA METH ou MES MST SONT ENFIN GUÉRIES, mais j'ai décidé de t'épargner ça (jusqu'à nouvel ordre, en tout cas !). En plus, la meth, c'était pas crédible. Comparée à toi, je suis nulle en chimie.

Comme tu insistes pour connaître tous les détails de ma vie, sache que je me suis bien éclatée au stage de foot, même si cette fois je n'ai pas fait grand-chose pour remédier à mon célibat chronique (désolée de te décevoir). Demain, je reprends le boulot. Je t'ai dit que

Whit avait emménagé à la maison ? Nous partons dans le Michigan la semaine prochaine. Mais sans toi, ça sera pas pareil…

De : Zan Martini
<martiniweenybikini12@gmail.com>
À : Priya Patel
<priyajesuismoiettoitaistoi514@gmail.com>
Date : Samedi 4 août, 23 : 30
Objet : Salut…

J'ai fait quelque chose de mal ?

1

Mardi 4 septembre

Je n'arrête pas de regarder cette photo. Deux gobelets calés dans le sable et penchés l'un vers l'autre, tels des amoureux contemplant au loin les lumières de la ville sur fond de ciel pastel. C'était au mois de mai, un peu avant son anniversaire, et nous avions passé l'après-midi à faire des bulles de savon au bord du lac, assises sur un vieux tapis de yoga de ma mère et emmitouflées dans nos sweat-shirts.

— Tu sais ce que je trouve bizarre, Zan ?

Les glaçons avaient fondu dans nos cafés glacés vietnamiens. Priya gardait les yeux fermés, le visage offert à la lumière orangée. Elle m'avait appelée par mon vrai prénom, signe qu'elle prenait cette conversation très au sérieux. Sinon, c'était plutôt Zanabanana, ou Zanax, ou Alexander Zamilton.

— Quoi ?

Une main en visière, elle s'est tournée vers moi.

— Tu savais qu'avant de se marier, ma mère avait désigné la tienne pour s'occuper de moi, au cas où…

La bulle que je soufflais a éclaté à l'instant où j'ai desserré les lèvres.

— Non, je n'étais pas au courant.

— Vous m'auriez recueillie s'il était arrivé quelque chose à mes parents, tu crois ?

Je me suis sentie mal à l'aise avant même qu'elle ajoute :

— J'en doute… Vous êtes déjà nombreux, chez toi.

Elle s'est allongée sur le ventre.

— Imagine ! On aurait été… comme des sœurs ?

Je me suis laissée tomber près d'elle.

— On est déjà comme des sœurs !

Elle n'était pas très en forme, ce jour-là. Mais quand elle a souri en disant « t'as raison ! », je l'ai crue sincère. Elle s'est penchée pour prendre une gorgée sans toucher son gobelet.

— De toute façon, toi et moi, c'était écrit…

— Alejandra ?

Un léger toussotement m'arrache à la contemplation de la photo prise au bord du lac.

— Alejandra ?

Je ne reconnais pas tout de suite mon nom en espagnol, inscrit sur mon badge et surligné au stabilo. Devant moi, *Señora* O'Connell fixe le portable posé en évidence sur l'ourlet effiloché de mon short en jean.

Un dernier coup d'œil à mon écran, et je glisse le téléphone dans mon sac à dos.

— Désolée… Euh… je veux dire, *lo siento.*

Señora O'Connell laisse échapper un léger soupir, mais n'insiste pas. Elle regagne le grand tableau blanc et y trace de grandes lettres, sa queue de cheval rousse d'Irlandaise pur jus ondulant au rythme de sa voix.

L'espagnol n'est pas sa langue maternelle, et son accent laisse vraiment à désirer.

J'ai un peu pitié d'elle. Elle est nouvelle et personne ne l'écoute. Devant moi, Skye et Ying, de l'équipe féminine de football du lycée, bavardent à voix basse, tandis qu'Eddy Hays, le rigolo de service, n'essaye même pas de cacher qu'il s'apprête à faire la sieste sur son bureau, les bras repliés en guise d'oreiller. Moi aussi, j'ai l'impression d'être nouvelle, ici. Mes plus vieux amis ont passé leur bac et quitté le lycée. Quant à Priya… l'année risque d'être longue, sans elle.

J'observe Eddy, un peu impressionnée quand même par son sommeil profond, quand il émerge soudain – avec difficulté.

— Salut, Zan. Où est ta moitié ?

Ces mots me font mal.

— Elle a déménagé.

Señora O'Connell s'interrompt, regarde la classe, puis consulte l'horloge : encore dix minutes avant la sonnerie. Ses épaules se détendent légèrement tandis qu'elle repasse à l'anglais pour s'adresser à un élève assis au premier rang.

— Tu peux distribuer ça, s'il te plaît ?

— Bonjour !

Un mec tout en jambes et légèrement voûté, les cheveux blonds trop longs noués en catogan, vient d'entrer.

— Je crois que je suis dans la bonne classe, cette fois. Je suis allé par erreur dans un cours avancé et j'étais complètement largué.

Il aperçoit Eddy, qui a repris sa sieste.

— Ici, ça a l'air d'être plus… mon rythme.

La *Señora* resserre les pans de son gilet.

— Je préfère ne pas prendre ça personnellement, mais bon… *¡Bienvenido!*

En s'approchant pour coller une étiquette sur la poche de sa chemise, elle fait tomber son marqueur et je me surprends à fixer la bouche du nouveau venu qui esquisse un sourire amusé.

— *Gracias.*

Nos regards se croisent au moment où il se penche pour ramasser le feutre et ni lui ni moi ne rompons ce contact jusqu'à ce qu'il se tourne vers la prof.

— Tenez…

La *Señora* l'observe un long moment sous ses sourcils froncés.

— Tu es du genre sympa, toi, non ? Je t'en prie, dis-moi que tu es du genre sympa !

Il sourit.

— Oui, je suis sympa.

— Manny ! Où sont mes wraps ?

On dirait qu'une tête de chou rouge a explosé au poste des crudités.

— Manny ?

Dès la fin des cours, je me suis dépêchée comme une folle pour arriver à temps au boulot, fendant la foule des supporters des Cubs qui déferlaient par vagues dans la rue, à la sortie du Red Line.

Au restaurant, c'est le coup de feu, ce soir, et j'ai droit à la corvée d'épluchage alors que mes clients attendent.

Sans cesser de hacher les légumes, je tends le cou.

— Hé ! Il me faut un seitan et un tofu ! Et la table 6 a demandé du rabe de sauce pour le pâté végétal !

Manny retire de la friteuse un panier rempli de courgettes et secoue la tête.

— Je ne comprends pas ces gens…

— Cuisine et tais-toi ! lance Arturo en faisant irruption dans la cuisine.

Manny grommelle quelque chose en espagnol, puis lève un bras tatoué pour monter le volume de sa musique de banda qui, à mes oreilles de gringa, sonne comme un curieux mélange de polka et de mariachi.

Arturo laisse tomber sa besace sur le comptoir, à côté de moi.

— C'est speed, ici.

— Comme tu dis ! Je n'aurais jamais cru qu'il y avait autant de végétariens parmi les fans de base-ball.

Il ricane et essuie ses lunettes maculées de graisse avec le bas de sa chemise à carreaux.

— Ça s'est passé comment, au lycée ? C'était la rentrée, aujourd'hui, non ?

L'expression de mon visage doit me trahir, car il ajoute :

— Aïe… Pauvre Zanny chérie !

— Arrête… dis-je avec nonchalance, dans l'espoir de décourager toute nouvelle marque de compassion.

Je dispose un bac en plastique rempli de chou dans le bar à salades.

— Il va falloir gérer une sérieuse pénurie de légumes, et je ne te parle pas du pâté végétal, qui constitue une urgence absolue ! Au fait, la dame de la 6 le trouve trop sec.

— On se demande bien pourquoi ! marmonne Manny.

— Tu sais que je pourrais te virer, n'est-ce pas ?

La voix d'Arturo couvre les trilles des trompettes.

— Me virer, moi, ton oncle ? T'as pas les *cojones*.

Arturo laisse échapper un soupir résigné.

— Ne travaille jamais en famille, Zan…

Je vais rincer une brassée de concombres dans l'évier.

— En tout cas, famille ou pas, il va falloir embaucher quelqu'un d'autre pour faire la mise en place. Ce n'est pas du tout le boulot d'une serveuse.

— Je sais, répond Arturo, et c'est bien mon intention. Mais je m'étais habitué à…

Il s'interrompt, gêné.

— À quoi ?

— Quand Priya travaillait ici, c'était toujours elle qui s'en occupait. Elle disait que c'était bon pour le moral.

— Ah oui ? Eh bien moi, je trouve ça super chiant !

Arturo éclate de rire.

— Tu as raison. Je vais passer une annonce.

Je reprends mon émincage tandis qu'il ajoute :

— Désolé. Je n'aurais pas dû parler d'elle.

— T'inquiète.

Il hésite, puis sort une enveloppe de sa besace.

— Mais puisqu'on en parle… Ça fait plusieurs fois que sa dernière paye me revient. Elle a dû se tromper dans sa nouvelle adresse, ou alors c'est moi qui l'ai mal notée. Tu l'as, toi ?

La gorge serrée, je m'essuie les mains sur mon tablier et prends mon téléphone. Après une brève recherche, un mail de Priya apparaît, daté du mois de juin. Je sais que je ne devrais pas, mais je le lis quand même.

Voici où tu pourras adresser tes lettres d'amour bi-hebdomadaires : au 418 Bellevue, Appartement C, Santa Monica. Colis de ravitaillement bienvenus. Envoie-moi des gâteaux. Plus qu'une semaine, Zan. Une semaine ! Mais au fait, on pourrait en manger un maintenant, non ? Bouge pas, j'arrive !

Par-dessus mon épaule, Arturo compare l'adresse indiquée sur l'écran à celle qui figure sur l'enveloppe.

— Ça a l'air correct, mais je vais quand même vérifier. Il y a peut-être une erreur de code postal.

Il fronce les sourcils.

— Avec qui tu étais, aujourd'hui ?

Je ne réagis pas tout de suite, encore troublée par ce que je viens de lire.

— Hein ?

— À l'heure du déjeuner, au lycée. Tu étais avec qui ?

Je m'acharne sur mon concombre, évite de peu l'automutilation.

— Oh, je… Il faisait beau, alors je me suis installée sous un arbre.

Je lève les yeux, et Arturo soutient mon regard. Je déteste cette manière qu'il a de fixer les gens. Je crois que ça vient de ses cours d'impro. Ensemble, ils inventent toutes sortes de sketchs à partir de n'importe quel mot, n'importe quelle situation. Ils chantent, aussi. En public. En fait, la vie d'Arturo est mon pire cauchemar.

— Pourquoi tu manges pas avec les filles du foot ?

Agacée, je suspens mon geste.

— L'année dernière, j'étais la seule élève de première dans l'équipe. Tous les autres étaient en terminale. Cette année, les filles du foot sont…

— … plus sympas qu'un arbre, non ?

— Elles ont l'air, en tout cas. J'en saurai plus au printemps, quand les entraînements auront repris. Tu es content ?

Arturo se gratte le menton.

— Je crois que je vais être obligé de réduire tes horaires de travail.

— Quoi ?!

Je lâche mon couteau.

— Attention !

Je regarde mon poing serré autour du manche rattrapé au vol. Une seconde de plus et la lame transperçait les chaussures en toile d'Arturo.

Il me jette un coup d'œil méfiant.

— Tu as de bons réflexes.

— Merci. Désolée.

— Qu'est-ce qu'on disait ?

— Mes heures… Celles que tu ne vas pas me retirer.

Le cœur à cent à l'heure, je place les concombres dans un bac. C'est grâce à ce job que j'ai survécu tout l'été. Il a été ma bouée de sauvetage, ma planche de salut, bref : il m'a aidée à me vider la tête.

Pourtant, tout ici me rappelle Priya. Elle et moi avons cherché ce boulot ensemble, et nous avons été embauchées la semaine où Arturo a commencé comme manager. Dans ce restaurant, nous avons tout partagé : les coups de feu du soir, les clients capricieux, les clichés idiots pris dans des photomatons après un service interminable…

Priya est présente partout. Au lycée, à la plage, dans mon quartier, et à chaque coin de rue… Au restaurant, au moins, je n'ai pas le temps de penser. Parce qu'au restaurant il faut préparer les courgettes, le gaspacho et les wraps au tofu.

— Tu as accepté tous les créneaux que je t'ai proposés cet été, reprend Arturo. Tu n'avais jamais rien de prévu ! Je ne peux pas t'encourager dans cette voie. Tu es beaucoup trop jeune pour vivre en ermite.

Je m'éponge le front avec mon poignet.

— Écoute, je suis débordée, là. On pourrait peut-être…

Arturo enfile des gants et désigne le couteau.

— Tu as raison. Donne-moi ça. Doucement…

— Merci, chef.

Je m'éloigne à la hâte, en dressant dans ma tête la liste de toutes les choses qui me restent à faire. Juste au moment où je jette un coup d'œil dans la salle par l'entrebâillement des portes battantes, Samantha entre, un seau de couverts à la main, et me bouscule.

— Oh ! Désolée, Zan.

Je m'écarte. Le sang bat à mes tempes lorsqu'elle se retourne et crie en direction des fourneaux :

— Manny ! Il me faut des frites de polenta et un burger au quinoa. Au fait, je suis restée plongée dans mes bouquins jusqu'à trois heures du mat', alors vous n'avez pas intérêt à m'énerver, aujourd'hui !

Après ses études de droit, Samantha deviendra sûrement procureure générale ou juge fédérale, ou encore une de ces richissimes stars du barreau. Mais pour l'instant, nous servons des burgers végétariens ensemble.

Elle se penche vers moi.

— Hé, ça va ?

J'arrive à rire malgré la douleur persistante.

Arturo s'approche pour déposer un baiser sur la joue de Sam, qui le laisse faire. Je baisse pudiquement les yeux. Sam déteste les démonstrations d'affection en public.

— Tu as réfléchi à ma proposition ? lui demande Arturo.

— Non.

Je me redresse.

— Quelle proposition ?

— J'essaye de la convaincre de me présenter à sa mère, explique Arturo, avant de se tourner de nouveau vers Sam. Chez les Reyes, on met les petits plats dans les grands à chaque fois que tu viens.

Amusée, je regarde mes adorables collègues se chamailler. Enfin, Sam se dirige vers le poste des crudités.

— Tu veux tuer ma mère, c'est ça ? lance-t-elle à Arturo, sur ses talons. Tu veux avoir sa mort sur la conscience ?

— Et toi, tu veux quoi ? Que je sois coréen, c'est ça ?

— Pas forcément, mais un anesthésiste qui croit en Dieu, ce serait déjà pas mal.

— Laisse-moi au moins une chance… Emmène-la voir un de mes spectacles !

Samantha me jette un de ses regards complices qui font que je l'adore.

— Il croit vraiment qu'il va la séduire avec ça ! Une bande de mecs en chemises à carreaux qui se parlent en langage extraterrestre !

— C'était juste une scène ! proteste Arturo, un peu vexé.

Sam s'adoucit et lui sourit.

— Au fait, il y a une dame qui n'arrête pas de réclamer de la sauce.

— Merde !

Je me précipite pour remplir une saucière et m'apprête à l'apporter à la table lorsque Sam me crie :

— Pendant que tu y es, va prendre une commande ! Reggie. Table 9.

Dans la salle de restaurant bondée, je distribue quelques salades – assorties de copieuses excuses – et la sauce tant attendue, puis je m'avance vers le box où l'officier de police Reginald Brooks a ses habitudes. Il sirote un verre d'eau glacée. Sa radio grésille dans la poche de son uniforme.

Je ne prends même pas la peine de sortir mon calepin.

— Une courgette frite avec un supplément de sauce, un milk-shake vanille-coco, et une salade pour faire plus sain, c'est ça ?

Il se tape sur le ventre.

— On confond souvent à tort nourriture végane et menus basses calories. Ma femme a fini par découvrir l'existence de cet endroit et si tu la croises, je préfère que tu ne lui parles pas du milk-shake. Mieux encore, tu ne m'as jamais vu ici. Nous sommes au régime, en ce moment.

Je lève les yeux au ciel. Mince et musclé, Reggie est en pleine forme. Sa peau bronzée respire la santé.

— Tu peux compter sur moi, Reg !

Il me dévisage.

— Qu'est-ce qui se passe ? Tu n'as pas l'air dans ton assiette.

Et moi qui croyais justement aller mieux !

— Oh… Ça fait un moment qu'on ne s'est pas vus. Ces derniers mois ont été… un peu difficiles.

Je le connais depuis longtemps. J'étais encore au collège quand ma cinglée de mère m'a traînée à la maison de quartier de Lakeview, où Reggie donnait un cours de self-défense. À la fin de l'entraînement, elle a demandé à ce policier – qui était encore pour elle un parfait inconnu – de m'apprendre à boxer. Elle venait juste de se séparer de mon père, à l'époque, et elle avait l'impression que j'avais besoin d'évacuer ma colère.

— C'est drôle qu'on se croise aujourd'hui. Ma mère n'arrête pas de me harceler pour que je reprenne la boxe. Tu connais ses théories sur la catharsis…

Nous échangeons un sourire.

— Je continue à donner des cours de self-défense tous les mardis, explique Reggie. Mais les leçons de boxe sont exclusivement réservées aux ados maigrichonnes dotées de mères très persuasives.

— C'est bon à savoir, dis-je en m'éloignant. J'envoie ta commande.

— Au fait, ton crochet, ça donne quoi, en ce moment ?

J'éclate de rire.

— Aucune idée !

Après une longue marche dans la nuit chaude et humide, l'atmosphère de la maison me paraît légère. Adossée au battant, je savoure un instant le silence.

— Salut !

Dans le salon obscur, Whit et Harrison sont allongés sur le canapé d'angle, leurs deux têtes penchées au-dessus d'un pot de crème glacée.

— On travaille dur, à ce que je vois !

Ils regardent d'un air absent une émission de déco dont j'ai du mal à croire qu'elle intéresse mon petit frère. J'ôte mon tablier sans même en retirer les pièces de monnaie et le laisse tomber sur la table basse où il atterrit avec un bruit sourd.

— On dirait que vous vous êtes battus, tous les deux.

Imitant les adultes, Harrison laisse échapper un soupir exténué.

— Ce soir, on a encore déballé ses cartons ! Huit, en tout !

Il est tout débraillé, mais refait quand même le nœud papillon qu'il a mis pour partir à l'école, ce matin.

— Hé ! proteste Whit, je t'ai acheté de la glace pour te récompenser, non ?

Mon petit frère avale sa cuillerée et la regarde longuement avant de lâcher :

— Maman a raison, tu sais. Tu es maladivement attachée à tes affaires.

Mi-amusée, mi-vexée, Whit demande après un silence :

— C'est ta mère qui a dit ça ?

Elle fronce les sourcils.

— Oh, Alice, tu vas me le payer…

Je m'appuie contre le mur pour retirer mes baskets. Mes orteils sont douloureux après ces longues heures passées à piétiner.

— Où est-elle, au fait ?

— Un de ses patients est en crise, dit Whit, et elle ne sait pas dire non.

Je frissonne sous la bienfaisante caresse de la clim. Whit lève les yeux vers moi.

— Alors ? Comment ça s'est passé, cette rentrée ?

— Comme prévu.

Je vais m'asseoir près de Harr, et Whit me tend le pot de glace.

— Pistache.

Elle est fringuée n'importe comment, aujourd'hui : un pantalon coupé en guise de short et un vieux tee-shirt Flaming Lips de Maman noué sur les côtés.

— Nous avons fait des lasagnes, aussi. Pour les bourreaux de travail.

— Telle mère, telle fille, dis-je en piquant sa cuiller à Harrison.

Whit, qui joue machinalement avec une boucle soyeuse dans les dégradés de brun, lève un sourcil.

— Oui, sauf que la fille n'a pas de crédit immobilier à rembourser, elle.

— Et pas d'amis non plus !

Entre Whit et moi, les choses sont simples, et ça me convient très bien. Elle n'essaye pas de jouer les deuxièmes mamans ou de me remonter le moral. J'ai l'impression que nous sommes encore en phase d'apprivoisement, elle et moi.

Ses yeux se posent sur mes jambes nues, qui brillent légèrement à la lueur de la télévision.

— Tu n'es pas beaucoup sortie, cet été, hein ? Je me fais vraiment du souci pour ton apport en vitamine D.

— Tu exagères ! J'ai pas mal de taches de rousseur, là…

Elle n'a pas tort. À côté de sa peau douce et bronzée, la mienne paraît transparente. Lors de ma conception, les gènes italiens de mon père sont restés muets et je n'ai pas hérité son teint mat. J'ai fini par l'accepter.

— Ta journée a été meilleure que la mienne ?

Whit laisse échapper un long soupir.

— Si on veut ! Je me suis levée à quatre heures du matin et j'ai dû attendre jusqu'à onze heures avant de pouvoir souffler un peu et prendre mon premier café !

— Pas top. C'est chiant de se lever si tôt.

Harr me lance un regard noir.

— Zan, tu as encore dit le mot en « c » !

Whit sourit.

— Mais j'ai mis au monde un petit costaud en parfaite santé, aujourd'hui. Un beau petit garçon de 4,5 kilos. Si tu avais vu la mère… Mince comme un fil ! Sexe faible, mon c…

Elle s'interrompt.

— … mes fesses. Sexe faible, mes fesses !

Je me penche vers mon frère.

— Et toi, tu as passé une bonne journée ? C'est toujours Matilda, ton amoureuse ?

Pas de réponse.

Whit hoche la tête d'un air grave.

— On la déteste, maintenant, dit-elle.

Elle a l'air navré, mais mon frère pouffe de rire et se blottit contre moi. Cette rupture ne semble pas beaucoup l'affecter. Ma joue contre sa tête, j'oublie presque qu'il n'est plus ce petit bébé tout doux fan de tortues, de bonbons Haribo et de Barack Obama.

Un bruit de clés, puis la porte claque au bout du couloir.

— Salut !

Maman passe une tête dans le salon.

— Tiens tiens… Tout le monde est là ! Bonsoir, mes chéris…

Elle se débarrasse de ses escarpins et ôte ses lourds pendants d'oreilles fantaisie mini cuillers et fourchettes.

— On a préparé des lasagnes, dit Harrison. Pour les bourreaux de travail.

Maman lance à Whit un regard amusé avant de se tourner vers moi.

— Alors, ta journée ?

— C'était chiant.

De nouveau, mon frère ouvre la bouche pour protester, et je me frappe le front.

— Désolée !

Maman m'interroge du regard, en mode « Tu veux qu'on s'isole un peu pour en parler ? » et je lui réponds un « Non, c'est bon » silencieux.

— Et toi, fiston ? C'était comment, la rentrée en CE1 ? Désolée, je n'ai pas pu venir te chercher.

— C'est pas grave, répond Harr. Ça s'est bien passé.

— Et avec Matilda ? demande Maman.

Mon frère secoue la tête et Maman fait une moue désolée.

— Mes pauvres chéris…

Une bouffée de son parfum à la noix de coco m'enveloppe quand elle se penche pour donner un rapide baiser à Whit. Elle retire son gilet orange en polaire.

— Je croyais que vous vouliez défaire des cartons, ce soir.

— C'est ce qu'on a fait, gémit Harrison. Huit en tout !

Maman jette un coup d'œil au couloir encombré par des montagnes de cartons.

— Mon Dieu !

— On peut continuer un peu le film maintenant que tu es rentrée ? demande Harr.

Il attrape la télécommande pour reprendre *Mamma Mia !* avec Meryl Streep là où nous l'avions laissé l'autre soir.

Maman le serre contre elle.

— Tu es le fils idéal, toi !

Un grand sourire aux lèvres, Whit délaisse l'écran pour dévorer Maman des yeux. Depuis qu'elle a emménagé, elles ont du mal à cacher leur bonheur, toutes les deux. Leurs amis trouvent qu'on dirait un couple d'ados. Personnellement, je ne vois pas trop le rapport.

Maman a rencontré Whit à la cafétéria de l'hôpital, il y a deux ans, alors qu'elle attendait pour une radio du pied. C'est Ben, le beau-père de Priya, qui était censé passer la chercher cet après-midi-là, mais elle lui a envoyé un texto pour lui dire qu'elle avait trouvé quelqu'un d'autre pour la raccompagner. Je me demande comment font les gens pour se rencontrer, se parler et tomber follement amoureux.

Pendant les premiers mois, nous étions censés croire que Whit était juste une copine. Et puis un soir, alors que nous assistions tous ensemble à un match des Cubs, Harr s'est penché vers Maman et a lâché en désignant Whit de la tête :

— C'est ton amoureuse, pas vrai ?

Maman est devenue rouge comme une tomate, et Whit a failli s'étouffer avec son hot-dog.

Je me lève en entendant mon téléphone biper. Je le sors de sous mon tablier, mais mon espoir est vite déçu. Comme d'habitude. C'est un texto d'Arturo.

Je te pourris la vie, mais j'assume : peux-tu venir travailler demain ? J'imagine que oui,

PUISQUE TU AS FAILLI ME TUER QUAND J'AI PARLÉ DE RÉDUIRE TES HEURES. TU ES EN CONGÉS MARDI ALORS AIDE-MOI ! P-S : ET FAIS-TOI DES AMIS AU LYCÉE, OK ? BIZ.

Je lui réponds.

POUR LES AMIS JE NE TE PROMETS RIEN, MAIS COMPTE SUR MOI DEMAIN. BIZ, BOO

Je vais me servir une portion de lasagnes et récupère au passage mon tablier sur la table basse du salon.

— Tu te couches déjà ? demande Maman, un peu déçue.

— Oui, désolée…

J'ébouriffe les cheveux de Harr et me penche vers Maman, qui me plante un gros bisou sur la joue. Whit se contente de me faire un petit signe de tête. Nous n'avons pas encore de rituel du soir, toutes les deux.

— Fais de beaux rêves ! me lance mon frère alors que je m'engage dans l'escalier.

Une fois ma porte fermée, j'entends encore le brouhaha de la télé, entrecoupé de rires et d'éclats de voix. En me retournant, je ne suis qu'à moitié surprise de découvrir, trônant au beau milieu de ma chambre, une relique de mon passé : mon vieux sac de frappe. Je ne m'en suis pas servie depuis les cours de Reggie – à l'époque où Papa est parti. Maman l'a remonté de la cave et y a collé un post-it.

Cette année, il faut frapper très fort !

J'ébauche un sourire et laisse tomber mon tablier par terre sans même compter mes pourboires. Le sol est jonché de shorts et de tee-shirts en bouchon, vaguement entassés par catégories – « presque propre » et « à laver un de ces 4 ». On dirait la chambre d'un zombie.

Des photos sont collées directement sur les murs vert clair. D'autres, accompagnées de tickets de cinéma et de cartes d'anniversaire humoristiques, tiennent avec des punaises : Pri et moi en automne dans le Michigan, en train de cueillir des pommes… Pri à la plage, sur les épaules de Maman parce que, même à 14 ans, elle était légère comme une plume… Priya et moi au parc, en train de remplir des bombes à eau avec Harr, qui doit avoir à peine 3 ans. Il m'appelait An, et elle, Pee…

Je mange mes lasagnes debout. Elles manquent de sel et de fromage, mais je n'ai pas envie de redescendre. De toute façon, ces derniers temps, mes sens sont un peu émoussés, comme si ce n'était pas vraiment moi qui voyais, qui sentais, qui goûtais les choses…

— Beurk. Assez mangé !

Les rires de Maman et de Whit me parviennent depuis le rez-de-chaussée. Harr qui vient de sortir un truc drôle, sans doute. Je pourrais mettre de la musique pour ne plus les entendre, mais à quoi bon ? Parfois, je me dis que je suis une mauvaise ado. Je ne suis fan d'aucun groupe. Je me contente d'aimer les mêmes choses que Priya – de la pop un peu moins nulle que la pop sucrée « de base », mais pas assez déjantée pour pouvoir dire « leurs premiers albums étaient meilleurs ».

Parmi tout le bazar qui traîne, un objet vert attire mon regard. Mon carnet d'écolière… Cela fait une éternité que je ne l'ai pas eu entre les mains. En l'ouvrant, je découvre des pages couvertes de mon écriture au stylo gel.

LES PRINCIPES DE PRIYA

Dès ses dix ans, Priya inventait de grandes maximes de vie – certaines pertinentes, d'autres carrément bizarres – et un jour, j'ai décidé de les noter toutes. Je souris en tournant les pages du carnet qui a connu des jours meilleurs…

#1
Une fois transformés en bacon, les cochons nous pardonnent.

La première fois que Priya m'a sorti ça, j'ai recraché mon chocolat par le nez. Pour elle, les cochons étaient des créatures assez intelligentes pour se sacrifier au nom de l'excellence. Dans les années qui ont suivi, ce principe a justifié l'unique entorse à son régime strictement végétarien.

#2
Fais beaucoup de câlins, même si ça paraît bizarre.

Nous n'étions pas d'accord là-dessus. Contrairement à moi, Priya se souciait peu de son espace personnel. Quand elle aimait bien quelqu'un, elle le serrait dans ses bras. Et parfois, c'était vraiment bizarre.

Je saute quelques pages, jusqu'au milieu du carnet – vers l'âge de 14 ans.

#126
D'abord le train, ENSUITE le champagne.

Cette maxime fait référence à une erreur que Priya n'avait pas pardonnée à son beau-père. Un jour, il nous avait invitées à un dîner chic avec ses collègues de New York. À la fin de la soirée, dans un élan de générosité, il avait payé pour toute la tablée. Mais, au moment d'acheter nos billets pour rentrer à la maison, sa carte de crédit avait été refusée. Sur le quai, devant les tourniquets, Priya avait paru très déçue. Ce soir-là, on aurait pu croire que c'était elle l'adulte, et Ben, l'enfant.

#127
Méfie-toi des petites phrases qu'on peut lire dans les toilettes, et des gens qui les affichent.

#128
… idem pour les savons en forme d'étoiles de mer,
… les savons à thème en général…
et tout ce qui est nautique.

Je ris tout bas. C'est la mère de Ben qui a inspiré cette maxime à Priya. Je ne l'ai rencontrée que lors de ses rares visites et de mon unique voyage d'une journée en Indiana, où elle habite, mais j'ai souvent entendu parler d'elle. Elle avait l'habitude d'offrir des coussins et des posters avec des pseudo-sagesses orientales écrites en lettres fantaisie – que Priya n'appréciait pas non plus (voir **#129 : Finissons-en avec les lettres fantaisie !**)

Je tourne la page.

#208
… les femmes et les enfants d'abord !

Priya avait fait sienne cette devise de marin. Et je dois reconnaître qu'elle l'a respectée quand elle a rencontré Nicholas Wallace Reid. Elle était très amoureuse et je crois qu'elle ne voulait pas que je me sente reléguée au second plan. Je suis émue de lire les quelques mots qu'elle a griffonnés à côté des miens.

… surtout si la femme en question est Zan.

Je referme violemment le carnet et l'envoie valser à travers la chambre. Il atterrit en douceur sur un tas de linge sale, ce qui me frustre encore plus. Par terre, près de mon lit, mon ordi me nargue. Tous les soirs, lui et moi, nous livrons un combat muet.

Un combat que je perds à chaque fois.

Je me glisse sous les couvertures avec une appréhension familière. Adossée à mon oreiller, j'appuie sur une touche pour rallumer l'écran et découvre deux nouvelles photos. La première représente des pieds aux orteils vernis glissés dans des claquettes. La légende ?

CALIFORNIA DREAMIN. PEUT-ÊTRE QUE RIEN N'ARRIVE PAR HASARD

C'est ça, rajoutes-en ! Et néglige la ponctuation, pendant que tu y es. La seconde photo montre une tarte aux myrtilles posée sur une table, avec l'océan en arrière-plan. La légende me fait si mal que ç'en est presque humiliant.

JE CROIS QUE JE NE REPARTIRAI JAMAIS...

Je passe rapidement aux clichés suivants, que j'ai déjà vus : palmiers, plages et ciels californiens, ils sont très élégants, avec de beaux filtres. Si seulement elle pouvait m'entendre murmurer : « Qu'est-ce que tu fabriques, Pri ? »

Je rabats l'écran et j'éteins la lumière.

2

Jeudi 6 septembre

Je jette mon sac par terre et m'assieds au pied de mon arbre.

— Salut, Zan !

Skye et Ying montent la petite colline engazonnée qui entoure le lycée. Lacey, qui court derrière elles, s'arrête à ma hauteur.

— Hé, salut !

Les mains sur les genoux, la tête baissée, elle reprend son souffle, sa longue queue de cheval châtain ondulant devant elle. Puis elle se redresse brusquement et manque de heurter une branche basse.

— Aïe ! J'ai intérêt à me remettre en forme avant le printemps, ou je passerai la saison sur le banc de touche.

— T'inquiète, tout ira bien.

Nous étions dans la même équipe de football, en primaire. Nous nous sommes liées d'amitié comme le font les jeunes enfants, à la faveur de petites choses insignifiantes. J'aimais bien quand sa mère apportait des quartiers d'orange à l'entraînement. J'adorais sa maison. Nous faisions du trampoline dans son jardin.

Je plisse les yeux, éblouie par la lumière qui perce le feuillage, derrière elle. J'ai l'impression qu'elle me jauge.

Elle désigne du menton le sommet de la colline, où Skye doit déjà être en train de s'allonger au soleil.

— Tu peux venir t'asseoir avec nous, tu sais.

Les amies de Lacey feront sans doute de bonnes coéquipières, mais nos brèves rencontres ne m'ont pas permis de me découvrir de quelconques affinités avec elles.

Skye DeMarco est loin d'être passionnante. Je parie qu'elle est capable de parler des Kardashian pendant une journée entière. Il y a aussi Ying Li, qui fait semblant d'ignorer qu'elle est très jolie et se qualifie souvent d'« horrible ». On est censé jouer son jeu et répondre « Quoi ? Mais pas du tout ! C'est plutôt moi, qui suis horrible ! », puis se flatter mutuellement pendant le reste de nos jours.

— Ça doit être dur pour toi, maintenant que toutes les filles de l'année dernière sont parties, dit Lacey en fronçant le nez, ce qui lui donne l'air d'un joli petit lapin soucieux. Il paraît que Priya a déménagé ?

Je me crispe, mais Lacey fait mine de n'avoir rien remarqué. Elle a les yeux qui brillent, maintenant, comme quand elle attend qu'on lui lâche un scoop en exclusivité. Au collège, elle était spécialiste des ragots croustillants. Je me demande parfois où irait sa loyauté si un jour des rumeurs circulaient sur mon compte.

— Il paraît que Priya et son mec ont une relation à distance ? J'ai vu des photos. Il est à la fac, c'est ça ? Il est canon, dans le genre intello un peu ringard.

— Oui, si on veut.

— J'avoue que ça fait bizarre de te voir sans elle.

— Tu as raison, ça me fait bizarre aussi.

Je parviens miraculeusement à promener un regard nonchalant sur les pelouses alentour.

— C'est vraiment sympa de ta part, Lacey, mais j'ai un truc à lire.

Lacey hausse les épaules.

— Comme tu veux. On se voit en cours d'anglais ?

Une fois seule, je m'adosse à l'écorce et ferme les yeux pour savourer le silence. Une délicieuse brise rafraîchit l'atmosphère étouffante du Midwest et mon corps se détend peu à peu. C'est un de ces longs mois de chaleur qui nous rappelle que Chicago n'est rien d'autre qu'une prairie bétonnée, un plat pays offert au soleil torride. Le seul relief que je connaisse ici est la colline qui entoure le lycée – et en fait un lieu très apprécié des promeneurs. Je sors une boîte de mon sac et prends une bouchée de macaronis aux légumes rapportés du restaurant.

En vérité, je suis soulagée d'être seule. Qui a dit que la solitude était une mauvaise chose ? C'est peut-être un moyen d'y voir plus clair. Et si j'avais juste besoin de me tenir à l'écart du monde pendant quelque temps ?

Je sursaute comme une idiote en entendant biper mon portable.

De : Anushka Jha <anushka.assofees@gmail.com>
À : Yasmine Baker <yasmine.assofees @ gmail.com>, Ben Grissom <ben.assofees@ gmail.com>, Priya Patel <pripatel514@ gmail.com>, Alexandra Martini <alexandra.j.martini@gmail.com>, Caroline Sax <csax34@yahoo.com>
Date : Jeudi 6 Septembre, 12 : 11
Objet : Récoltons des fonds !

Salut à toutes !

Nous, les FÉES (Filles pour l'égalité par l'éducation et la science), sommes ravies de lancer le compte à rebours de notre premier Trimestre d'Été des Bénévoles !

Alors sans préambule… parlons de l'INDE ! Neuf mois, ça peut paraître long, mais n'oubliez pas que nous devons récolter assez d'argent pour couvrir nos frais de vol, de logement, de nourriture, de matériel, et tout le reste pendant six semaines entières ! Pour compléter vos économies personnelles et les fonds déjà récoltés, nous nous réunirons une fois par mois à notre bureau afin d'organiser des événements (vente de gâteaux, ventes aux enchères, lavage de voitures NON DÉGRADANT, etc.). Nous sommes ravis de pouvoir aider à distance tous les non-New-Yorkais. Gardons le cap, et envoyez-nous vos propositions avant la fin du mois, d'accord ?

Pour finir, Yasmine et moi tenons à apporter notre soutien à notre PDG en herbe, Priya Patel. Ce Trimestre d'Été était son bébé, et cette année, avec son beau-père, notre mécène et trésorier, Ben Grissom, elle va poursuivre - et ce n'est qu'un début, nous l'espérons - l'excellent travail initié par sa mère. (Yasmine se penche sur mon épaule et me demande d'arrêter avant de me mettre à chialer, alors je vais en rester là. Mais nous sommes très fières de toi, Priya !)

Bienvenue chez les FÉES, les filles. Et surtout, ne lâchez rien !

XO - Anushka & Yasmine

Avec Priya, au printemps dernier, on n'arrêtait pas de parler de ce voyage en Inde. Mais maintenant… J'avale quelques bouchées, puis décide de leur répondre pour annoncer que je ne viens plus.

Et pourtant…

Si je participais à ce voyage, Priya serait obligée de s'expliquer avec moi. Si ça se trouve, c'est moi qui la fais fuir ? Non, j'exagère. Elle n'est pas du genre à laisser tomber aussi facilement…

Priya n'est allée qu'une seule fois en Inde, avec Sita, quand elle était petite. Des années plus tard, elle gardait encore le vague souvenir de s'être promenée sur Juhu Beach avec ses cousins plus âgés en grignotant du chaat et en profitant du spectacle de la rue. Priya aurait adoré m'emmener en Inde. Elle disait que je kifferais la chaleur étouffante de l'été, les foules, les couleurs. Je savais qu'elle avait hâte d'y retourner.

En tout cas, ce voyage était son projet. C'est elle qui l'avait imaginé, organisé, qui s'était battue pour le mettre sur pied. J'étais là – juste à côté d'elle, sur le canapé – quand elle a défendu sa cause lors d'une des réunions Skype mensuelles du conseil des FÉES.

Ce jour-là, je me rappelle avoir pensé que ma meilleure amie avait vraiment géré.

Ben s'était montré particulièrement sceptique, mais je savais qu'elle arriverait à le convaincre. « Est-ce vraiment ce que ta mère aurait voulu ? » avait-il demandé, installé lui aussi devant son ordi. Malgré le regard noir que Priya lui avait lancé depuis l'autre bout du salon, il avait continué.

« Quoi ? Je me pose des questions, c'est tout. Un voyage caritatif à l'étranger ? Je vois d'ici des jeunes saisir cette occasion pour poster leurs photos, ou gonfler leur CV pour s'inscrire à la fac. Est-ce vraiment notre vocation ? »

Sur notre écran, nous avions vu Yaz et Anushka tiquer. Priya s'était défendue. « Écoute, je comprends tes objections, mais je crois qu'on peut éviter ça en exigeant un réel engagement de la part des participants. Pourquoi ne pas laisser les gens profiter de leur situation privilégiée pour agir ? En aidant les autres comme l'a fait Maman, nous pourrions assurer la relève et poursuivre son action. »

À en juger par leurs sourires, Yaz et Anushka étaient très intéressées.

J'avais tapé sur l'épaule de Priya. Elle avait gagné la partie. Elle m'avait rendu mon sourire avant de se concentrer de nouveau sur son écran. « D'un point de vue pratique, cela pourrait nous aider à nous faire connaître des grandes organisations et à décrocher des subventions. Au lieu d'être une association sur le déclin, nous pourrions devenir une organisation caritative multifacette, engagée dans les échanges culturels.

— Elle a raison, Ben, avait dit Yaz face caméra, tandis qu'Anushka approuvait de la tête. Nous nous sommes dispersées en intégrant de plus en plus d'établissements. Maintenant, il faut trouver de l'argent frais. »

Une fois la *conf call* terminée, j'étais restée dîner et nous avions fait nos devoirs au grenier. Je ne parlais que rarement de la mère de Priya. Je ne voulais surtout pas faire de peine à mon amie. Mais ce soir-là, j'ai pensé qu'il fallait qu'elle l'entende : « Ta mère serait très fière de toi, Pri. » En guise de merci, elle m'avait donné un petit coup d'épaule avant de se replonger dans son manuel.

Je cherche « FÉES » dans mes contacts et j'appelle. J'arrache des poignées d'herbe en attendant que quelqu'un décroche. J'ai très envie de cliquer sur « répondre à tous », mais il est clair que c'est Priya qui ne veut pas de moi. Et comme c'est son projet, je vais leur dire que je ne viens plus. Que ce n'est pas le bon moment. Que je n'arrive pas à réunir la somme nécessaire. Elles se douteront que je mens. Les filles des FÉES sont proches de Priya et connaissent sûrement sa version des faits.

La voix joyeuse d'Anushka retentit dans le combiné.

— Zan ? C'est toi, ma belle ?

Je bégaye.

— Oh… Salut, Anushka.

— J'ai fait des changements au bureau. On a des nouveaux téléphones avec présentation des numéros, maintenant.

— Très bien ? Euh… comment ça va ?

— Oh, comme d'hab ! On n'arrête pas de bosser. Tu as reçu mon mail ? Tu as des idées pour récolter des fonds ?

— Euh, non, pas vraiment.

Elle émet un « psst » de déception.

— Ça fait quoi, d'être séparées ? Comment vous arrivez à survivre, Priya et toi ?

— Eh bien…

Elle n'est pas au courant.

— … ça fait… tout drôle.

— Dis à Pri de nous appeler, OK ? La dernière fois qu'on s'est parlé, c'est quand elle a fait livrer des cupcakes au bacon au bureau pour mon anniversaire. Ils étaient à la fois délicieux et dégueulasses et elle était très contente de son coup.

Je ris en silence.

— Je vois.

— Écoute, il faut que je rappelle Ben tout de suite. Tu as besoin de quelque chose ?

— Oh… Rien d'urgent.

Au moment de raccrocher, j'ai du mal à me ressaisir. Inspire, expire… J'ai la poitrine serrée, les larmes aux yeux. Ça m'arrive de plus en plus souvent, sans que je puisse le contrôler. Une part de moi espérait qu'Anushka saurait. Qu'elle ferait une gaffe et me raconterait tout, ou du moins, me donnerait un indice.

Mon portable vibre et je sèche mes larmes avec la manche de mon sweat à capuche. C'est un texto de Samantha.

Au fond de mon lit avec des crampes de folie. Et comme je ne suis pas la seule absente il n'y a personne en salle. AAAAH ! Je sais que c'est ton jour de pause mais STP dis-moi que tu peux venir bosser après les cours !

Je commence à répondre quand je vois l'heure sur mon écran. La colline est déserte, à part quelques retardataires qui se pressent vers le lycée. Merde, j'ai loupé la sonnerie ! J'attrape mes affaires. Un coup d'œil à mon emploi du temps me confirme que même en me dépêchant, je n'y arriverai jamais.

J'entends du bruit derrière moi. Au loin, un grand mec semble traîner une femme beaucoup plus petite que lui sur l'allée de graviers. En fait, c'est elle qui, cramponnée à son bras, essaye de le tirer comme un vulgaire sac de patates.

— Lâche-moi, Bonnie ! Je ne suis pas un gamin !

— Pourtant, c'est comme ça que tu te comportes, parfois ! répond la femme.

— J'ai pris mon temps pour déjeuner, c'est tout. On peut discuter deux minutes ?

— Non.

Elle râle, mais ne le lâche pas, et il se laisse faire.

— Je ne me suis pas donné tout ce mal pour que tu passes tes journées affalé sur le canapé à regarder des séries !

Ils se rapprochent, et je le reconnais : c'est le nouveau du cours d'espagnol. J'ai été déçue de ne pas le revoir, hier.

— Tu ne devrais pas être au travail, en ce moment ? demande-t-il.

Ils s'arrêtent et il se dégage doucement.

— Écoute, dit-il, je ne sais pas comment ça se fait, mais les gens savent.

Elle marque une pause avant de répliquer :

— Tu sais quoi ? On s'en fiche, de ce que les gens pensent. Qu'ils aillent se faire voir !

La femme essaye à nouveau de lui attraper le bras, mais il la repousse.

— C'est bon, j'y vais...

Je ne peux pas m'empêcher d'épier leur conversation, mais comme ils se rapprochent, je me glisse sans réfléchir entre le mur et la poubelle qui, malheureusement pour moi, est en plein soleil et ne sent pas la rose.

Ils s'arrêtent.

— C'est juste que... tous ces cours, au lycée... je m'en fous complètement, dit le mec.

— Raison de plus pour passer ton bac cette année et en finir une bonne fois pour toutes.

Ils ne sont qu'à quelques pas de moi, et j'ai l'impression de participer à leur conversation. Le tee-shirt plaqué sur mon nez, j'essaye de ne pas faire crisser le gravier.

— Ça va bien se passer, assure la femme. C'est une nouvelle année qui commence. Je vais y aller...

— Très bien.

— Tu vas essayer, au moins ? S'il te plaît ?

— D'accord, soupire-t-il.

— C'est bien, mon garçon. On se voit à la maison.

— Ouais.

Il reste un instant silencieux, puis lui lance :

— Et maintenant, retourne au boulot, au lieu de me harceler !

— J'y vais ! s'écrie-t-elle dans un éclat de rire. Mais sache que je t'ai à l'œil !

Il s'approche, ouvre la porte. J'attends qu'elle se referme, en vain.

Soudain, j'entends sa voix.

— Hé ! Tu peux sortir de derrière la poubelle, maintenant. Tu vas louper ton cours.

Je m'arrête devant la classe de *Señora* O'Connell – je suis la deuxième retardataire de l'après-midi.

— *Ustedes llegan tarde*, dit la prof. Vous êtes en retard.

Le grand blond dégingandé allait au même endroit que moi. Quand je suis sortie de ma cachette/poubelle, toute penaude, il m'a tenu la porte. Au passage, j'ai marmonné un bref « merci » tout en me baissant pour faire mine de renouer mon lacet. J'ai attendu un peu qu'il s'éloigne mais, comme il n'avançait pas vite, je l'ai suivi à distance.

Super louche...

Señora O'Connell nous tend à tous les deux quelques feuilles agrafées.

— Vous avez manqué le cours sur le plus-que-parfait. Dommage, c'était marrant.

Profondément humiliée, j'évite de le regarder.

— Il y a des explications au début de ce document, si vous êtes perdus, ajoute la *Señora*. Et vous pouvez travailler en groupe.

Sans dire un mot, j'attrape mes feuilles et me dépêche d'aller m'installer au fond de la classe.

Señora O'Connell n'a pas lâché les feuilles du grand blond.

— Tu nous as manqué, hier, en cours... Mais on m'a assuré tout à l'heure au téléphone que ça ne se reproduirait pas.

— Ah, c'est vous qui m'avez balancé, murmure-t-il.

— Pardon ?

— Rien. Je suis désolé. Je serai à l'heure, à partir de maintenant. Et à fond. *Yo te prometo.*

— *Yo* le *prometo*, corrige-t-elle. Et moi qui te prenais pour un bon élément !

Le mec sourit légèrement. Il est plutôt mignon. Ce n'est pas que je le mate, mais…

— Allez, au travail ! dit la *Señora*. Sérieusement. *¡Ándale!*

Ses pas se rapprochent… Je me concentre sur ma copie. Puis j'entends grincer la chaise, à côté de moi, et une main apparaît dans mon champ de vision.

— On ne s'est pas présentés. Je m'appelle Logan.

Je marque une pause, puis lève les yeux vers lui et articule au prix d'un immense effort :

— Zan.

Je me revois en train de sortir de derrière cette maudite poubelle. Mais son regard est bienveillant, bien qu'un peu las. J'ai l'impression qu'il m'a pardonné. Sa main est douce et fraîche dans la mienne ; un peu électrique, peut-être.

Pendant qu'il s'installe, je tapote ma feuille avec mon stylo. Puis, tout à coup, ça sort tout seul.

— Tu as dû trouver ça bizarre, non ?

— Quoi ?

Il se frotte le menton en parcourant sa copie, et je me rends compte qu'il se moque de moi.

— Oh… je vois. Tu veux dire… que tu m'espionnes ?

Je me sens rougir, mais je continue.

— C'était ta mère ?

— Ma tante.

— Tu es nouveau.

Comme si ça n'était pas évident !

— Oui.

— Ah…

Je me racle la gorge.

— Vous venez d'arriver dans la région ?

Je remplis quelques blancs sur ma copie. *Yo había hablado* – j'avais parlé. *Tú habías hablado* – tu avais parlé.

— Ma sœur et moi, on est venus vivre chez ma tante, explique-t-il. Avant, on habitait dans l'Indiana.

— Ah…

Je m'interromps de crainte d'être indiscrète. Je pense à Priya et à toutes les questions qu'on lui posait au sujet de Ben, toujours les mêmes. Était-elle une enfant adoptée ? Métis ? Ou placée en famille d'accueil ? Personne ne comprenait pourquoi elle était élevée par un type blanc célibataire. Les gens trouvaient normal qu'elle leur fournisse des explications. Quand on a appris son histoire, tout le monde a éprouvé de la sympathie pour elle et s'est mis à chanter ses louanges. Priya était si courageuse ! Et Ben un mec tellement bien ! Elle n'avait jamais demandé l'avis de personne, ni qu'on lui rappelle à chaque instant que sa mère était morte. Mais les gens ne se rendaient pas compte.

— Personne n'est mort, si c'est ce que tu veux savoir.

— Tu es très cash, hein ?

De nouveau, il fixe sa copie.

— Et encore, ce n'est rien. Si je voulais être encore plus cash, j'ajouterais que tu me trouves hyper attirant.

Je me raidis sur ma chaise.

— Euh… Non, là tu n'es pas cash. Tu délires.

— Rappelle-moi qui s'est caché derrière une poubelle pour me mater ?

— Euh… Désolée, mais si je te regardais, c'est uniquement parce que tu te faisais malmener par une femme deux fois plus petite que toi ! Je ne vais pas te mentir : c'était marrant à voir.

— Continue à te raconter des histoires ! lâche-t-il dans un sourire.

Et s'il avait raison ?

— Parlez moins fort ! râle Eddy Hays, qui émerge de sa sieste.

La *Señora* réagit aussitôt.

— Eduardo, quel plaisir de te voir éveillé ! Tu peux peut-être rejoindre Zan et Logan pour tenter de récolter autre chose qu'un zéro, aujourd'hui.

Il se tourne vers moi, les sourcils froncés.

— Pourquoi pas ? répond-il. Sur quoi vous travaillez ?

— Le plus-que-parfait, comme dans « Tu avais déjà commencé à dormir quand je suis arrivée en cours ».

Il n'a pas l'air de saisir.

— Tu sais, me dit-il, j'ai bien envie de me mettre à la danse de salon avec toi. Tu m'accorderais une valse ?

— Dans tes rêves !

— On n'échappe pas à son passé, Zan.

Je me tourne vers Logan.

— Puisqu'il a l'intention d'évoquer le sujet en ta présence, je préfère prendre les devants. Avec Eddy, quand on était gamins, on a joué au jeu de la bouteille, un jour, pendant une bar-mitsvah. À la fin, j'ai vomi.

— C'est pas vrai ! proteste Eddy, un peu vexé.

Tout à coup, une vague de douleur me submerge. Je m'efforce de la cacher. Le visage de Priya me revient en mémoire – son expression horrifiée quand, avec une grimace, j'ai laissé Eddy m'embrasser, assise en tailleur au milieu des kippas et des boules à facettes.

Comme tous les préados de notre âge, nous avions hâte de savoir comment ça ferait, d'embrasser un garçon. Surtout Priya, toujours prête à tomber amoureuse. Mais ni elle ni moi n'avions envisagé que ce serait Eddy.

Je nous revois chez moi, ce soir-là : moi, en train de me gargariser avec du rince-bouche sous le regard inquiet de Priya, assise sur le bord de la baignoire.

— Il faut qu'on invente un truc, à partir de maintenant, avait-elle déclaré. Un genre de code d'alerte pour dire « Sors-moi de cette galère ! »

J'ai recraché le liquide bleu dans le lavabo.

— Oui, ce serait pas mal.

— Je te propose « myrtille ». J'aime bien les myrtilles.

— Mais c'est un peu compliqué, non ? Comment savoir si tu as une envie de myrtilles ou s'il s'agit d'une situation d'urgence ?

— Tu as raison. Il faut un autre mot pour annuler le premier.

Elle avait réfléchi un instant, tandis que je me brossais vigoureusement les dents pour la seconde fois, puis elle avait proposé :

— Rhinocéros ! Si on veut parler de myrtilles pour de vrai, on ajoute rhinocéros.

— Donc si je dis « myrtille » par erreur, il faut ensuite que je place « rhinocéros » dans la conversation ?

— Oui, c'est ça ! avait répondu Priya, très fière de sa trouvaille.

Retour au présent.

À la salle de classe.

Et à cet abruti d'Eddy, qui me chuchote à l'oreille :

— Mes lèvres te manquent, hein ?

Je le repousse d'une main sur son visage. Il tourne les talons.

— C'est bon, je vais travailler avec Skye et Ying. T'es pas marrante…

— La grande classe, ce mec, dis-je d'un air rêveur. Avec un peu de temps, vous pourriez devenir super copains, tous les deux.

Logan rit, et en voyant ses yeux verts se plisser, je me sens étrangement fière d'avoir provoqué cette réaction chez lui.

— Et toi ? C'est qui tes super potes, à Prewitt High ?

Ma gorge se serre. C'est idiot, mais je ne veux pas qu'il sache à quel point je suis seule.

— Je suis plutôt du genre à papillonner.

— Je vois… Du genre à faire des mystères, aussi. Tu as des plans pour le week-end ? Des fêtes où je pourrais m'incruster ?

Comme je n'aime pas mentir, j'essaye de ne pas trop en dire.

— Je vais rester chez moi, tranquille. La copine de ma mère et mon petit frère veulent redécorer la maison, alors je vais leur donner un coup de main.

J'ai l'impression qu'il tique au mot « copine ». Il ne serait pas le premier. Mais il répond :

— C'est cool. L'une de mes meilleures amies en Indiana a deux mères.

— C'est sympa de me raconter ça, mais ce n'est pas tout à fait mon cas. Whit n'est pas l'un de mes parents. En tout cas, pas encore. J'ai un père. Ma mère et lui ont divorcé quand j'étais plus jeune, parce qu'elle ne voulait plus vivre dans le mensonge.

— Mmh, ça a l'air… compliqué.

Je hausse les épaules.

— Ma mère dit que la vie est un peu moins simple qu'on le voudrait. Et que la sexualité, ce n'est pas noir ou blanc.

Logan fronce un sourcil.

— Moi, je ne suis pas gris, en tous cas.

— C'est très hétéronormatif, de dire ça.

Il sourit, puis désigne du menton mon sac à dos.

— Tu ne décroches pas ?

Je tends l'oreille. Mon téléphone n'arrête pas de biper. Arturo m'a envoyé dix mille textos et à en juger par toutes ces majuscules, le resto est au bord de l'apocalypse culinaire.

Sam n'a dû trouver personne pour la remplacer.

Je réponds vite fait – OUIIIIII j'arrive dès que possible – et repose mon portable avant de me faire choper par la *Señora*.

— Tout va bien ? demande Logan sans cesser de griffonner sur sa copie.

— C'était le boulot. Il faut que j'y aille dès que le cours est terminé. J'imagine qu'il n'y aura pas de bus. Ils sont toujours déviés, les jours de match.

— Je peux te déposer, dit-il. Je suis garé de l'autre côté du parc.

— Euh… tu es sûr ?

Il hausse les épaules.

— Je n'ai rien de mieux à faire. Retrouve-moi à l'entrée, après les cours.

— D'accord, merci.

Je viens vraiment d'accepter ? La règle, c'est de ne pas monter dans la voiture de mecs qu'on ne connaît pas, pourtant. Mais Logan n'a pas l'air d'un psychopathe.

Tout à coup, je lui lance :

— Et toi, c'est quoi, ton problème ? Pourquoi tu te laisses harceler par des petites bonnes femmes ?

— Oh, ça ! Ce n'est rien, juste un jeu entre nous.

— Je suis sérieuse.

— Moi aussi, je suis sérieux, affirme-t-il en donnant de grands coups de crayons sur son cahier. Je n'ai pas de problème. Crois-moi, je suis beaucoup moins intéressant que toi.

En m'approchant, je découvre les superbes arabesques qu'il a dessinées à l'encre noire, dans la marge.

— Je ne te crois pas.

Il surprend mon regard et tourne la page.

Le vélo turquoise est attaché à un poteau, près du parc. Son grand panier métallique est orné d'un gros bouquet de marguerites en plastique qui ondulent au vent. Je consulte mon appli GPS : comme je le craignais, les bus ont été déviés. À pied, le resto est très loin, et le prochain arrêt du L doit se trouver à un kilomètre.

— Tu sais, Logan, quand quelqu'un te propose de te déposer quelque part, ça suppose qu'il a un engin à quatre roues avec un moteur.

— Ne fais pas ta trouillarde ! dit-il en s'accroupissant pour glisser une minuscule clé dans l'antivol. On va bien rigoler.

Je laisse échapper un couinement offensé.

— Je ne suis pas une trouillarde ! Mais par principe, je refuse de m'asseoir là-dedans. Personne ne met Zanny dans un panier !

— Ne sois pas stupide, Zan.

— Stupide ! Si on inversait les rôles ? Je pédale et toi, tu t'installes devant ?

Il se redresse.

— Je te rappelle que je mesure 1 mètre 87.

— Mais non !

Je le regarde de la tête aux pieds, enfin, plutôt des pieds à la tête, avant d'ajouter :

— En plus, je connais le chemin. Et c'est un vélo de femme. C'est donc moi qui dois conduire !

— Qui est hétéronormatif, là ?

Je consulte le dernier texto d'Arturo.

AU SECOURS !! LES VÉGANES ATTAQUENT !

— Tu veux m'aider à aller au boulot, ou pas ?

— Très bien, soupire Logan. Je prendrai le panier. Par solidarité féministe.

À la fois satisfaite et un peu vexée, je passe ma jambe par-dessus le cadre et prends appui contre un banc.

— Vas-y, monte !

Je maintiens l'équilibre tandis qu'il case ses hanches étroites dans le panier, en marmonnant que c'est la dernière fois qu'il me dépose quelque part.

Je démarre en zigzag dans l'allée, debout sur les pédales.

— Un conseil, accroche-toi !

Il tient son sac à dos sur sa poitrine, comme un porte-bébé, et je sens la chaleur de sa peau sous son tee-shirt à chaque fois que je me penche en avant.

Par réflexe, je m'engage dans la rue de Priya et j'ai un pincement au cœur en passant devant chez elle. On dirait que la maison n'est toujours pas louée. La boîte aux lettres déborde et les journaux s'empilent sur le seuil.

J'accélère et prends un virage serré dans Clark Street.

Agrippé au guidon, Logan tourne la tête et me crie :

— Au cas où tu n'aurais pas compris, je préférerais arriver vivant à destination !

Je fais une légère embardée pour éviter un piéton imprudent et Logan se cramponne plus fort encore.

— Sérieux. Je mesure pleinement la fragilité de la vie, en ce moment !

— T'inquiète !

Un camion de pompiers nous frôle et je grimpe un instant sur le trottoir, puis reviens sur la route.

— On va mourir, c'est sûr, dit Logan.

Je l'ignore.

— Ici, c'est Molly's Cupcakes, une super pâtisserie. Ils ont accroché des balançoires au plafond, c'est sympa.

On y allait tout le temps, avec Priya.

Je traverse un carrefour à toute vitesse et Logan laisse échapper un cri étouffé.

— Et là, c'est la crêperie. En été, ils installent des tables avec des nappes à carreaux dehors, dans le patio. On se croirait en France.

Encore un endroit qui me rappelle Priya.

Après un virage serré, nous passons devant quelques friperies. Sur le trottoir, un artiste de rue qui porte des colliers lumineux autour du cou se déchaîne sur un clavier électronique.

— Et lui, c'est une figure du quartier ? demande Logan.

— Le mec aux colliers fluo ? Il est là au moins deux fois par semaine. Même quand il neige !

Bizarrement, ça m'amuse de trimbaler Logan et de discuter comme ça, le nez au vent.

Même s'il est persuadé que je vais nous tuer tous les deux.

Encore un coin de rue, et nous passons devant le petit théâtre où Arturo joue ses spectacles.

— Je t'en supplie, dis-moi qu'on est bientôt arrivés !

— Oui, presque…

Je freine et je m'arrête devant le restaurant.

— Tu es complètement folle ! gémit Logan.

Derrière la vitrine, Arturo essuie une table. Les yeux exorbités, il se précipite vers nous.

— Je sais, je suis en retard, je dis en reprenant mon souffle. Désolée. Les véganes vont tout casser ?

Arturo me rassure tout de suite.

— Non, ça va, j'ai réussi à servir tout le monde. Je suis crevé, mais le coup de feu est passé, maintenant. Tu aurais dû voir la foule, il y a une heure !

Son sourire béat ne me dit rien qui vaille. Il tend la main à Logan.

— Moi, c'est Arturo. Je t'aime déjà. S'il te plaît, tiens lui compagnie ! Elle est horriblement seule.

— Arturo !

— Je ne veux pas dire qu'elle fait pitié ni que c'est une loseuse, insiste mon futur ex-patron sans lâcher la main de Logan. Pas du tout. Zan est super cool pour son âge. Tout le monde l'adore. Mais je te préviens : elle est un peu têtue et autoritaire.

— J'avais remarqué ! Je m'appelle Logan. Enchanté.

Arturo lui donne une tape virile sur l'épaule.

— Tu as faim ?

Je m'empresse de répondre :

— Il allait partir…

Visiblement, ce petit jeu amuse beaucoup Logan.

— Je meurs de faim ! répond-il en soutenant mon regard.

Ravi, Arturo ouvre la porte et nous invite à entrer, tandis que je lâche avec nonchalance :

— Tout est végane, ici. Tu vas détester.

— Je trouverai bien quelque chose qui me plaît.

Il va attacher son vélo, et Arturo en profite pour me glisser :

— Super, ce mec.

— Je vais te tuer…

— Pas grave, ça valait le coup.

Le restaurant est vide, à part une table de quatre qui s'attarde en attendant qu'on vienne encaisser.

— Asseyez-vous, tous les deux. Je vais demander à Manny de vous préparer quelque chose.

Arturo disparaît dans la cuisine, et ramasse au passage les billets des derniers clients.

Logan admire les box pailletés et les murs couverts de posters en tambourinant des doigts sur la table. Au-dessus de nous, la voix d'Ella Fitzgerald s'échappe des haut-parleurs : un vieux tube que mon père adore.

— C'est cool, comme endroit.

J'acquiesce. Soudain, je me sens nerveuse, vulnérable, et même Ella ne parvient pas à m'apaiser. En face de moi, Logan m'observe.

— Alors comme ça…

— Quoi ?

— … t'as pas d'amis ? Je suis flatté que tu fasses une exception pour moi.

Je le regarde, vaincue.

— Ne te moque pas de moi, s'il te plaît.

— Je ne voulais pas…

— T'inquiète. J'aime bien… discuter avec toi, c'est tout. Et je n'ai pas trop envie de parler de mon côté loseuse dépressive qu'a pas d'amis, en ce moment.

— T'es pas du genre à changer tout le temps d'amis, alors ?

— Non, je viens de me faire larguer, c'est tout.

Logan fronce les sourcils.

— S'il t'a larguée, c'est qu'il est nul.

Je souris malgré moi.

— Pas par un mec. Par ma meilleure copine. Mais… merci quand même.

Il se penche vers moi, les coudes plantés sur la table.

— Comment ça s'est passé ?

Son regard franc et clair me pousse à la confidence. J'ignore pourquoi, mais il semble réellement prêt à m'écouter.

— Il ne s'est rien passé, et c'est bien ça le problème. Elle a déménagé. Nous avons pleuré en nous faisant nos adieux, et nous nous sommes promis de nous voir à toutes les vacances. Nous avions même l'intention de partir en Inde après le bac pour faire du bénévolat. Nous en parlions sans arrêt et puis… plus rien. Elle ne décroche pas son téléphone, ne répond ni à mes textos ni à mes mails. Ça fait plusieurs mois qu'elle est partie, et je n'arrive pas à m'en remettre. C'est comme si plus rien n'avait de sens, comme si j'avais perdu tout contrôle.

Logan hoche la tête.

— C'est ça, le danger, quand on aime les gens.

— Tu parles en connaissance de cause ?

— On peut dire ça, oui.

— Il vaut mieux vivre en ermite. C'est moins risqué.

Logan réfléchit, puis suggère :

— Elle est peut-être déprimée ?

— Sa vie n'a pas toujours été facile, mais… Je ne sais pas. D'après ses messages, je n'en ai pas l'impression.

Je prends mon téléphone dans mon sac et me connecte à son compte.

— Au contraire, on dirait même qu'elle prend plaisir à me savoir aussi mal à cause d'elle.

Logan scrute l'écran.

— C'est elle, Priya ? Elle est canon.

Je soupire.

— Adorable.

À son tour, il tape sur son clavier.

— Je lui envoie une demande d'abonnement.

— Quoi ?! Non, arrête !

Il hausse les épaules.

— Trop tard. C'est qui, tous ces gens dont elle parle dans ses posts ?

— Des amis du monde entier : conférences de l'ONU, cours de langue, copains de la danse, des gens que je ne connais pas trop. On ne faisait pas vraiment partie de la même bande. La plupart du temps, on se voyait juste toutes les deux.

Il reprend mon téléphone.

— Elle était amie avec Eddy ?

— Elle tolérait son existence, je dirais.

Logan observe l'écran.

— Mais ils n'étaient pas… proches, tous les deux ?

— Non, pas du tout.

— Son nom, c'est bien Eddy Hays, non ?

— Oui, c'est lui.

Il tourne l'écran vers moi.

— Alors pourquoi elle répond à ses posts avec des petits cœurs ?

— Quoi ? Fais voir !

Priya a posté la photo d'une piscine étincelante dans une vallée désertique. Cinquante likes.

EddytheOnly : Priya, cette piscine est OUF !

thepriyapatel514 : Merci mon pote ♥ Tu me manques !!

Je n'en reviens pas.

— « Tu me manques » ?! C'est quoi, ce truc ?

Le regard de Logan s'éclaire.

— Tu devrais écrire un commentaire, toi aussi. Elle ne peut pas continuer à te bloquer alors qu'elle vient tout juste de répondre à quelqu'un que tu connais, non ?

Je me mets à bégayer.

— Je… je ne peux pas. C'est vraiment bizarre. En plus, elle a déjà ignoré un million de mes messages, alors…

— Alors quoi ? Tu ne fais rien de mal ! Reste simple. Comme si tout allait bien entre vous. Mets-toi à sa place. Ce n'est pas comme un texto. Ça, tout le monde peut le voir ! Pose-lui une question, comme ça elle se sentira obligée de répondre.

De nouveau, il s'empare de mon portable.

— Tu permets ?

— Non !

Je lui prends le téléphone des mains.
— Laisse-moi faire…
Il a raison. Pourquoi pas ? À la suite de son commentaire, je tape :

zanmartini : Trop jalouse ! Je peux venir ?

— Voilà. C'est fait.
Un soupir. Je regrette déjà. C'était vraiment nul. Je devrais effacer ce post. C'est trop tard ?
Arturo s'approche avec deux grandes assiettes.
— Alors… frites de patates douces, houmous de haricots blancs à l'ail avec galettes de pita maison et smoothie aux fruits. Pas mal, hein ?
— Pas mal du tout, répond Logan. Ça a l'air délicieux.
Le ventre noué, je fixe mon portable.
— Vous voulez autre chose ? Zan ?
Sa voix me parvient à travers un brouillard.
— Ça va, Zan ? demande Arturo.
Je l'entends distinctement, cette fois, mais j'ai l'impression d'avoir reçu un coup de poing dans la poitrine.
— Oui. C'est juste que… Priya a répondu.

3

Samedi 8 septembre

Ça n'a aucun sens. Elle a répondu « Ce serait génial ! », j'ai dit « T'es sérieuse ? », elle a répliqué « Bien sûr ! », puis j'ai tapé « On s'appelle ce soir ? ».

Pas de réponse.

Rien du tout.

Pendant deux jours entiers.

Un rayon de soleil filtre à travers les volets. J'ai dormi jusqu'à midi, et j'ai été soulagée de trouver la maison vide quand je suis descendue. J'ai rapporté quelque chose à grignoter dans ma chambre, puis j'ai été prise d'une subite et étrange envie de regarder *Au fil de la vie*[1] en streaming dans mon lit.

Une heure plus tard, le niveau des cookies aux flocons d'avoine et aux raisins continuait de baisser dangereusement dans le pot, et je me préparais mentalement à aborder la partie la plus triste du film. La première fois

1. Film américain réalisé par Garry Marshall, sorti en 1988. (Toutes les notes sont de la traductrice)

que je l'ai vu, avec Priya, j'ai trouvé Barbara Hershey très classe. C'était un dimanche après-midi d'orage, dans son grenier. Nous étions tombées sur le début en zappant sur le câble. Des grêlons gros comme des œufs de pigeon tambourinaient sur le toit, et nous étions rentrées à fond dans cette histoire, emmitouflées sous les couvertures. Du haut de nos douze ans, nous nous étions tout de suite identifiées à Barbara (la plus jolie), mais quand elle est morte, nous avions pensé qu'il était peut-être préférable d'être moins belle mais plus drôle, comme Bette Midler. Pliée en deux, j'avais écouté Priya s'égosiller sur « Wind beneath my wings », la chanson du film. À la fin, nous nous étions promis en essuyant nos larmes de ne plus jamais reparler de ce qui venait de se passer.

À l'époque, nous ne nous connaissions pas encore très bien, mais je sentais que quelque chose de magique était en train de se passer. Entre nous, tout était simple et naturel, comme si notre amitié était une évidence.

C'est Maman et Ben qui nous avaient présentées ; nous n'avions pas vraiment eu le choix. Maman avait aidé Ben à trouver une maison à Chicago, tout près de chez nous, et s'était démenée pour que Priya et lui soient bien installés. Quand ils avaient emménagé, Ben nous avait invités à dîner pour nous remercier. C'était juste avant la rentrée de 5e. Je me souviens d'avoir joué avec Harrison par terre, dans la cuisine, pendant que Maman préparait une salade à emporter chez eux. Elle débordait d'énergie.

Elle avait versé de la vinaigrette dans un bol et l'avait goûtée avec son doigt.

— Dommage que tu n'aies pas mieux connu sa mère. Je sens que vous allez bien vous entendre, Priya et toi. Après tout ce qu'ils ont vécu, les pauvres… Je voudrais vraiment qu'ils se plaisent ici. Priya était si mignonne, toute petite ! Tu te souviens d'elle ?

— Pas vraiment…

En fait, je m'en souvenais, mais notre première rencontre ne s'était pas très bien passée. Je visitais New York avec Maman et nous leur avions donné rendez-vous à Central Park. Priya avait décidé de rester près de sa mère, me laissant chercher des vers de terre toute seule. Alors que j'en étais encore à regarder *Cinq Toutous prêts à tout*, elle était déjà une adulte miniature et dévorait des tonnes de livres. Elle aimait les puzzles et les fringues, et portait souvent un sac à main pour faire comme sa mère. J'étais une enfant plus simple, qui préférait jouer dans la boue.

En allant chez eux avec Maman et Harr dans sa poussette, je me rappelle avoir pensé que je n'avais pas envie qu'on m'impose une nouvelle copine. Mais je sentais à quel point cette soirée comptait pour elle. Elle avait besoin de mieux connaître ces gens-là, d'aider son amie.

Alors, une fois arrivée, j'avais poliment offert à Ben une bouteille de vin et du cidre, puis Maman lui avait tendu sa joue, son grand saladier dans les mains et Harr calé sur sa hanche. Je les avais suivis en traînant les pieds pour la visite de la maison. À côté de moi, Priya, un peu mal à l'aise, écoutait Ben vanter l'agencement de l'appartement et les appareils électroménagers dernier cri.

Quand Ben nous avait montré la terrasse illuminée, c'était comme si Priya et moi nous rencontrions pour la première fois. Je ne savais rien d'elle.

Pendant le dîner, autour de la table en verre du jardin, elle souriait à chaque fois que Harr se levait pour attraper son assiette et se tartiner le visage de banane. Arborant fièrement son tablier de chef, Ben faisait griller de l'espadon, des filets mignons et des burgers végétariens pour un régiment, tout en remplissant de vin le verre de Maman dès qu'elle buvait une gorgée. J'avais remarqué qu'il gesticulait beaucoup en parlant.

Maman, elle, posait une foule de questions, comme elle fait toujours quand elle veut que tout se passe bien.

Priya n'avait pas décroché un mot. Moi non plus.

Pendant que Maman parlait de son métier de thérapeute – ou du moins de ce qu'elle pouvait divulguer – Ben hochait la tête, captivé. À son tour, il nous avait raconté qu'il avait trouvé un boulot dans le centre-ville. Après la faillite de son ancienne entreprise, il s'estimait heureux d'avoir pu rebondir et apportait à distance son aide aux FÉES. Priya et lui aimaient bien leur nouvelle maison et venaient de s'acheter leur première voiture familiale, une Prius. À New York, ils n'en avaient pas besoin.

Au milieu du repas, la conversation avait commencé à se tarir. Entre Maman et Ben, quelqu'un avait laissé un grand vide. Après une longue pause, elle s'était penchée par-dessus la table et avait serré le bras de Priya.

— Mon Dieu, comme tu as grandi !

Elle s'était écartée.

— Mais tu dois à peine te souvenir de moi…

— Si, un peu, avait répondu Priya.

— Il paraît que tu es inscrite dans la même école que Zan. C'est génial ! Sais-tu dans quelle classe ?

Priya avait regardé son assiette.

— Euh… Chez Mme Haggerty.

— Tu entends ça, Boop ? Vous serez dans la même classe !

Au regard que Priya m'avait jeté, j'avais compris qu'elle était aussi gênée que moi.

— C'est super, Maman.

Puis je m'étais tournée vers Priya.

— Il paraît qu'elle est gentille, cette maîtresse.

Toc toc…

Je sursaute, brusquement ramenée à l'instant présent – et à l'écran de mon ordi.

— Boop ?

C'est ma mère. Je ne l'ai pas entendue rentrer.

J'appuie sur la barre d'espace et me redresse dans mon lit.

— Oui ?

Elle passe la tête dans l'entrebâillement de la porte.

— Tu regardes un film avec Bette Midler ?

Je rabats l'écran et pose un oreiller dessus.

— Non.

Maman chasse une mèche rebelle de son visage et jette un regard circulaire sur le désordre de ma chambre.

— Ça va ?

Je hausse les épaules en guise de réponse.

— Tu sais, poursuit-elle en se frayant un chemin à travers les vêtements entassés pour aller ouvrir les rideaux, il fait très beau, dehors. Si tu sors maintenant, tu pourras encore profiter de quelques heures de soleil.

— C'est vrai.

Je ne bouge pas d'un pouce.

— Bon, si tu changes d'avis, je suis là.

Elle aperçoit le pot de cookies.

— Je crois que je vais te les confisquer.
— Comme tu veux.
Maman s'approche et me soulève le menton.
— Je vais bien, je t'assure.
— Désolée, mais d'après mon expérience, quand on dit ça ce n'est jamais bon signe. Et crois-moi, je sais de quoi je parle.
— Ça fera cent cinquante dollars…
Ma plaisanterie ne la fait pas rire. Elle pose sur moi ce regard débordant d'optimisme, et si lumineux qu'il vous ferait presque cligner des yeux, et lance :
— Si on faisait un truc ensemble ? N'importe quoi, ce que tu veux. Un spa ? Une pâtisserie chic ?
Elle attrape mon panier à linge et commence à y fourrer des vêtements qui traînent par terre.
— Mais tu n'as peut-être pas envie de me voir en ce moment ? Tu veux que je sorte pendant quelques heures pour que tu puisses inviter des amis ? Je suis sérieuse, tu sais.
Elle cale le panier contre sa hanche avant d'ajouter :
— Je préférerais que tu te rebelles vraiment plutôt que de te voir comme ça. Ce serait plus sain.
Je m'extirpe de mon lit et lui prends le panier des mains pour aller le poser sur ma commode.
— Désolée de te décevoir, Maman, mais je n'ai pas autant de copains que ça.
Quelques instants plus tard, je sens son menton sur mon épaule. Elle s'est hissée sur la pointe des pieds pour arriver à ma hauteur. Je fais presque dix centimètres de plus qu'elle. Elle a la peau plus foncée que moi et pas de taches de rousseur, mais nous avons les mêmes yeux bleu-gris et les mêmes cheveux châtain-roux. Tout est en demi-teinte, chez nous. Les gens

nous prennent pour des jumelles, mais je crois que Maman a le visage plus rond, plus doux que moi, et cet air radieux auquel personne ne résiste.

Je cède et me laisse aller contre elle.

— Elle me manque, à moi aussi, dit-elle dans mes cheveux.

J'oublie trop facilement que je ne suis pas la seule à l'avoir perdue.

— Peut-être que… c'était trop pour elle. C'est difficile, d'avancer dans la vie sans une mère. Si on ajoute le stress du changement d'école, du déménagement, sans parler des hormones qui perturbent les ados…

Je me retourne.

— Tu me fais un tableau clinique ?

— Non, mais je veux te dire que ce n'est pas ta faute, que ça n'a rien à voir avec toi.

— Je ne sais pas, Maman. Tu crois qu'il n'y a que ça ? Qu'elle est juste… triste ?

Sans oser me regarder, elle répond :

— Elle venait me parler. Parfois.

— Comment ça ?

— Rien de grave, mais il lui arrivait de se confier. Elle me posait des questions sur une époque qu'elle n'avait pas connue, ou qu'elle avait oubliée.

Je regagne mon lit. C'est vrai, Maman et Priya partageaient des souvenirs de cette personne que j'aurais aimé connaître, et pas juste croiser.

Ce qui me rend dingue, c'est de penser que Sita était chez nous le week-end précédant sa mort. Je l'avais vue un peu le vendredi, puis j'étais partie dormir chez Lacey.

Je déteste me rappeler Priya à cette période. Ou Maman, qui était enceinte de Harr et avait les nerfs à vif. Sita venait la voir pour lui remonter le moral. Ce n'est pas sa faute, si son amie a dérapé sur une plaque de verglas en rentrant de Newark, mais j'ai parfois l'impression qu'elle se sent vaguement responsable.

— Écoute, reprend-elle, je ne sais pas ce qu'il se passe dans la tête de Priya, mais j'ai une petite idée. Je crois… qu'elle se cherche. Et parfois, quand on a ce genre de problèmes, on a tendance à se renfermer sur soi. On ressent le besoin de prendre de la distance par rapport à ceux qu'on aime. Pour digérer tout ça. Ensuite, on revient, quand on est prêt. J'observe ça tout le temps, dans mon travail.

— Mais moi, j'aurais pu… essayer de l'aider. Mais ça… c'est pire que tout.

Maman vient s'asseoir près de moi.

— Je sais, et ça me fait mal de te voir comme ça. Hélas, on ne peut pas savoir à l'avance…

— Savoir quoi ?

Ses yeux s'embuent, mais elle sourit.

— À quel point c'est douloureux de perdre un ami.

Je hoche la tête en silence.

— J'aimerais bien me souvenir d'elle.

Maman soupire de cet air à la fois nostalgique et heureux qu'elle a toujours quand elle parle de Sita.

— Priya lui ressemble beaucoup. Mais Sita était plus… imprévisible.

— Comment ça ?

Maman se mord la lèvre, puis son visage s'éclaire.

— Je me souviens d'une fois, quand nous partagions la même chambre, à Barnard : nous traînions depuis des heures quand nous sommes passées devant un groupe de musiciens qui jouait dans un parc. Il était tôt et ils n'avaient pas de spectateurs, les pauvres. Tout à coup, Sita m'a entraînée vers la scène, juste devant, en plein milieu. Nous avons dansé comme des dingues jusqu'à ce qu'une foule se forme autour de nous.

— Je comprends, maintenant, comment Ben et elle se sont rencontrés. Ils sont pareils, tous les deux. Très spontanés.

— Oui et non, dit Maman, avant de s'adosser contre la tête de lit. Sita pouvait se montrer impulsive, c'est vrai, mais… elle savait toujours où elle allait, et elle était très organisée. Comme Priya, en fait. Ben, lui…

Elle fronce les sourcils, puis poursuit après un silence :

— Ben était toujours le premier quand il s'agissait de prendre de grandes décisions. Tu savais qu'il l'avait demandée en mariage quatre mois après leur rencontre ?

— Non. Moi, je suis sûre que j'aurais besoin de connaître quelqu'un depuis au moins dix ans avant de m'engager. Le temps de vérifier deux ou trois trucs, peut-être.

L'espace d'un instant, j'aperçois cette lueur dans les yeux de Maman qui semble dire « tu verras, ma petite »…

— Elle était si heureuse ! Quand elle m'a annoncé la nouvelle, au téléphone, j'aurais juré qu'elle avait de nouveau vingt ans. Ils allaient récupérer Priya chez une amie quand Ben a aperçu la bague idéale, dans la vitrine de Tiffany's. Il a attiré Sita à l'intérieur puis, un genou à terre, l'a suppliée jusqu'à ce qu'elle dise oui.

Maman hausse les épaules et sourit, comme si cela la surprenait encore, même après toutes ces années.

Cette anecdote me rappelle qu'un jour Ben avait décidé sur un coup de tête de nous emmener en croisière au Mexique. Nous nous étions bien éclatées, même si je ne suis pas certaine que Priya se soit jamais remise de l'avoir vu danser sur « Gangnam Style » au bord de la piscine, une paille plantée dans son ananas. (Je la revois encore murmurer « T'es sérieux, mec ? » en secouant lentement la tête.) Quant à notre « visite » du Mexique – ça compte, d'avoir passé quelques heures dans un port à caresser un dauphin ? –, il m'en reste l'un des rares tampons figurant sur mon passeport (j'avais dû insister car normalement, on n'en met pas). Pendant les escales, des touristes prenaient Priya pour une Mexicaine et l'abordaient en espagnol. Elle me regardait en soupirant, mais elle leur répondait par une plaisanterie, avec un accent si parfait qu'ils n'y voyaient que du feu. Un soir, il s'était passé un truc étrange. Je m'apprêtais à quitter la cabine quand j'avais cru entendre Ben pleurer. Je ne l'avais jamais raconté à Priya pour ne pas l'attrister…

— En tout cas, dit Maman d'un air songeur, Priya est quelqu'un de raisonnable.

— Elle tient peut-être ça de son père.

— C'est possible.

— Tu crois que ça la travaillait plus qu'elle ne voulait bien le montrer ?

Elle garde un instant le silence, puis demande :

— Qu'est-ce que tu veux dire ?

— Le fait de ne pas connaître son père. Est-ce que ça a quelque chose à voir avec… ce qu'il lui arrive en ce moment ?

Maman fait mine de répondre, puis se ravise.

— Qui sait ?

— Sita n'en parlait jamais ?

— Il n'y avait pas grand-chose à dire.

— Je ne comprends toujours pas comment elle pouvait en savoir aussi peu. Cette histoire m'a toujours intriguée. Il n'y a pas de honte à avoir des aventures, mais connaître le nom de ses partenaires me paraît être le minimum.

— Ça… peut arriver, répond Maman, prudente. Je crois que ni l'un ni l'autre n'avait l'intention de… rester en contact après cette nuit-là.

Tiens, Maman commence à être mal à l'aise…

— C'est bizarre, quand même, que tu l'aies rencontré. Je ne comprends pas comment Priya a fait pour ne pas te bombarder de questions. Moi, ça me rendrait dingue.

— Je ne l'ai vu que très brièvement, au bar. Je t'ai raconté, non ? Que les étudiants du MIT avaient transformé le menu au mur en tableau périodique ?

Je souris. Elle me l'a déjà raconté plein de fois – la faute à ce qu'elle appelle son « cerveau de mère » –, mais je la laisse continuer. (P-S : évidemment, l'existence de Priya s'est jouée dans un bar d'intellos.)

— Nous étions censées aller à Boston entre filles, pour rendre visite à Tasha, une copine étudiante.

L'espace d'un instant, Maman paraît plongée dans ses souvenirs, puis elle reprend :

— Je me demande toujours ce qu'elle est devenue, d'ailleurs… Bref, j'étais trop fatiguée pour faire la fête, et elles n'arrêtaient pas de me vanner avec ça. Elles l'ont regretté par la suite.

— Je sais, c'est parce que tu étais enceinte de moi, dis-je avec un soupir satisfait. Merci de t'être abstenue de picoler, Maman.

Elle rit.

— Je regrette de ne pas avoir davantage discuté avec lui. Je me souviens qu'il portait des lunettes. Et Sita m'a confié que plus il buvait de bière, plus il était beau.

Maman me jette un regard noir.

— Si tu fais ça, je te tue.

On sonne. Maman m'interroge du regard, puis dit :

— J'y vais…

Au bout d'un moment, je m'extrais péniblement de mon lit. Je ramasse une brassée de vêtements que je jette dans le panier, dévoilant quelques centimètres carrés de parquet qui n'ont pas vu la lumière depuis longtemps. J'entends vaguement bavarder au rez-de-chaussée, puis Maman crie :

— Zan, descends ! Tu as de la visite !

J'aperçois Logan à la porte et dévale l'escalier. Le regard de Maman se pose sur lui, puis sur moi. Ce n'est pas par hasard que je ne lui ai pas proposé d'entrer, l'autre jour, quand il m'a raccompagnée en vélo.

— Salut.

Aujourd'hui, il est un peu moins négligé – les cheveux propres et attachés, le tee-shirt bien repassé. Les mains dans les poches, il hausse les épaules comme si sa présence était la chose la plus naturelle du monde.

— Salut…

Ma mère se tourne vers moi en mode « Oh, mon Dieu qui est ce beau gosse et comment se fait-il que je n'aie pas entendu parler de lui ? », mais elle se ravise devant mon regard noir. Elle recule d'un pas, puis de deux, et bredouille :

— J'ai… du travail. Ravie d'avoir fait ta connaissance, euh…

— Logan…

Ma mère heurte du pied la première marche de l'escalier.

Cette fois, je la fusille du regard.

— Désolée, j'y vais.

— Tu ne sors pas beaucoup, hein ? dit Logan une fois qu'elle a refermé la porte de sa chambre, à l'étage.

Comme je n'ai rien à répondre, je me tais et lui désigne le canapé. Mal à l'aise, je tire sur le bas de mon tee-shirt délavé tout en regrettant d'avoir choisi un short aussi court pour traîner à la maison.

Nous ne nous sommes pas beaucoup parlé depuis jeudi. Hier, nous étions dans deux groupes différents, en espagnol. J'ai été plutôt distraite ces derniers jours, mais pas au point de ne pas avoir repensé à l'après-midi que j'ai passé avec lui. Il a une façon bien à lui d'occuper l'espace et sa présence me rend étrangement heureuse. En même temps, j'ai envie de m'enfuir quand je le vois.

Tandis qu'il s'assied, je m'installe à l'autre bout du canapé, pose un oreiller sur mes genoux et demande pour briser le silence embarrassé :

— Tu veux que je te passe les notes que j'ai prises en espagnol ?

— Non, je suis venu pour te parler de ta copine Priya. Tu te souviens que je lui ai envoyé une demande d'abonnement, l'autre jour ? Ce matin, je me suis aperçue qu'elle l'avait acceptée et qu'elle me suivait.

Je suis encore un peu étonnée de le voir là, chez moi. C'est comme le choc de deux univers.

— Je n'aurais peut-être pas dû m'en mêler, mais ça me tracassait. Cette histoire que tu m'as racontée, et puis ces échanges au restaurant qui ont cessé d'un coup… Tout ça m'a intrigué, alors j'ai posté un commentaire sur sa photo. Pour voir si elle allait répondre.

— Pourquoi tu as fait ça ?

Il hausse les épaules.

— Par soif de savoir ? Parce que la vie des autres me fait marrer ?

Je l'observe, les sourcils froncés. J'ai remarqué que chez lui, il était presque impossible de distinguer le sarcasme de la sincérité. Mais en cet instant, je suis trop curieuse pour m'en soucier.

— Et qu'est-ce que tu as écrit ?

— Euh… un truc du genre « comment ça va » ?

— C'est ça, ton commentaire ?

Il sourit.

— J'avoue que ça manque d'originalité, mais ce n'est pas pour ça que je suis venu.

Il s'approche de moi et me tend son téléphone.

— Regarde !

thepriyapatel514 : Tout va très bien ! Pour toi aussi, j'espère, Logan !!

— C'est bizarre, non ? On dirait que…

Nos regards se croisent.

— Elle fait comme si… elle te connaissait.

Nous restons silencieux quelques instants, les yeux rivés sur l'écran du portable. Je ne comprends pas. Tout ça sonne faux. Elle croit peut-être draguer un inconnu ? Et que signifient tous ces points d'exclamation un peu niais ?

— Elle te trouve peut-être… mignon ?

— Je la comprends…

D'un air suffisant, Logan s'adosse au canapé, déplie ses longues jambes et pose ses pieds sur la table basse.

Je lève les yeux au ciel.

— Je retire ce que je viens de dire…

— Impossible. Tu l'as dit, maintenant.

— Je parie qu'elle t'a confondu avec quelqu'un d'autre. Mais au moins, tu as réussi à la faire réagir. Tu devrais peut-être continuer à lui écrire.

— D'accord. Qu'est-ce que tu penses de ça ?

loganhartist : TU MANQUES À BEAUCOUP DE GENS, TU SAIS.

J'approuve d'un signe de tête.

— C'est bien. Ça peut marcher.

Logan parcourt la pièce du regard

— Ça me plaît bien, chez toi. C'est vraiment… calme.

— Ah oui ? Parce que chez toi, ta tante fait la fête toute la nuit ?

Il sourit.

— Non, mais elle en est capable.

— C'est parce que mon petit frère n'est pas là. Ça bouge un peu plus, d'habitude.

— Il a quel âge ? demande Logan.

— Sept ans.

— Ma sœur a six ans, dit-il en me montrant une photo, sur son portable.

Des boucles encore plus blondes que les cheveux de Logan encadrent le visage radieux d'une fillette qui sourit de toutes ses petites dents.

— Elle s'appelle Brittany.

Nos têtes manquent de se heurter au moment où je lui prends son portable, et je perçois son odeur de garçon bien propre. Priya adorait ça. **#255**, si je me souviens bien. **Les meilleurs sentent toujours le savon**.

— Bee pour les intimes.

Je me redresse, soudain nerveuse.

— Trop mignonne. Et… elle est à Chicago ? Elle habite chez ta tante, elle aussi ?

— Oui, mais ça ne lui plaît pas trop. Une nouvelle maison, de nouveaux amis…

— Tu devrais l'amener, un jour, pour que je lui présente mon frère. Mais je te préviens, c'est un gros dragueur. Ce gamin a plus d'expérience amoureuse que moi.

Logan hausse un sourcil.

— Ah bon ? Tu veux bien m'en dire un peu plus ?

— Non.

Je me collerais des baffes ; je ne l'ai pas vue venir, celle-là. Les chiffres parlent d'eux-mêmes, hélas. Combien de garçons ai-je embrassés ? Un seul (sauf si on compte Eddy, mais JAMAIS de la vie je ne lui ferai cet honneur). Brian Kavanagh, au stage de foot, l'été dernier. Il était sympa et mignon, et Priya, au téléphone, trouvait qu'il méritait un geste romantique. C'était la dernière année qu'il participait, alors pour en finir une bonne fois pour toutes, je l'ai embrassé sur le chemin du retour en mode de-toute-façon-je-te-reverrai-jamais. C'était nettement mieux qu'avec Eddy, qui avait les lèvres froides comme un poisson mort. Ce baiser était drôle, en fait, et nous avons tous les deux souri d'un air gêné en nous séparant. Mais c'était aussi un baiser plutôt… mouillé.

Logan consulte son portable.

— Qu'est-ce qu'il y a ?

— C'est Priya. Elle n'a pas perdu de temps.

Mon pouls s'accélère.

— Sérieux ? Qu'est-ce qu'elle dit ?

Il se racle la gorge, l'air soudain soupçonneux.

— Visage triste. Emoji cœur. Vous me manquez aussi.

Il cligne des yeux.

— Maintenant, c'est sûr. Elle me prend pour quelqu'un d'autre.

— Pour qui ? Avec qui pourrait-elle te confondre ? Nous ne connaissons aucun autre Logan à Prewitt. Et ce « vous », c'est qui, au juste ? Elle ne faisait pas vraiment partie d'une bande… Peut-être qu'elle te prend pour l'un des amis de son mec, à Northwestern ?

— Il est plus âgé qu'elle, c'est ça ?

— Oui, et comme il est Anglais, il paraît plus… sophistiqué.

Logan réfléchit, tandis que je serre mon oreiller contre moi.

— Tu l'as appelé ? Il pourrait peut-être nous aider à comprendre ce qui se passe ?

— Je ne l'ai jamais rencontré. J'aurais bien voulu, mais ça ne s'est pas fait. C'est un peu loin, Evanston, et ça ne faisait que quelques mois qu'ils étaient ensemble quand elle a déménagé.

— Comment se sont-ils rencontrés ?

— Dans un cours, à Northwestern. Il n'y en avait plus chez nous.

— Plus de quoi ? demande Logan en fronçant les sourcils.

— De cours à son niveau. Priya est une tronche. Elle est forte dans la plupart des matières, mais surtout en langues. Elle en parle, genre, un milliard.

— Un milliard ?

— En plus de l'anglais et de l'hindi, elle se débrouille bien en espagnol. Quand elle discutait avec les collègues du restaurant, elle comprenait même leurs blagues, ce qui est le plus difficile. Elle a appris le français sur Internet, et je crois qu'elle a rencontré Nick dans un cours d'arabe. À Northwestern, il y avait aussi de l'allemand et du mandarin. Elle connaît la langue des signes, aussi. Je crois qu'elle veut devenir experte en communication. Une fois, elle m'a raconté que son rêve, c'était de voyager dans le monde entier en s'adressant à chacun dans sa propre langue – sans barrière. J'ai trouvé ça trop cool.

Le sourire détendu de Logan me rend nerveuse.

— Bref, en début de deuxième année elle en savait déjà trop pour rester à Prewitt. Ils n'ont même pas essayé de la retenir.

— C'est peut-être ça, l'explication ?

— Qu'est-ce que tu veux dire ?

— Les gens super intelligents ne sont-ils pas parfois un peu…

L'index pointé vers sa tempe, il émet un léger sifflement.

— Non. Priya est, ou du moins, elle était… géniale. La vie ne lui a pas fait de cadeaux et pourtant, elle n'était pas aigrie. Elle aimait les gens, savait les écouter et avait toujours soif d'apprendre. Mais maintenant… je ne saurais même pas dire ce qu'elle est devenue ! Je ne comprends pas. Et c'est vraiment l'horreur !

J'enfouis le visage dans mon oreiller, puis je risque un œil en direction de Logan.

— Est-ce que je suis dingue de ne pas lâcher l'affaire ?

— C'est important ?

— Oui, un peu. Mais bon, ma mère est psy, alors j'espère qu'elle pourra réparer les dégâts.

Logan laisse échapper un petit rire.

— Tu veux que je lui réponde ?

Chassant mon envie de pleurer, je fais défiler mes photos sur mon portable jusqu'à ce que je tombe sur un selfie datant de quelques mois, où l'on voit Priya exhiber un sandwich fait maison. J'étais hors cadre quand elle a pris ce cliché, et je lui ai sans doute dit qu'elle avait l'air débile. Son sourire éclatant lui mange le visage, sa peau est couleur pain d'épice. Ses grands yeux brillants me regardent, et j'aimerais pouvoir lui demander : « Tu peux me dire ce qui t'arrive, en ce moment ? »

Une main sur mon épaule me fait sursauter.

— Désolé, dit Logan en interrompant ma rêverie, tu avais l'air… triste.

— Oui. J'étais sans doute naïve, mais je croyais vraiment qu'on serait toujours amies. Un peu comme les copines qui tombent enceintes en même temps.

— Ça te dirait d'aller faire un tour ?

— Où ça ?

— À Evanston ? On pourrait aller jusqu'au campus de Northwestern pour voir si on trouve un Anglais ?

— Tu ferais ça ?

— Pourquoi pas ? Tu sais à quoi il ressemble, non ?

— Eh bien…

Je trouve une photo où Priya pose tout sourire avec son mec, ses longs cheveux étalés sur une couverture posée sur l'herbe. La main en visière, Nicholas louche un peu. Sa chemise est boutonnée jusqu'en haut.

— C'est lui ?

— Oui.

Soudain, la panique m'envahit.

— Si on le trouve et qu'il raconte à Priya que je la cherche ? Je me suis déjà assez ridiculisée comme ça…

— Peut-être, répond Logan en se frottant le menton d'un air pensif, mais je pense que la vraie liberté va de pair avec une totale perte de dignité.

— Euh… oui, d'accord.

Il se lève et me tend la main.

— Alors, c'est oui ?

Je réfléchis une seconde, puis attrape sa main avant de lancer :

— Maman ! Je sors !

Au rez-de-chaussée, une porte s'ouvre.

— Ah bon ?

Son ton ahuri m'agace un peu.

— Euh… Oui, bien sûr, sois prudente. Envoie-moi un texto.

Logan et moi échangeons un sourire, puis je remarque une tache d'herbe sur mon short.

— Je vais me changer.

— Mais non, tu es très bien comme ça.

Déjà, je grimpe l'escalier quatre à quatre et je lance :

— Oui, mais ça pourrait être mieux !

Comme je ne trouve rien dans mes tiroirs, je renverse mon panier de linge sale, et mes vêtements se retrouvent à leur place habituelle, c'est-à-dire par terre. En fouillant dans le tas, je déniche un jean qui me va bien et un top blanc. Après m'être passé un coup de brosse dans les cheveux, je me renifle les aisselles devant le miroir et j'attrape mon déodorant.

Logan a raison : je n'ai plus rien à perdre, pas même ma dignité.

Je dévale l'escalier, prends mon téléphone et mes clés. Logan patiente sur le seuil pendant que j'enfile mes sandales, attache mes cheveux en queue de cheval et chipe une paire de pendants d'oreilles de Maman sur une console.

— Je me sens plus présentable comme ça.

— Beaucoup plus présentable, répond Logan avec un sourire en me tenant la porte. Et maintenant, parle-moi de notre cible.

Je prends la direction de la gare.

— Il vient de la banlieue de Londres, et Priya aimait bien l'appeler par ses nom et prénoms : Nicholas Wallace Reid, parce que ça faisait un peu famille royale. Elle le trouvait mignon, dans le genre grosse tronche. Il est premier de sa promo en maths.

Il fait chaud, dehors, et le ciel est strié d'or et de violet. Je claque des doigts, incapable de contenir mon impatience.

— Tu sais quoi ? Je pense qu'on va le trouver. Je me souviens que Priya m'a raconté qu'il chantait dans une chorale avec d'autres matheux. Les AlgoRythmes, je crois.

Logan ricane.

— Ils ont peut-être un compte Facebook ? Je regarderai, dans le train. Avec un peu de chance, ils donnent un concert ce soir.

Je me balance d'un pied sur l'autre devant un passage piéton en attendant que le petit bonhomme passe au vert.

— Et sinon ? demande Logan. Quand il ne chante pas, que peut bien faire Nicholas Wallace Reid, le samedi soir ?

Enfin, nous traversons.

— Pas mal de choses, j'ai l'impression. Priya disait qu'il respirait la joie de vivre. Dès qu'une fête se préparait, il était toujours partant, surtout si elle était costumée. Au printemps dernier, tout les deux, ils commençaient déjà à préparer Halloween.

Logan m'adresse un regard étrange. Je m'arrête au milieu de la rue.

— Quoi ?

— C'est marrant, dit-il, un sourcil froncé. J'ai l'impression d'être un espion.

Je lui souris.

— Moi aussi. Ça me fout super la trouille, mais j'adore ça.

— Excusez-moi, s'il vous plaît ! Pardon !

Tête baissée, je me fraye un chemin à travers la foule dense. Grâce à leur compte Twitter, nous avons appris que les AlgoRythmes avaient donné un concert en début de soirée. Plusieurs groupes étaient programmés, mais tout est déjà terminé au moment où nous arrivons. Nick n'est pas là mais heureusement, une jeune femme du groupe Tonal Destruction nous indique l'endroit où la plupart des groupes doivent se retrouver pour un after.

— Excusez-moi, s'il vous plaît !

Nous trouvons l'immeuble assez facilement, mais il nous faut du temps pour repérer l'appartement. Nous tombons d'abord sur un groupe de joueurs de frisbee qui grignotent des barres protéinées et des fruits secs en ricanant dans un nuage de fumée d'herbe. Nous frappons un peu plus loin après avoir entendu du bruit derrière la porte, mais il ne s'agit que d'un petit groupe de filles qui avalent des shots en poussant des hurlements stridents. C'est à l'étage du dessus qu'a lieu la fête. La musique résonne dans la cage d'escalier et je sais que nous sommes au bon endroit en apercevant plusieurs membres des Sexy Pitches à l'entrée.

L'endroit ressemble davantage à une salle des fêtes qu'à un appartement privé. Il faut croire que les chanteurs de chorale ont besoin de se défouler car ils ont poussé les meubles et renversé de la bière au sol, qui colle sous mes pieds. Ses coudes s'enfoncent dans mon dos, et la peau qui effleure la mienne est couverte de sueur. Pour moi qui déteste qu'on me touche, c'est vraiment l'enfer.

— Pardon !

Repoussée par la foule, j'atterris sur la piste de dance. Un mec titube devant moi, sa casquette rose délavée vissée sur le crâne.

— Salut !

Je lui colle mon téléphone sous le nez et zoome sur la photo de Nick tout en criant pour couvrir la musique assourdissante.

— Salut ! Tu connais ce mec ?

Les yeux mi-clos, le type secoue la tête et se met à onduler.

— Tu danses ?

— Même pas en rêve !

La tête baissée, il répond :

— Pas grave…

Avant de me fondre de nouveau dans la foule, je cherche Logan des yeux. Je trébuche sur une jambe tendue et alors que je plonge en avant, j'aperçois une rangée de mecs qui brandissent leurs gobelets au-dessus de ma tête tels des chevaliers leurs épées. Je me redresse, puis le morceau change et un « Ohhhhhh ! » monte de la foule en délire.

Je suis déjà allée à des fêtes, le plus souvent avec les filles du foot, mais même dans ces rares occasions, je ne suis pas du genre à avaler des shots ou à boire de la bière en position du poirier. Je n'ai rien contre l'alcool, mais je préfère garder le contrôle et je n'aime pas trop voir les autres faire n'importe quoi.

Mon tee-shirt blanc brille sous la lumière noire, et les gens ont des dents bizarres.

— N'importe quoi…

À l'autre bout de la pièce, une bande de filles en minijupes et tops bandeaux se passent le téléphone de Logan en hochant la tête, puis le matent avec gourmandise tandis qu'il se dirige vers un autre groupe. L'une d'elles dit un truc qui fait ricaner ses copines et je me surprends à éprouver un élan de possessivité.

Je continue à me faufiler à travers la foule et, d'un seul coup, le vide se fait autour de moi. Je comprends vite pourquoi : assise par terre, une fille brune est en train de vomir dans une petite poubelle placée entre ses jambes. La copine qui la tient par les cheveux lance :

— Bon, maintenant c'est clair : elle ne tient pas l'alcool !

Je me bouche le nez.

— Je n'aimerais pas être à ta place !

— C'est de ma faute ! répond la fille. Je n'aurais pas dû la laisser jouer au bière-pong. Il y a des gens qui sont vraiment maladroits.

Son visage s'éclaire le temps que la gerbeuse redresse la tête, mais les nausées reprennent de plus belle.

Logan pose sa main sur mon épaule.

— Alors, tu l'as trouvé ?

— Non. Fait chier.

— On passe quand même une meilleure soirée qu'elle, dit-il en désignant de la tête la fille qui vomit toujours.

Je montre mon écran à l'autre.

— Tu ne connais pas ce mec, par hasard ?

Elle prend le téléphone de sa main libre.

— Si ! C'est Nick l'Anglais !

Tout à coup, je me sens beaucoup mieux.

— Tu joues dans son groupe ?

— Non, mais on est ensemble en cours de psycho.

— Et… tu sais où on peut le trouver ?

— Aucune idée. Désolée.

Je réfléchis. Nick aime les ambiances festives. Qu'est-ce qui pourrait l'avoir attiré, ce soir ?

— Il y a une soirée déguisée, quelque part ?

Elle cherche, puis l'autre fille lui dit quelque chose à l'oreille.

— Quoi ?

— Elle a vu passer une fée Clochette, tout à l'heure. Peut-être une soirée Disney sur le campus ?

Je donne un coup de coude à Logan.

— Parfait. Le jeu de piste continue.

— Très bien.

Il parcourt une dernière fois la pièce du regard, puis son visage se ferme.

— Qu'est-ce qu'il y a ?

— Rien. On y va.

Le mec à la casquette rose fend la foule, droit vers nous. Logan me pousse vers la sortie.

— Viens…

— Hé !

Plusieurs personnes se retournent et Logan se raidit.

— On s'est déjà vus quelque part, non ?

Je m'avance vers le mec bourré, qui nous dévisage.

— Oui, on s'est rencontrés il y a cinq minutes. Tu m'as demandé si je voulais danser.

— Pas toi.

Il sourit – un sourire de sale gosse super friqué comme dans les films des années 80 –, puis il passe devant moi et ébouriffe les cheveux de Logan.

Celui-ci recule d'un pas.

— Me touche pas, mec.

Le type se met à rire, trop fort, et je sens le malaise me gagner.

— Mais oui ! Je me souviens, maintenant. Ces belles bouclettes… Tu es le spécialiste des pizzas à emporter !

Le visage de Logan reste impassible, mais ses narines frémissent légèrement.

— Hé, les mecs ! Venez dire bonjour à M. Domino !

Les yeux baissés, Logan se masse la nuque, puis lâche :

— C'est bon, t'as bien rigolé ? On y va, maintenant !

— Comment t'es entré, au fait ? Si mon restaurateur favori fréquentait mon campus, je serais au courant, non ?

— On cherche juste un ami, mec, répond Logan sans hausser le ton. Je ne veux pas d'embrouilles.

Le type fronce les sourcils.

— T'es du genre trouillard, non ? J'aurais pas cru, pourtant, quand t'étais dans l'Indiana. Mais franchement, respect, mec ! Ta copine a un beau petit cul.

— Hé !

Logan et moi avons crié en même temps. Le type approche son visage tout près de celui de Logan.

— Je peux te demander un truc ? Si je frappais ta jolie petite gueule (Il lui donne une pichenette sur la joue, et Logan frémit.), est-ce que tu te défendrais ? Ce serait pas malin, hein ? Vu ta… situation ?

Il recommence, mais Logan ne bouge pas.

Encore.

— Arrête !

Sans réagir, Logan tourne les talons et se dirige vers la porte, tandis que le type lui lance :

— Quoi, tu ne veux pas te battre ?

L'œil féroce, le mec continue de le provoquer. Logan marque un arrêt, serre les poings, mais continue d'avancer.

Je sais ce qu'il va se passer à l'instant même où cela arrive : le mec lève le bras pour frapper et je m'élance.

J'agis par pur réflexe. Un coup sec, et je sens le ventre du type se relâcher – mollement, en profondeur. Il se redresse. Les mains levées, les coudes baissés pour protéger mon visage et mes côtes, j'attends la riposte. Quand je faisais de la boxe, je tapais dans des sacs, mais Reggie a tenu à m'enseigner des rudiments de self-défense : poignets dans la trachée, coude dans le plexus, genou dans l'aine.

Mon adversaire ne riposte pas. Il tousse et bascule en arrière, heurte le mur, puis glisse au sol.

Je baisse ma garde, sous le choc. C'est la première fois que je frappe comme ça. Pour de vrai, en tout cas. Le souffle court, je repense à toutes mes séances d'entraînement, avec Reggie. Faute de pouvoir me décharger sur quiconque du fardeau qui pesait sur mes épaules, je passais des soirées entières, seule dans ma chambre, à taper sur ce gros sac, travaillant coup droit et défense jusqu'à ce que, peu à peu, j'évacue tout ce poison. Maman ne savait pas ce qu'elle voulait, et mon père avait perdu la flamme, mais je le comprenais. Leur base n'était peut-être pas solide, et ne l'avait jamais été. Je n'étais sûre de rien ni de personne, mais je faisais avec.

C'était avant Priya, bien sûr.

Et maintenant, j'étais revenue à mon point de départ.

Des gens se pressent autour de nous, parlent à voix basse. Tout à coup, je reprends pied dans la réalité.

Le souffle coupé, le mec à la casquette se tient le ventre.

— Espèce de salope !

Je me penche et lui glisse :

— Va consulter !

Puis je me redresse et me tourne vers Logan.

— On y va ?

Autour de nous, les curieux commencent à se disperser et regagnent la piste de danse.

Nous sortons dans la nuit. Ébahi, Logan cligne des yeux quelques instants.

— Qu'est-ce qu'il s'est passé, là ?

— C'est la première fois que tu rencontres une fille qui sait se battre ?

J'en rajoute un peu dans le genre rebelle, mais je savoure son expression stupéfaite.

Au loin, de la musique reggae. J'avance dans cette direction sous le regard méfiant de Logan.

— Faut pas t'énerver, toi. Je m'en souviendrai !

Nous traversons un parc arboré, passons devant des immeubles endormis éclairés par de grands lampadaires. Cette partie du campus a l'air abandonnée, et seul le chant incessant des grillons témoigne de la vie invisible qui nous entoure.

Logan est plongé dans ses pensées. Je lui donne un léger coup de coude.

— Qu'est-ce qu'il y a ?

— Rien. C'est bon.

Je baisse les yeux. Une fois de plus, je ne trouve pas les mots. Ce silence embarrassé nous rappelle à tous les deux que nous nous connaissons à peine, et je dois couler un regard vers lui pour me remémorer ce qui nous a conduits jusqu'ici.

Je me jette à l'eau.

— C'était qui, ce mec ?

Logan fourre les mains dans ses poches.

— Un type du basket. On était dans la même école préparatoire.

— Une école préparatoire ? Pas mal !

— J'avais une bourse sportive, mais j'étais inscrit en section art. C'était un endroit génial.

— J'imagine que vous n'étiez pas super copains ?

— C'était mon rival. Je sais, ça a l'air ridicule, mais ça venait surtout de lui. Il se croyait dans *Karate Kid*. En fait, j'étais meilleur que lui au basket, mais je m'en fichais. Tout ce que je voulais, c'était dessiner, et je crois que c'est ça qui l'énervait. Quand il a découvert que je travaillais comme livreur de pizzas, il n'arrêtait pas de commander chez nous. Au bout d'un moment, il a exigé que ce soit moi qui le livre. Il était un peu obsédé.

— Tu ne pouvais pas refuser ?

Il secoue la tête et une mèche de cheveux lui tombe sur les yeux.

— C'était déjà tendu, au boulot. J'étais obligé de m'absenter pour m'occuper de ma sœur et le chef m'avait dans le collimateur. Il n'était pas comme le tien, et je ne pouvais pas prendre le risque de me faire virer. Nous avions besoin de cet argent.

— Alors tu as continué à lui livrer des pizzas ?

— Oui, jusqu'au dernier jour.

— Et il ne s'est jamais lassé ?

— Il faut croire que non. Il avait la rancune tenace, et comme en plus il venait d'un quartier où on peut se permettre de gaspiller l'argent de Papa et Maman dans des conneries pareilles…

Nous tournons au coin d'une rue et tombons sur un groupe d'étudiants assis en cercle dans l'herbe. Les yeux fermés, ils chantent « Don't think twice, It's all right » de Bob Dylan, accompagnés par une fille à la guitare.

— Ils ont l'air heureux, dit Logan.

— Oui…

L'espace d'un instant, je me demande quelle impression ça fait d'aimer chanter autour d'un feu, de s'abandonner à la nuit, à la musique. Je ne crois pas qu'ils m'accepteraient dans leur cercle. Avant même d'arriver au refrain, j'aurais déjà balancé quelques vannes.

La main de Logan effleure la mienne, que j'écarte instinctivement. Le contact physique me dérange presque autant que ces gens qui chantent de tout leur cœur. À part Maman et Harr, Priya était la seule à pouvoir me toucher. Elle m'a peut-être eue à l'usure, à force de poser jour après jour ses bras sur mon épaule ou ses pieds sur mes genoux. J'avais fini par trouver ça normal. Comme elle faisait partie de mon espace vital, elle ne pouvait pas l'envahir.

Logan s'éclaircit la gorge en fixant la distance que j'ai laissée entre nos doigts.

Je continue d'avancer. La musique est de plus en plus proche.

— Tu vas jouer dans l'équipe de basket du lycée, cette saison ?

— Peut-être. Je suis un peu rouillé, je ne me suis pas beaucoup entraîné l'année dernière.

Il donne un coup de pied dans un caillou et le regarde rouler.

— Je n'ai pas vraiment eu le choix. Ils m'ont sorti de l'équipe.

— Pourquoi ?

Logan s'arrête. Son visage est totalement inexpressif.

— Parce que j'avais été viré de mon ancien lycée.

Je l'observe à la lueur de la lune. Est-ce de la tristesse qu'on lit dans son regard ?

— Es-tu un délinquant, Logan ?

— Non. Tu l'as bien vu, tout à l'heure.

Je lève brusquement la tête.

— Quoi ?

— Regarde ! c'est Mulan et Belle !

J'accélère l'allure en voyant une troisième personne rejoindre ces deux personnages dans une allée, à tout petits pas.

— Là ! Ariel ! Suivons cette sirène !

Nous nous précipitons vers l'entrée vitrée d'un immeuble quand Logan me fait signe de regarder plus loin. Les filles font la queue devant un immeuble voisin. J'aperçois une Blanche-Neige, déjà bourrée et en larmes, que console un Pinocchio en pause clope.

— On est au bon endroit, dit Logan.

— Non, attends une minute…

J'hésite, puis je retourne sur nos pas.

Logan me suit jusqu'à l'entrée du premier immeuble. Debout dans le hall, au beau milieu des fauteuils colorés de l'espace d'accueil brillamment éclairé, un mec en débardeur et bas de pyjama rayé semble perdu dans ses pensées.

Je sors mon téléphone pour vérifier que c'est lui puis, au moment où quelqu'un sort, je me faufile à l'intérieur.

Nick est en train d'étudier un distributeur. Il n'a pas bougé d'un pouce. Je m'approche.

— Tu as du mal à choisir ?

Il hausse les épaules avec un soupir.

— C'est triste à dire, mais mon petit en-cas du soir est devenu mon moment préféré de la journée. Alors j'ai intérêt à ne pas me tromper. Tu connais les combos de bonbons ? Je n'ai pas encore réussi à en goûter un seul depuis que je suis arrivé dans ce pays, où il y a pourtant des trucs à grignoter partout !

Il nous jette un vague regard, puis retourne à ses snacks.

— C'est un drôle de nom, ça, « combos », dit-il d'un ton qui fait ressortir son accent anglais. Comme si mélanger deux aliments en un seul était une sorte d'exploit. Les barres chocolatées sont des combos, tout comme les yaourts aux fruits. Mais personne n'en parle.

Il réfléchit quelques instants, puis reprend :

— J'imagine qu'en revendiquant le terme « combos », vous suggérez que les bretzels et le fromage en plastique se marient à la perfection. Ça n'est pas rien.

Logan me jette un regard amusé.

— Bon, il faut se lancer, maintenant, dit Nick en insérant un dollar dans la fente.

Il appuie sur le bouton et la machine délivre un petit sachet qu'il prend comme s'il s'agissait d'un objet précieux.

— Combos, je compte sur vous !

Quand il se retourne, je prends une profonde inspiration.

— J'espère que tu ne seras pas déçu, dit Logan. Nick, c'est ça ? Nicholas Reid ?

— Euh… Oui. Désolé, on se connaît ?

J'avance encore d'un pas.

— Non, mais je crois que nous avons une amie commune. Je ne sais pas si Priya t'a parlé de moi, mais je…

Son visage s'éclaire.

— Zan… Mais oui ! Je t'ai vue en photo, dit-il en se frappant le front, le sachet toujours dans la main.

Je me redresse légèrement – je n'ai plus rien à perdre, pas même ma dignité.

— Tu vas sûrement trouver ça bizarre que je débarque comme ça. Je ne veux pas te déranger ni te créer d'ennuis avec Priya, mais je me suis dit que tu pourrais peut-être m'aider… Tu sais pourquoi elle ne veut plus me parler ? Désolée de te déballer tout ça, mais c'est vraiment dur alors même si ça fait mal, il faut que je sache…

Je m'interromps, distraite par l'expression de Nick.

— Je suis désolé. J'aimerais bien pouvoir faire quelque chose pour toi, mais Priya m'a largué.

Je reste bouche bée.

— Quoi ?! Quand ça ?

— En juillet.

— Non ! C'est pas possible.

— Si ça peut te consoler, elle ne me parle plus non plus, dit Nick.

— Je le crois pas ! Non mais, t'es sérieux, là ?

Nick a l'air agréablement surpris par ma réaction.

— Merci. J'y ai pas cru, moi non plus.

— Elle t'a dit pourquoi ?

Il se gratte la tête, ébouriffant ses cheveux fins.

— Ç'a été très efficace, comme rupture. Vague et ferme à la fois. Je sais qu'on n'était pas ensemble depuis longtemps, mais je trouve quand même que je méritais mieux qu'un mail.

— Elle t'a largué par mail ?

— Comme j'étais en Angleterre dans ma famille, elle ne pouvait pas me le dire en face. Mais elle aurait pu m'appeler.

— C'est super bizarre. Elle avait l'air malheureuse, avant ?

Nick réfléchit.

— Difficile à dire. Les jours qui ont précédé, on ne s'est parlé que deux ou trois fois au téléphone. Avec le décalage horaire, ce n'était pas évident. J'avais l'intention de l'inviter à Londres pendant l'été, une fois qu'elle serait installée dans son nouvel appartement.

Logan intervient.

— Et puis, du jour au lendemain…

Nick a l'air fatigué. Il se frotte les yeux.

— Oui, si on veut. Elle ne décrochait plus quand je l'appelais. J'ai d'abord cru qu'elle était occupée avec son déménagement, puis j'ai commencé à m'inquiéter, alors je lui ai envoyé un mail. Le lendemain, elle m'a répondu que c'était fini.

Je ne peux pas m'arrêter de hocher la tête.

— Ce n'est pas la Priya que je connais. Même si elle ne te supportait plus, elle est trop bien élevée pour rompre comme ça. Et elle était folle amoureuse de toi, tu sais.

— Oui… C'est horrible, mais il y a une autre possibilité.

— Laquelle ?

— Je ne sais pas trop comment dire ça…

Il n'ose pas me regarder.

— Elle ne t'a jamais parlé d'un autre mec ?

— Franchement, non.

Il passe la main dans ses cheveux en bataille.

— Avant notre rupture, j'ai… fouillé dans son portable. Elle était dans la pièce voisine quand il a bipé, alors j'ai regardé. Je n'aurais pas dû, je sais, mais j'ai eu un moment de faiblesse. Tout ce que j'ai vu, c'est une initiale : J. J'ai trouvé ça bizarre. Le message disait « J'ai hâte, Priya. », suivi d'un smiley.

— Hâte de quoi ?

— Aucune idée, répond Nick. J'ai reposé le portable en espérant qu'il s'agissait d'un ami, et je n'ai jamais recommencé. Honnêtement, j'avais l'impression qu'elle me cachait quelque chose, depuis quelque temps…

Soudain, Nick a l'air encore plus malheureux.

— Hé, Nick ! Ce n'est pas du tout le genre de Priya.

Une foule de pensées refont soudain surface. Dans les mois précédant son départ, Priya ne lâchait pas son portable ; elle ne voulait jamais que quelqu'un y touche. Ça m'étonne qu'elle l'ait laissé près de Nick, ce jour-là. Une fois, au restaurant, je sortais déposer les poubelles quand je l'avais entendue rire. En m'apercevant, elle avait serré son portable contre elle.

« C'est qui ? » avais-je demandé.

Tout à coup, son expression avait changé.
« Euh… une copine des conférences de l'ONU… »

— Même si je me doutais de quelque chose, la rupture a été un choc, soupire Nick en regardant son combo. Je l'aimais vraiment.

Il ouvre le sachet.

— Mais en fait, ce qui me surprend encore plus, c'est de te voir ici. J'ai toujours cru qu'elle était du genre à faire passer ses copines avant son mec.

— « Les femmes et les enfants d'abord. »

— Quoi ?

— Rien. Tu disais ?

— Eh bien… Vu qu'elle parlait toujours de toi…

Il fronce les sourcils, puis reprend :

— J'avais deviné qu'il se passait quelque chose, mais ça doit être vraiment grave pour qu'elle t'ait laissée tomber comme ça.

— Oui, peut-être.

Nick prend une bouchée.

— C'est pas mauvais, en fait. Tu veux goûter ?

Je refuse d'un geste, puis je me jette à l'eau.

— Désolée de te demander ça… Tu vas trouver ça bizarre, mais est-ce que tu veux bien me faire lire son mail ? Je voudrais comprendre.

Nick plonge sa main libre dans la poche de son pyjama, en sort son portable et affiche quelque chose sur l'écran.

— Tiens, regarde. C'est vraiment impressionnant…

Il se laisse tomber dans un fauteuil moelleux, près de la fenêtre.

— Ces quelques lignes ont suffi à déchirer mon pauvre petit cœur.

Je m'assieds sur le canapé, en face de lui, et je lis :

De : Priya Patel
<pripatel514@gmail.com>
À : Nicholas Reid
<nick.wallace.reid@gmail.com>
Date : Lundi 2 juillet, 9 : 42
Objet : ÇA VA, TOI ?

Cher Nick,
Je suis désolée d'en arriver là, mais je crois qu'il vaut mieux que chacun reprenne sa liberté. N'essaye pas de me faire changer d'avis. C'est difficile à expliquer, mais je suis déjà en train de passer à autre chose et je te conseille de faire comme moi. La Californie, c'est génial et je suis heureuse ici. Prends soin de toi. -- Priya

Assis près de moi, Logan regarde par-dessus mon épaule.

— C'est violent. Désolé, mec.

Les yeux fixés sur l'écran, j'explose.

— Quelle connasse ! J'arrive pas à croire que je viens de dire ça, mais…

Logan est perplexe.

— Je me demande pourquoi elle a pris la peine de rompre avec Nick et pas avec toi.

Je hausse les épaules.

— Elle se doutait que j'étais du genre à demander des explications.

— Elle aurait pu t'épargner ça, si elle avait voulu. Ou essayer, au moins.

Quelque chose me tracasse.

— En fait, je n'ai jamais rien envoyé sur cette messagerie. Nous avons gardé nos vieilles adresses débiles de collégiennes, qu'on utilisait juste entre nous. « Martini weenybikini » et « Priyajesuismoiettoitaistoi ». On les aimait bien, mais on n'aurait pas pu s'en servir pour décrocher un job d'été.

Logan n'est pas convaincu.

— Tu crois que si tu lui avais écrit à sa nouvelle adresse, elle t'aurait répondu comme si de rien n'était ? Tu lui as laissé des messages téléphoniques et des textos. Sans oublier les échanges de l'autre jour, qu'elle a interrompus on ne sait pas trop pourquoi. À mon avis, elle te mène en bateau.

Je presse les doigts sur mes paupières fermées.

— Non, Priya n'est pas du genre à jouer à ces petits jeux. Elle déteste jouer – sauf au Taboo ou au Baccalauréat, qu'elle adore…

Nick acquiesce. J'insiste.

— Je ne sais pas pourquoi, mais j'ai l'impression que c'est important, cette histoire d'adresse.

Mon cœur s'accélère. J'ai un mauvais pressentiment.

— En plus, ce n'est pas comme ça qu'elle signe.

— Comment ça ? demande Nick, les sourcils froncés.

Je me redresse. Ça paraît ridicule, mais je le dis quand même :

— Le double tiret. Elle ne fait pas ce genre de trucs.

Nick et Logan échangent un rapide regard.

— Zan, dit Nick tout doucement, comme si j'étais fragile ou un peu dérangée, les gens changent, tu sais. On dirait que la Californie a révélé un nouvel aspect de la personnalité de Priya. Il existait déjà, mais aucun de nous n'aurait pu l'anticiper. Les gens sont bousculés, dans leurs vies. Ils essayent différentes choses. Peut-être que maintenant, elle fait partie de ceux qui utilisent le double tiret.

Il marque une pause, puis reprend :

— Tu sais qu'on m'appelle Nick l'Angliche, ici ? Dans ce pays, dans cette université, je suis Nick l'Angliche. C'est génial. Tout le monde me croit drôle et charmant. L'autre jour, quelqu'un m'a même traité d'intello chic. Moi ! Quand j'ai traité un prof de « Malotru », les gens étaient morts de rire. Ils me trouvaient trop cool. En Angleterre, je n'étais pas spécialement drôle ni charmant. Là-bas, tout le monde parle comme moi. Tout le monde dit « Malotru » et moi, je suis un mec normal.

— Tu crois vraiment qu'elle s'est laissé entraîner dans un délire ? Qu'elle essaye d'être quelqu'un d'autre ?

— Peut-être, dit-il. C'est difficile à imaginer, mais qui sait ? On ne peut pas le savoir parce qu'elle ne veut pas nous le dire !

Il verse les dernières miettes du sachet dans sa bouche.

— Je fais du mieux que je peux, Zan, et je te suggère de m'imiter. Plus vite tu lâcheras l'affaire, mieux tu te sentiras.

Je hausse un sourcil.

— C'est bien toi qui viens de me dire que ton petit snack du soir était le point fort de ta vie, non ?

— Oui, répond-il avec un sourire, on gère comme on peut.

— Moi, je ne veux pas juste « gérer ». Et, désolée, mais je n'ai pas envie de laisser tomber non plus.

Je prends mon téléphone et pianote aussi vite que mes doigts me le permettent.

— Je veux qu'elle me dise la vérité. Je m'en fous d'avoir l'air ridicule et de me faire du mal. Je vais essayer l'autre adresse de messagerie.

Je relis mon message et j'appuie sur « envoyer » avant de pouvoir changer d'avis.

De : Alexandra Martini
<alexandra.j.martini@gmail.com>
À : Priya Patel
<pripatel514@gmail.com>
Date : Samedi 8 septembre, 23 : 54
Objet : T'es sérieuse ?

Tu as largué Nick ? Nicholas Wallace Reid ?? Qu'est-ce qui t'arrive ? Réponds-moi. C'est important.

— Tu perds ton temps, dit Nick en s'enfonçant dans son fauteuil. J'ai essayé plein de fois cette adresse, et elle n'a jamais répondu. Pas depuis ce mail de rupture. J'ai beaucoup de mal à l'accepter, mais je crois qu'elle veut couper net. Il y a des gens comme ça : quand ils décident que c'est fini, c'est vraiment fini.

— Tu crois ?

— Oui, répond-il en regardant son sachet vide.

— Alors, tu n'es peut-être pas aussi malin que le laisse entendre ton accent intello chic, parce qu'elle vient de me répondre.

Nick se penche vers moi.

— C'est vrai ?

J'ai trop peur pour regarder, mais quand je finis par poser les yeux sur l'écran, j'ai l'impression que le sol s'ouvre sous mes pieds.

De : Priya Patel
<pripatel514@gmail.com>
À : Alexandra Martini
<alexandra.j.martini@gmail.com>
Date : Samedi 8 septembre, 23 : 56
Objet : Re : T'es sérieuse ?

Comment tu le sais ? Ça ne marchait pas entre nous. Il ne m'arrive rien, tout va bien. Je suis juste occupée et j'ai franchement besoin de respirer en ce moment. C'est difficile à expliquer, mais tu me manques. Vraiment.

Le sang afflue à mon visage.

— Elle a besoin de respirer ?

Le téléphone devant ma bouche, je crie :

— Va te faire foutre !

Je sens les regards inquiets de Nick et de Logan alors que mes doigts courent sur l'écran :

De : Alexandra Martini
<alexandra.j.martini@gmail.com>
À : Priya Patel
<pripatel514@gmail.com>
Date : Samedi 8 septembre, 23 : 57
Objet : Re : T'es sérieuse ?

Arrête, Priya. C'est n'importe quoi et tu le sais très bien. Je veux te parler. Au téléphone. Maintenant. Après toutes ces années, j'estime que je mérite une explication. Ensuite tu n'entendras plus jamais parler de moi. Je t'appelle. T'as intérêt à décrocher.

Je compose son numéro et tombe sur son répondeur. « Salut, c'est Priya. Vous savez ce qu'il vous reste à faire. »

— Merde !

Je jette le téléphone qui rebondit sur le canapé et atterrit par terre.

Logan effleure mon épaule.

— Respire.

La boule grossit dans ma gorge.

— Pourquoi elle ne veut pas m'expliquer ? C'est vraiment trop demander ?

Logan me fixe, impuissant, tandis que mes yeux se remplissent de larmes. Puis il se penche pour ramasser le téléphone qui vient de biper. J'évite le regard de Nick. J'ai honte de pleurer devant lui.

— Elle a répondu ! annonce Logan.

Je m'essuie les yeux.

— Quoi ?

Sans un mot, il me tend le téléphone.

De : Priya Patel
<pripatel514@gmail.com>
À : Alexandra Martini
<alexandra.j.martini@gmail.com>
Date : Samedi 8 septembre, 23 : 58
Objet : Re : T'es sérieuse ?

Désolée, Zan. Je ne peux pas. Il est peut-être temps de passer à autre chose.

4

Mercredi 12 septembre

Après les cours, Lacey et moi suivons la foule en direction de la sortie quand tout à coup elle me demande :

— Où tu vas ?

— Chez mon père.

Autour de nous, les gens bavardent dans une joyeuse bousculade, offrant le spectacle de leurs vies d'ados heureux. Je les déteste.

— C'est sympa, dit Lacey. Qu'est-ce que vous faites, ce soir ?

L'escalier est bondé, mais je continue d'avancer.

— Je vais essayer de le convaincre d'aller jouer au foot. Ça fait une éternité qu'on ne s'est pas entraînés, mais j'ai vraiment besoin de me défouler, en ce moment.

Elle accélère le pas pour me suivre.

— Hé, depuis quand tu es tendue, comme ça ?

Depuis dimanche, Maman m'appelle Zan la Tornade, et elle n'a pas tort. Pendant le dîner, j'ai grondé Harrison parce qu'il n'arrêtait pas de faire des blagues « monsieur et madame truc ont un fils » ! Les enfants ne sont jamais drôles quand ils essayent de l'être et parfois c'est juste insupportable. Au moment où je lui ai demandé de fermer sa gueule (encore un gros mot !), Maman a jeté par-dessus la table un regard à Whit qui s'est empressée d'emmener mon frère faire un tour.

Nous avons eu une discussion, Maman et moi, et j'ai senti qu'elle luttait pour ne pas me faire le coup de la psy, genre « tu veux qu'on parle en faisant un puzzle ? ». Je l'ai écoutée m'expliquer avec mille précautions qu'elle était plus déçue que fâchée. Elle espérait sans doute que l'apparition de Logan dans ma vie allait me transformer et me faire oublier comme par magie tous mes problèmes. Je précise qu'en théorie ma mère n'est pas du tout du genre à croire au Père Noël, mais maintenant, au moins, je suis fixée sur sa vraie nature.

J'ai à peine franchi le portail que Lacey m'attrape le bras.

— Hé ! Qu'est-ce que tu as ?

Je m'arrête.

— Désolée, je suis de mauvaise humeur.

Lacey hésite un instant, puis lâche :

— Tu veux… qu'on discute ?

— Non, surtout pas.

Elle se penche vers moi comme si elle s'apprêtait à me confier un grand secret.

— D'accord, mais est-ce que ça a un rapport avec Logan, le nouveau ? Je vous ai vus ensemble. Il est super mignon. Fais gaffe quand même, il a pas l'air très net.

Malgré moi, je mords à l'hameçon.

— Qu'est-ce que tu veux dire ?

Tout excitée, elle baisse la voix pour m'expliquer :

— Avec Skye et Ying, on a fait quelques recherches en ligne. Sur son profil, il n'y a que cinq pauvres photos qui datent de l'Antiquité, mais bon… Skye a reconnu quelques-uns de ses followers. Apparemment, il a fréquenté le même lycée que son cousin et tu sais quoi ? Il s'est fait virer !

— Oui, je sais.

— Et tu es au courant qu'il a été arrêté ?

— Franchement, je ne lui ai pas demandé les détails, mais il m'a l'air inoffensif. De toute façon, on est juste amis.

Lacey n'en croit pas un mot et ça se voit.

— J'ai vu comment il te regardait.

— Oui, comme une simple connaissance.

— Menteuse !

La vérité, c'est que je l'évite depuis qu'il m'a vue pleurer, samedi. Dans le train du retour, nous n'avons pas beaucoup parlé. Je lui ai demandé de ne pas me raccompagner jusqu'à ma porte, mais il m'a suivie quand même, à quelques pas de distance. Parce qu'il était tard, ou qu'il avait laissé son vélo chez moi. En tout cas, il n'a pas essayé de me changer les idées.

J'ai séché les deux premiers jours de la semaine (j'ai raconté à Maman que j'étais malade, mais hier elle a commencé à avoir des doutes) et c'était génial. Aujourd'hui, j'ai passé l'heure d'espagnol à l'infirmerie, où j'ai prétexté un mal de ventre dû à un mauvais burrito avalé au petit déjeuner. L'infirmière n'a pas eu l'air convaincu non plus, mais elle m'a donné un cachet et m'a laissée m'allonger un moment. En cours,

Logan m'a envoyé un texto (ÇA VA ?) auquel je n'ai pas répondu.

Lacey hausse un sourcil.

— Tu prétends qu'il ne se passe rien entre vous ?

— Absolument rien.

Je repense à Logan, l'autre soir, sur le pas de ma porte. J'avais honte qu'il me voie dans cet état, le visage bouffi, les yeux gonflés et le nez rougi. Dans le train, il a esquissé un geste pour me consoler, mais je l'ai repoussé. Je ne lui ai même pas souhaité bonne nuit.

Lacey regarde ses ongles.

— Si tu mens, ce qui me paraît évident, méfie-toi. Les gens disent qu'il est dangereux. Qu'il deale.

— Sûrement pas. C'est qui, tes sources ?

Elle lève les yeux au ciel.

— Bon, d'accord, il n'y a peut-être pas que du vrai dans tout ça.

Je souris. Lacey a beau être une vraie commère, elle a le sens de l'autodérision. Tout à coup, son visage s'éclaire.

— Quand on parle du loup…

J'attrape Lacey par le bras et l'entraîne derrière un arbre. Je viens d'apercevoir une mèche de cheveux blonds.

— Aïe !

Je lui fais signe de se taire. Tout en se frottant le bras, elle risque un regard dans l'allée.

— Merde !

Il s'est tourné dans notre direction, mais je ne crois pas qu'il nous ait vues. Ouf !

Lacey jubile.

— Une simple connaissance, hein ?

— Oui.

Je jette un coup d'œil à mon tour. Il traverse tranquillement le parc, ses écouteurs dans les oreilles, un cahier sous le bras. Soulagée, je regarde sa longue silhouette s'amenuiser, puis disparaître au coin de la rue.

Je me laisse tomber à terre et m'adosse à l'arbre dans un nuage de poussière.

Lacey secoue la tête d'un air de reproche.

— Qu'est-ce que tu as fait, Alexandra Martini ? Tu as été méchante avec lui ?

— C'est possible…

Lacey s'asseoit près de moi. Son jean d'un blanc immaculé écrase l'herbe tendre.

— Dis-moi, c'est vrai que tu n'es jamais sortie avec un mec ?

— Non, j'ai eu des mecs, mais… ça ne marche jamais. Pourquoi ?

Je dois avoir l'air sur la défensive, car elle répond avec un geste évasif de la main :

— Comme ça, par curiosité. Si tu veux en parler, ça restera entre nous. Que tu le croies ou non, je suis capable de me taire, parfois.

— C'est bon, j'ai l'habitude. Priya me vannait beaucoup à ce sujet, elle aussi. Avec ma mère, elles m'avaient diagnostiqué un célibat chronique.

— Au fait, comment va Priya ? Je suis ses posts. Trop belles, ses photos ! Ça lui plaît, la Californie ?

— Oui.

Je m'empresse de répondre. Il est plus facile de mentir par omission que de parler du vrai sujet.

Au bout d'un moment, Lacey se tourne vers moi et, sans préambule, me demande :

— D'après toi, d'où ça vient, ce célibat chronique ?

Je lui lance un regard aigu.

— Tu essayes de jouer les psys avec moi ? Je te rappelle que j'ai ce qu'il faut à la maison.

— C'est vrai, dit Lacey, j'avais oublié. Comme tu veux, mais si c'est une histoire de timidité, je te coacherais avec plaisir. Le plus important, c'est d'avoir confiance en soi.

— C'est très charitable de ta part.

Elle a l'air à moitié vexé.

— Zan ! Ce n'est pas ce que je voulais dire.

Je lui souris.

— Non, je sais, je te vanne. Je ne crois pas que je sois timide, mais plutôt… pas très romantique. Et l'idée de me perdre dans une relation ne m'inspire pas. La plupart des gens sont tellement nuls !

— Je comprends, affirme Lacey. Vraiment. Mais c'est encore pire si le mec en question a un passé.

Ça m'agace, cette façon qu'elle a d'insister sur ce mot.

— Écoute, je ne sais pas ce que les gens racontent, mais je crois qu'ils se trompent.

— Très bien, répond Lacey. Si tu lui fais confiance, vas-y ! Dans un cas comme celui-ci, il faut s'accorder des circonstances atténuantes.

Je lui jette un regard dubitatif.

— Quel genre de circonstances ?

Lacey se lève et frotte son pantalon.

— Genre, quand le mec est vraiment trop, trop canon, par exemple.

À part la table de la cuisine, vivement éclairée par un plafonnier, le nouvel appartement de Papa baigne dans une lumière tamisée. On dirait qu'il a envie que cet endroit nous plaise, et je dois reconnaître que

Wicker Park est un quartier super cool. Harr et moi avons chacun notre chambre, ce qui est appréciable. Mais franchement, c'est un peu du gâchis, car nous ne sommes pas là assez souvent pour en profiter.

Papa dépose sur la table une pile d'assiettes et une poignée de couverts.

— Tu as du travail ?

Nous nous sommes réconciliés, lui et moi. Cela faisait une éternité que nous n'avions pas joué au foot ensemble et je suis surprise d'avoir pu reprendre aussi facilement. J'ai l'impression que Papa a été étonné que je le lui propose.

En fait, c'est exactement ce dont j'avais besoin. Et en plus, je lui ai mis une vraie raclée.

— Pas vraiment, dis-je en m'asseyant. Et toi ?

Il ouvre le sac de plats à emporter.

— J'ai une présentation à revoir avant d'aller me coucher, mais rien d'important.

Papa est chargé de comptes dans une agence de publicité, genre Mad Man des temps modernes, mais sans les whiskies du matin et les secrétaires dociles. En fait, je crois même que leur réceptionniste est un homme.

— Tu travailles sur quel produit ?

— Du papier-toilette, dit-il en sortant les barquettes du sac. Mais nous nous positionnons sur le créneau du luxe.

Je ne peux pas m'empêcher de sourire.

— Que dis-tu de « Un petit carré de paradis » ?

Il hausse les épaules.

— Tu as un vrai talent. Ne fais pas comme moi, ne le gâche pas.

Avant, Papa était un « créatif », et c'est lui qui trouvait les slogans publicitaires. Je crois qu'il préférait cela à son poste actuel, mais on lui a offert une promotion, avec avantages en nature et augmentation à la clé. Et puis, on ne peut pas dire que vanter les mérites de diffuseurs de parfum d'ambiance l'éclate autant que de jouer du John Coltrane, Dave Brubeck ou Billie Holiday. Sa contrebasse désaccordée dort dans un coin, près de la bibliothèque. Maman dit souvent qu'elle aimerait bien qu'il recommence à jouer.

Papa jette le sac en papier froissé dans la poubelle à recyclage.

— Bon, mange pendant que c'est chaud.

Il pose sur la table du curry de pois chiches et des épinards au fromage. Je prends un peu de chaque et un morceau de naan avant de plonger ma cuiller dans la barquette d'agneau vindaloo.

Papa pose la main sur mon poignet.

— C'est de la viande.

— Je sais.

Il fronce les sourcils.

— Je croyais que tu étais végane.

— Il n'y a rien de végane dans ces plats, Papa. Les pois chiches sont cuisinés avec du ghee, et dans les épinards, ils mettent du vrai fromage, pas du tofu.

— Oh, désolé.

— Pas grave. Je ne suis pas végane.

Comme il a l'air un peu perdu, j'ajoute en agitant la main devant ses yeux.

— Mais je travaille dans un resto végane.

Parfois, je me demande s'il lui arrive d'écouter ce que je lui dis.

Tout en allant chercher un rouleau de Sopalin derrière le comptoir, il marmonne :

— Je vois. Et tu n'es pas végétarienne non plus ?

— Non.

— Pourquoi ça fait des mois que je n'ai plus commandé de viande, alors ? J'adore ça, moi.

— À cause de Priya.

Elle se joignait toujours à notre dîner hebdomadaire. Je ne me justifiais jamais quand je lui demandais de passer, mais je crois qu'elle savait pourquoi. Elle faisait bien le tampon entre mon père et moi. Elle entretenait la conversation et avec elle, tout était facile. Léger.

Papa déchire un carré de papier pour moi et un pour lui tandis que je m'efforce de dissimuler ma tristesse.

— C'était pour elle qu'on commandait ces plats. C'est elle, qui ne mange pas de viande. Enfin, à part du bacon.

Papa sourit.

— Son amour des animaux s'arrête aux cochons.

— Oh non, elle aime bien les cochons, aussi. Mais elle les préfère dans son assiette.

— Elle a bien raison ! lance Papa en prenant place en face de moi. Alors, toujours pas de nouvelles ?

J'acquiesce d'un hochement de tête.

Il me jette un regard d'excuse, comme s'il savait déjà qu'il ne saurait pas trouver les mots justes. Cela ne me dérange pas. Je préfère ça, même. Ça change de Maman qui, tous les jours, scanne du regard mon pauvre petit cœur brisé.

Les yeux de Papa, eux, ne me passent pas aux rayons X. Au contraire, il y a beaucoup de choses qu'ils ne voient pas alors qu'elles sont juste sous son nez.

Harrison sort de sa chambre en pyjama-grenouillère, tout rose et tout propre après son bain. Papa se lève pour aller lui faire réchauffer un bol de soupe indienne au poulet qu'il dépose devant lui, avec un naan.

— Miam miam ! Passe, dit Harr en tendant les bras pour attraper le lassi à la mangue que Papa remue avec une paille.

— Hé, Harr, tu veux bien répéter à Papa la blague « toc-toc-qui-est-là ? » que tu m'as racontée pendant qu'il était parti faire les courses ?

Harr essuie ses lèvres pleines de soupe d'un revers de la main.

— Toc toc…

Papa sourit.

— Qui est là ?

— C'est Agathe…

— Agathe qui ?

— Agathe the power !

Papa éclate de rire, et soutient un instant mon regard.

— Pas mal, Harrison. Pas mal.

C'est bizarre de voir Papa et Harr ensemble, parfois. J'ai l'impression qu'il reprend les choses là où il les avait laissées avec moi après une longue, très longue pause. Je n'ai jamais aimé l'expression « fille à papa », mais je crois que j'en étais une, avant. Jusqu'à ce que les températures chutent en dessous de zéro – comme c'est souvent le cas à Chicago –, on jouait au foot tous les soirs avant le dîner, qu'il pleuve ou qu'il vente. Je me souviens qu'on n'arrêtait pas de se balancer des vannes. Et aussi du son sourd et puissant de la contrebasse qui emplissait la maison pendant des heures, après les pancakes du dimanche matin.

Quand Maman et lui se sont séparés, tout cela a volé en éclats. Il est devenu un visiteur. Un tonton sympa.

Il a déménagé dans un endroit vide et triste. Comme Harr n'était encore qu'un bébé, on ne restait pas longtemps chez Papa. Il travaillait beaucoup et partait seul en voyage.

Nous dînions ensemble au moins une fois par semaine, mais quelque chose était mort. Ma colère enflait au fil des jours, puis tout est peu à peu rentré dans l'ordre.

— Je peux manger devant la télé ? demande mon frère. Je ne salirai rien, je te promets.

— D'accord, dit papa. Laisse-moi mettre une serviette sur le canapé.

Je ne sais pas ce qui lui a pris d'acheter un canapé blanc, mais au moins c'est une couleur gaie. Presque tout est neuf chez lui – le tapis, les chaises, la vaisselle. Une mappemonde ancienne est posée au bout d'une étagère pleine de livres. En dessous, Papa a disposé une rangée de photos encadrées, dont l'une représente un bébé potelé : moi. Dans la cuisine, le réfrigérateur est couvert de dessins de Harr.

Après l'avoir installé devant la télé, Papa revient s'asseoir.

— Bon, alors… Comment vas-tu ?

Je le regarde, les sourcils froncés.

— Euh… bien ?

Il m'observe comme si j'allais craquer d'un instant à l'autre.

— Je ne voudrais pas m'occuper de ce qui ne me regarde pas, mais ta mère m'a appelé avant que vous arriviez. Et elle m'a demandé d'essayer de…

Il grimace.

— Elle m'a dit que tu avais l'air… déprimée.

Je proteste aussitôt.

— Ce n'est pas parce qu'on a des soucis qu'on est déprimé. Maman est bien placée pour le savoir. Je suis triste, tout simplement.

— Bien sûr qu'elle le sait, mais je crois qu'elle s'inquiète. Et elle n'est pas la seule.

Il se gratte la tête d'un air pensif, et je sens qu'il cherche à poursuivre la conversation. Mais nous n'avons pas l'habitude de parler, lui et moi. Je ne sais pas ce qu'il lui prend de vouloir discuter.

— Crois-le ou non, mais j'ai déjà vécu ça. J'ai perdu mon meilleur ami. Et Maman aussi.

— Maman a perdu sa meilleure amie dans un accident de la route. Parce que la vie est moche et injuste. Mais Sita n'a pas fait exprès de mourir, si ? Ce n'était pas un choix qui n'a aucun sens et que personne ne comprend.

— C'est vrai.

— Priya a décidé de ne plus être mon amie, Papa. Je ne dis pas que c'est pire. Je dis que c'est différent.

— Et je suis sûr que c'est dur à vivre. Mais ça ne sert à rien de remuer le couteau dans la plaie.

— Qu'est-ce qui te fait dire ça ?

Il hésite, puis finit par répondre :

— Maman. Elle m'a raconté que tu la pistais, parfois. Sur Internet.

Je laisse tomber ma fourchette.

— Elle m'espionne, maintenant, c'est ça ?!

Harrison lève le nez de son écran et je le rassure d'un sourire.

— Non mais tu te rends compte, Papa !

— Personne n'espionne personne, Alex.

— Alors comment elle le sait ?

Mon frère est de nouveau scotché à la télé. Papa baisse les yeux.

— Elle n'a pas fouillé dans ton ordi, mais elle a vu plusieurs fois la page Instagram de Priya affichée sur ton écran. Elle prétend que ça dure depuis des mois, alors je crois qu'il est temps pour toi de… te dire que tu as bien reçu le message.

Je sens ma colère monter.

— Je n'y arrive pas, figure-toi ! Franchement, je suis de moins en moins triste, mais j'ai de plus en plus la haine.

Papa n'a pas touché à son assiette. Il se contente de m'écouter, patiemment.

— Ses posts sont tellement…

De nouveau, je retiens mes larmes.

— On dirait qu'elle a décidé de se la jouer… californienne à fond, et qu'elle ne veut plus entendre parler de moi. Tout ce que je veux, c'est comprendre !

Papa cherche mon regard.

— Comprendre quoi ?

Je hausse les épaules.

— Ce qui ne va pas chez moi. Pourquoi elle ne veut plus de moi dans sa vie. Pourquoi il est si facile de m'abandonner. Si tu voyais ses posts, Papa ! On dirait qu'elle déteste tout ce qu'on était avant.

Je fais défiler ses messages et les lis avec mon meilleur accent californien : « Les couleurs de l'automne me manquent, mais comment ne pas aimer l'été éternel ? »

— Tu vois ce que je veux dire ? Ce n'est pas le style de Priya d'écrire des trucs pareils ! Et regarde ça !

Avec un soupir exaspéré, je lui montre le cliché parfait d'un bol de myrtilles aux couleurs saturées, accompagné de la légende : « Adieu les chips, bonjour les fruits ! »

— Elle est plus… heureuse qu'avant. Et elle n'arrête pas de poster des dictons débiles, du genre « Après la pluie vient le beau temps ».

Incrédule, je marque une pause et regarde longuement Papa avant de poursuivre.

— Quel genre de personne est-elle devenue ? Je veux qu'elle m'appelle. Ou, mieux encore, qu'elle revienne et me dise les choses en face. Comme ça, au moins, je pourrai lui crier dessus !

Je croise son regard inquiet.

— Je ne suis pas déprimée, Papa. Je suis dégoûtée, tu comprends ?

J'engloutis un morceau de naan.

— C'est fini ?

— Oui.

Je mâche quelques instants en silence, hors de moi. Me mettre ainsi à nu, surtout devant mon père, ne me ressemble pas.

Il va chercher de l'eau dans le frigo et nous verse deux verres, plus un gobelet en plastique pour Harr.

— Et toi, qui as-tu perdu ?

Il revient s'asseoir.

— Comment ?

— Tu as dit que tu avais perdu ton meilleur ami…

La fourchette en l'air, Papa me regarde et soudain je me rends compte que j'ignore beaucoup de choses sur lui.

— C'était qui ?

— Ta mère, répond-il avec un demi-sourire.

Voilà. C'est dit.

— Oh…

— Écoute… Je sais que c'est difficile, et compliqué, mais ça va passer. Et…

Il prend une profonde inspiration.

— Je sais que c'est le genre de choses qu'il ne faut surtout pas dire à une ado, mais je pense que tu devrais commencer par poser ton portable.

Je ris, sans cesser de faire défiler mes messages pour afficher la dernière photo que Priya a postée ce week-end (« Selfie du samedi ! Je t'aime, Californie ») : la tête penchée sur le côté, elle pose comme un top-modèle sur fond de mer azur.

Papa me retire en douceur mon portable des mains.

— Tu peux essayer ?

Je pousse un soupir résigné, puis je reprends le téléphone pour observer de plus près la photo. Priya porte une queue de cheval qui laisse voir ses boucles d'oreilles – *jhumke* en hindi –, des pendants en or avec de petites perles turquoise que je lui ai offerts pour son anniversaire.

Je retiens mon souffle.

Non…

— Boop ?

Je ne comprends pas tout de suite que mon père s'adresse à moi. Cela fait des années qu'il ne m'a pas appelée comme ça.

— Ça va ?

— Tu peux me prêter ta voiture ?

À son expression déconcertée, je déduis qu'il s'agit d'un « oui ». J'attrape ses clés sur le plan de travail de la cuisine, puis reviens sur mes pas pour chiper un autre morceau de naan.

— Je reviens tout de suite !

— Attends…

Alors que je cours partout dans l'appartement à la recherche de mes chaussures, Papa se lève.

— Ça va refroidir…

J'enfile mes baskets à la va-vite et me précipite vers la porte.

— J'en ai pour vingt minutes, une demi-heure maximum.

Au milieu du couloir, j'entends Papa crier derrière moi :

— D'accord, tu peux prendre ma voiture ! Mais sois prudente !

La Subaru est garée sur une place très étroite. En marche arrière, j'accélère et manque de heurter un poteau côté passager. Je m'engage sur North Avenue en maudissant chaque feu et chaque passage piétons.

À un feu rouge, je ne peux pas m'empêcher de regarder mon téléphone posé sur le siège passager. Je sais, j'ai été horrible avec Logan, mais j'ai vraiment besoin de lui parler.

— Allez, réponds…

Je m'étonne d'être aussi déçue de tomber sur sa messagerie. Au feu suivant, je lui envoie un texto.

Au fait… Si on reste ensemble, tu comprendras vite que je manque cruellement de tact. Désolée pour tout à l'heure. Tu peux me rappeler ? C'est important – au secours !

Mon téléphone bipe au moment où je m'engage dans ma rue mais ce n'est que Papa, sans doute inquiet pour la santé mentale de sa fille. Je grimpe deux à deux les marches du perron et file dans ma chambre.

— Il y a quelqu'un ? crie Maman à l'étage.

— C'est moi ! J'ai oublié un truc !

Une fois la porte fermée, je cours vers ma commode. Quatre petites boîtes à bijoux sont empilées contre le mur, cachées derrière un tas de livres et de vêtements.

Je prends celle du dessus. Maman me l'a rapportée d'un voyage au Danemark, il y a des années. C'est un petit coffre au trésor orné de feuilles de vignes sculptées. Après avoir balayé tout ce qui encombre le plateau, je découvre les bracelets à grelots qu'Anushka nous a rapportés, à Priya et à moi, d'un de ses fréquents voyages à Bombay – avant que les FÉES n'embauchent quelqu'un sur place et qu'elle cesse de nous faire des cadeaux.

Je retourne le coffret et j'étale les colliers emmêlés et les boucles d'oreilles dépareillées.

Rien.

Les deux boîtes suivantes – de petits écrins dans lesquels on vend des bijoux fantaisie – ne contiennent rien d'autre que quelques chaînes de cheville que je ne porte plus depuis longtemps et une paire de créoles qui me donnent l'air ridicule.

La dernière boîte, capitonnée de soie et super kitsch, est l'œuvre de Priya elle-même. Priya a toujours adoré tout ce qui brille – posters, cadres, coque de portable. Je suspends mon geste et laisse vagabonder mes pensées, comme si je voulais gagner du temps, ne pas savoir.

Mais je sais. J'ai su dès que j'ai reconnu la photo.

Je pose la boîte devant moi, soulève le couvercle… et me fige. Les *jhumke* turquoise que Priya porte sur ce fameux « selfie du samedi » sont là, prises dans un méli-mélo de chaînes.

Je n'ai aucun souvenir de mon trajet de retour. C'est une autre partie de mon cerveau qui prend le relais pour me conduire jusque chez mon père et m'aider à garer la voiture sur sa minuscule place de parking. Quand je rentre, Harr est toujours devant la télé, tandis que Papa essuie sa belle table blanche avec une lingette. Il me demande si je veux qu'il me fasse réchauffer mon dîner, mais je marmonne un vague « plus tard » avant de filer dans ma chambre.

Assise dans mon lit, je compare pour la énième fois les boucles d'oreilles posées près de moi, sur la couette, à la photo affichée sur mon écran. Pas de doute possible – mêmes motifs d'or sculpté, mêmes perles turquoise enfilées sur des chaînettes formant un V parfait.

Plus j'observe le cliché, plus je suis persuadée que ce n'est pas la mer qu'on voit à l'arrière-plan, mais le lac Michigan. Cette photo a été prise le jour où Priya et moi avons regardé le coucher de soleil sur la plage en sirotant des cafés glacés sur la vieille couverture de yoga de Maman. Cette semaine-là, c'était son anniversaire.

Je lui avais offert les boucles d'oreilles en avance – je les trouvais tellement parfaites que je ne pouvais pas attendre. Elle avait passé la nuit à la maison et les avait oubliées.

Le nom de Logan clignote sur mon écran.

— Salut. Je suis en bas de chez toi.

— Désolée, je suis chez mon père.

— Je sais.

— Quoi ?

— C'est ta mère qui me l'a dit.

— Comme c'était urgent, j'ai sauté sur mon vélo, et elle m'a donné ton adresse. Bon, tu viens m'ouvrir ?

Je glisse les boucles d'oreilles dans ma poche et me dirige vers le salon d'une démarche d'automate. J'aperçois par la fenêtre la silhouette de Logan à la lueur d'un réverbère.

— Tu es toujours là ?

Je hoche la tête.

— Ma mère doit vraiment croire que je me sens seule pour donner mes coordonnées à des inconnus au beau milieu de la nuit.

Logan rit, puis il lève la tête et rive son regard au mien.

— Je t'ouvre. Quatrième étage, première porte à gauche.

Je raccroche.

— Papa ? Mon copain va monter.

— D'accord.

Il se tourne vers moi.

— Ça va ? Tu es toute pâle.

J'aimerais le rassurer, mais je ne parviens qu'à hocher la tête. Quand on frappe, il va ouvrir et je lis la surprise sur son visage.

Tout à coup, je vois Logan avec les yeux d'un père – un grand type mal coiffé en jean slim qui dépasse tout le monde d'une tête. Il porte des baskets en toile et un sweat zippé jusqu'en haut. Quand il ne sourit pas, il est limite intimidant.

Il est la meilleure chose qui me soit arrivée de toute la journée.

— Salut, dit Papa.

— Je te présente Logan…

Logan tend sa main tachée d'encre.

— Bonsoir, monsieur.

— Appelle-moi Chris, répond Papa.

Je fais un geste vague en direction du canapé.

— Euh… et voici mon frère.

Harrison lève brièvement le nez.

— Enchanté, dit-il, tandis que Logan se fend d'un large sourire.

Je désigne la chambre d'amis.

— Il faut que je te parle.

Je m'engage dans le couloir. Surtout, rester calme…

— C'est sympa, ici, dit Logan au moment où je referme la porte.

Je vais mettre de la musique pour couvrir le son de ma voix. Papa et Harr n'ont pas besoin d'entendre cette conversation. Le cœur serré, je fais défiler ma playlist. Rien que des chansons qu'aimait Priya. Je clique au hasard. « Paper Planes », de M.I.A.

— Qu'est-ce qui se passe, Zan ?

J'essaye de me concentrer, luttant pour rassembler tous les mots qui se bousculent dans ma tête. *I fly like paper, get high like planes…*

La présence de Logan m'apaise un peu. C'est bizarre, mais je crois qu'il m'a manqué.

— Zan ?

— Oui… D'après moi, il y a deux interprétations possibles. La première : Priya poste des mensonges pour se rendre intéressante…

Je fais les cent pas dans la chambre.

— … ou pour cacher des activités honteuses, louches, des trucs top secret. La deuxième…

Je déglutis avec peine, tandis que des coups de feu accompagnent le refrain. *And take your money…*

Je me laisse tomber sur le bord du lit, la tête dans les mains.

— C'est complètement dingue.

Logan vient s'asseoir près de moi et cherche mon regard.

— On peut revenir un peu en arrière ? Je suis perdu.

Il baisse le volume de la musique.

— Tu promets de ne pas me traiter de folle ?

Il sourit pour me rassurer.

— Promis !

— Si c'était… quelqu'un d'autre qui écrivait ces posts ?

Le sourire s'efface.

— Zan…

D'une main tremblante, je sors mon portable de ma poche.

— Cette photo qu'elle a postée… Elle ne date pas de samedi. Je suis certaine qu'elle est plus ancienne. Nous étions ensemble quand elle l'a prise. Pourquoi mentirait-elle là-dessus ?

Logan hoche lentement la tête.

— Et si c'étaient deux photos presque identiques ? Je veux dire… tous les selfies se ressemblent, non ?

— C'est vrai, mais…

Je lui montre les boucles d'oreilles.

— Avant de déménager, elle a oublié ça chez moi. Je les lui avais offertes pour son anniversaire. Je ne les avais pas remarquées, la première fois.

J'ai l'impression de voir les pensées se bousculer dans sa tête.

— Et si… elle s'était racheté les mêmes ?

— C'est possible, mais…

Nous restons tranquillement assis, à réfléchir, nos jambes se touchant presque. Je fais défiler sur l'écran de mon portable des semaines entières de plages et de couchers de soleil. Depuis le début, j'ai l'impression que tout ça ne lui ressemble pas. Et si j'avais raison ?

— Elle n'apparaît sur aucune des autres photos qu'elle a postées.

— Donc, tu en conclus que…

Logan lève les mains dans un geste apaisant.

— Reprenons… Pourquoi quelqu'un d'autre utiliserait-il son compte ? Et si c'est le cas, comment se fait-il qu'elle ne fasse rien pour l'en empêcher ?

— Aucune idée.

— Bon, ça peut paraître évident, mais as-tu appelé ses parents ?

Non, je n'y ai pas pensé.

— Je pourrais essayer de joindre son beau-père.

— Tu as son numéro ?

— Oui, mais qu'est-ce que je vais lui dire ? Tu appelles les parents de tes copains, toi ?

— Tu veux que je le fasse ? Je pourrais trouver un prétexte quelconque. Ça nous éviterait peut-être de tirer des conclusions hâtives.

Je secoue la tête pour clarifier mes pensées.

— D'accord. On y va !

Un coup frappé à la porte me fait sursauter.

— Vous avez faim ? Il reste beaucoup de choses à manger.

— On arrive dans une minute !

Les pas de mon père s'éloignent.

— On ferait mieux d'appeler maintenant.

Logan commence à composer le numéro sur son portable, puis s'interrompt.

— Ton père ne croit pas qu'on est en train de… faire des trucs, là, non ? Je voudrais qu'il sache que ce n'est pas mon genre.

— Beurk ! Bien sûr que non !

Il rit, puis se redresse et fait d'étranges grimaces en étirant exagérément les lèvres.

— Je me mets dans la peau du personnage, dit-il. Il s'appelle comment ?

— Ben Grissom.

— Ça sonne…

— Attends ! Tu ne peux pas…

— T'inquiète, je gère ! coupe-t-il en levant un doigt pour me demander le silence. Allô ? C'est Ben à l'appareil ? Bonjour, ici David Johnson, professeur de biologie à Prewitt High School.

Son large sourire me rassure un peu. Il faut dire qu'il se montre très convaincant.

— Oh, oui, je suis au courant que Priya a changé de lycée, mais je voudrais quand même que son nom figure dans l'annuaire de l'établissement. Elle était l'une de nos meilleures élèves, vous savez… Oui, j'aurais quelques questions à lui poser. Pouvez-vous me la passer ?

J'écarquille les yeux. Je ne suis pas prête.

Raccroche ! Raccroche !

— Oh… Dans ce cas, vous pouvez peut-être lui demander de nous rappeler ?

Je pousse un soupir de soulagement.

— Je vois…

Comme je l'interroge du regard, Logan couvre le micro de sa main et murmure :

— Elle a cassé son téléphone.

Je m'approche pour tenter d'entendre son interlocuteur, mais il me repousse doucement.

— Je peux la rappeler ce soir ?

Il hausse les sourcils.

— Ah, oui ! En effet, ça doit la changer des établissements publics de Chicago. Et comment ! Ah, oui, je comprends…

Logan se penche vers moi et chuchote :

— Elle est interne.

Ça ne m'étonne pas. Avant de partir, Priya s'était renseignée sur les lycées privés de Californie. Elle disait que tant qu'à se faire de nouveaux amis, autant prendre une longueur d'avance pour la fac.

Affalée sur mon lit, elle cherchait des adresses sur Google quand elle m'avait lancé : « Si je me balade un jour avec un petit écusson sur la poche de mon blazer, tu me détesteras ? »

Je lui avais répondu que ça ne me dérangerait pas, du moment qu'elle gardait son sens de l'ironie. J'imagine qu'elle a échoué sur ce point. Aux dernières nouvelles, il n'y avait plus de places et la plupart des délais d'inscription étaient dépassés. Mais comme Ben est du genre à avoir des relations, il a dû se faire pistonner.

— C'est super, dit Logan. Demandez-lui de nous appeler quand elle aura son nouveau téléphone. Oui, à ce numéro. C'est mon portable… Dans l'Indiana.

D'un air suffisant, il ajoute :

— J'ai beau avoir fait Harvard, c'est toujours agréable de se rappeler d'où l'on vient.

Comme je lui fais signe de conclure, il me lance un clin d'œil et commence à compter sur ses doigts.

— Euh… 2001 ?

Il pâlit, puis je le vois se détendre en répondant :

— En effet, nous avons dû nous manquer de peu.

Mince. J'avais oublié que Ben avait étudié à Harvard, lui aussi.

— Ah, oui, euh… *Go, Crimson !*

Je bascule en arrière sur le lit et me prends la tête dans les mains.

— Pouvez-vous me redonner le nom du nouveau lycée de Priya ? Je n'ai pas bien compris. Saint Anne's ? Très bien, nous avons hâte d'avoir de ses nouvelles !

En me redressant, je vois Logan se crisper. Il s'approche du bureau et griffonne quelque chose sur un morceau de papier qu'il me tend.

« Comment je m'appelle ? »

— Euh… je ne vous entends pas, M. Grissom…

Je bondis hors du lit et lui arrache le stylo des mains.

— Nous allons être coupés. Allô ? Allô, vous m'entendez ?

Les yeux exorbités, j'écris « David Johnson, imbécile ».

— Ah, vous êtes là, M. Grissom !

Avec un gros soupir, je me jette de nouveau sur le lit. Décidément, Logan n'a aucune chance d'être recruté par la CIA !

— Vous disiez ? Mon nom ? Bien sûr. Je suis David Johnson, de la Prewitt High School. Tout à fait. Je n'ai jamais eu le plaisir d'être son professeur, mais mes élèves m'ont beaucoup parlé d'elle… Oui, vous aussi, bonsoir.

Après avoir raccroché, il se laisse tomber près de moi. Il se met à rire et je ris aussi. Une nouvelle fois, je perçois son odeur de garçon bien propre.

— Tu mens très mal, dis-je en fixant le plafond.

— Oui, et on peut dire que je viens de le prouver. Mais bon, j'ai obtenu une réponse, et c'est déjà pas mal, non ?

Je respire un peu mieux, tout à coup.

— Oui, en effet.

5

Jeudi 13 Septembre

Assis dans un box donnant sur la rue, dans le restaurant vide, et trois diabolos plus tard, Logan et moi commençons à ne plus maîtriser la situation. La table pailletée s'est transformée en une espèce de plan de travail couvert de papiers et de vaisselle sale.

En tout cas, une chose est sûre, désormais : je suis devenue une experte des appels bidon du genre « Bonjour, j'appelle au sujet de ma nièce, Priya Patel. Mon frère et moi prévoyons des vacances en famille à Orlando le mois prochain et nous aimerions emmener Priya visiter le monde magique d'Harry Potter. Elle en rêve depuis toujours ! Je suis sûre qu'elle vous a montré sa cape. Pourriez-vous l'autoriser à s'absenter quelques jours ? ». Ou encore : « Ici le Dr Anna Thermopolis. Je suis le médecin traitant de l'une de vos élèves, Priya Patel. Nous venons de recevoir des résultats de ses examens, mais je ne suis pas sûre qu'ils plairont à son beau-père. Croyez-moi, c'est encore pire que ce que vous imaginez. Franchement, c'est pas beau à voir. Savez-vous comment je pourrais les lui faire parvenir directement ? »

Ou, mieux encore : « J'appelle de la part du Livre Guinness des Records pour prendre des nouvelles de l'une de vos étudiantes, Priya Patel. Savez-vous qu'elle détient le record du monde de consommation de cheveux humains ? Mon service juridique m'informe que nous sommes dans l'obligation légale de nous tenir informés de sa santé gastro-intestinale. Pouvez-vous lui laisser un message de notre part ? »

Je n'arrête pas de me demander si cette enquête est vraiment justifiée ou s'il s'agit de harcèlement pur et simple, mais en tout cas, nous sommes à fond. Entre deux vagues de panique, je sens une étrange insouciance me gagner. Je crois que j'aime bien faire rire Logan.

Je soupire dans le combiné. « Merci quand même… »

La secrétaire lâche un « Pauvre petite ! » compatissant à l'annonce du décès du chat de Priya, puis me fait patienter le temps de consulter la liste des étudiants.

— Vous devez vous tromper d'établissement, mademoiselle…

J'ai entendu ça toute la journée.

— Pas terrible, le coup de l'animal mort, dit Logan une fois que j'ai raccroché. Tu as fait mieux.

Je retire mon tablier – il n'y a pas de clients, de toute façon – et je vais remplir nos verres d'eau gazeuse au bar.

— Même les génies manquent parfois d'inspiration. Et là, j'avoue que je sèche.

J'ajoute un peu de sirop.

— Au fait, la secrétaire m'a présenté ses condoléances.

Logan hoche la tête d'un air grave.

— Pauvre Carl !

— Carl ?

— Oui, le chat, dit-il.

— Ah…

Je regagne notre table et lui tends son verre.

— À Carl, alors.

Nous trinquons et je me glisse sur la banquette, en face de lui.

Tout en croquant ses glaçons, Logan consulte un plan imprimé d'après Google Maps. La côte ouest est parsemée de Saint Anne's, et nous avons griffonné des numéros de téléphone partout dans la marge. « Encore raté ! », dis-je en traçant une nouvelle croix sur la carte.

Je presse mon front contre la vitrine. À travers la pluie qui dégouline, les feux de signalisation et les néons se brouillent sur fond de ciel gris.

— Il nous reste combien de lycées à appeler ?

— Deux. Et je ne crois pas que ce soient des internats. Ça existe, dans les écoles Montessori ?

Logan fait tourner son crayon entre ses doigts.

— J'ai peut-être mal compris. Et si c'était Saint Anna's ? Ou Saint Andrew's ?

— Il n'a jamais dit que cette école était en Californie. Elle peut se trouver n'importe où, dans le Delaware, par exemple. C'est peut-être pour ça que Priya ment. Qui voudrait avouer qu'il fait ses études dans le Delaware ?

— C'est où, le Delaware ? Et qu'est-ce qu'on y fait ?

Je hoche la tête d'un air grave.

— Personne ne le sait.

J'entends du bruit dans la cuisine et quelques instants plus tard, Arturo vient déposer un gros sac en papier sur la table voisine de la nôtre.

— Quelqu'un doit récupérer cette commande. C'est pour une fête d'anniversaire, je crois. Cinq parts de nuggets sans poulet.

— Il va y avoir des enfants déçus ! dit Logan.

Arturo rit.

— Surveille-le bien, Zan, d'accord ?

— Pas de problème.

Je regarde la salle à manger vide. Il est tôt, et la pluie a fait fuir les supporters des Cubs. Je devrais être dégoûtée (jusqu'à maintenant, je me suis fait exactement 12 dollars de pourboire), mais il y a pire, comme après-midi. Arturo enfile sa veste et attrape un parapluie derrière le bar.

— Où vas-tu ?

— Répéter avec mon coach. J'ai une audition super importante samedi. Il y aura des agents, des producteurs, des critiques, peut-être même des gens du Saturday Night Live.

— Super ! Bonne chance, dit Logan.

Je lui donne un coup de pied sous la table.

— On est censé dire « merde ».

Il fronce les sourcils.

— Ah bon ? Ça se fait vraiment ?

— Oui, répond Arturo. Du moins quand on est superstitieux, comme moi.

Logan sourit.

— Merde merde et remerde, alors !

— Merci.

Arturo se tourne vers moi.

— Tu viendras, hein ? Tu rigoleras super fort à chacune de mes répliques, même si je suis vraiment nul, d'accord ?

— Compte sur moi.

— Et toi, Logan ?

Logan sourit.

— Je viendrai aussi. Je ne vais pas abandonner Zan. Ce sera comme un premier rendez-vous.

Je lui lance un regard sévère.

— Non, ce n'est pas un rendez-vous.

— Un genre de rendez-vous, alors.

— Pas du tout !

— Une espèce de rendez-vous, alors…

— Même pas en rêve !

Arturo est aux anges.

— Continuez, j'adore !

La porte s'ouvre sur Samantha.

— Tu vas répéter ? demande-t-elle, les mains enfouies dans son tablier.

— Oui.

Ils échangent un rapide baiser, puis elle ajoute, comme si cet encouragement lui coûtait :

— Ça va bien se passer, tu verras.

Logan consulte l'horloge.

— Il faut que j'y aille, moi aussi. Je vais chercher ma sœur à l'école.

Il se lève et glisse un stylo dans son sac.

— Merci pour les boissons !

Après quelques instants d'hésitation, Samantha s'approche de notre table.

— Ce sont les nuggets sans poulet ?

— Dans toute leur splendeur, je réponds.

Elle échange un regard avec Arturo, puis se tourne vers moi.

— Tu sais quoi ? C'est mort, ici. Pas la peine de rester toutes les deux, et en plus j'ai plein de trucs à lire.

Tu devrais partir avec ton… ami, me glisse-t-elle avec un sourire entendu pendant que Logan enfile son pull.

Sa tête surgit par le trou de l'encolure.

— Elle a raison. Viens dîner à la maison, ma sœur sera super contente de faire ta connaissance !

Alors que j'ai très envie de décevoir ma collègue et d'effacer ce petit sourire de son visage, je m'entends répondre :

— Oui, d'accord…

Avant de changer d'avis, je vais pointer dans la cuisine.

J'AI… GAGNÉ… LA… COURSE !

Mais je suis trop essoufflée pour triompher. Dégoulinante de sueur, j'agrippe la rampe des escaliers de l'école. Nous avons couru comme des fous depuis l'arrêt de bus, chacun voulant coûte que coûte arriver le premier.

— Tu traces, dis donc ! lance Logan, tandis que la porte se referme derrière nous et que le vacarme de la pluie s'arrête.

J'ai du mal à avaler ma salive.

— Oui, et en plus, je suis mauvaise perdante, alors heureusement que je t'ai battu.

Hors d'haleine, il proteste quand même.

— Hé ! Tu exagères, tu ne crois pas ? En plus, on ne faisait pas vraiment la course.

— C'est toujours ce qu'on dit quand on arrive en dernier.

Il avoue d'un sourire.

— Très bien. Tu n'es pas seulement mauvaise perdante. Tu es mauvaise gagnante, aussi !

D'un pas triomphal, je le suis dans le sous-sol de l'établissement. Nous longeons des murs de béton qu'égayent des dessins d'enfants, puis il salue un surveillant posté devant quelques portes entrouvertes.

— Brittany Hart est là ?

L'homme consulte sa liste et fait de grands gestes en direction d'une fillette assise à l'autre bout de la cafétéria, dont un mur est couvert de manteaux accrochés à des patères avec, en dessous, de petites bottes de pluie.

Le surveillant hésite, puis commence :

— Elle a été un peu…

Logan lève la main pour l'empêcher de continuer.

— D'accord, merci…

Je le suis tandis qu'il se fraye un chemin parmi une ribambelle de gamins surexcités.

Au bout d'un moment, je repère la petite fille que Logan m'a montrée sur son téléphone. Elle est assise dans un coin, les yeux fixés sur le coupe-vent rose plié sur ses genoux.

Logan la rejoint à la hâte.

— Ça va, ma puce ?

Un peu à l'écart, je le regarde se pencher et glisser une mèche derrière l'oreille de la fillette, dont la lèvre inférieure se met à trembler.

— Qu'est-ce qu'il y a ?

Je m'inquiète de le voir inquiet, surprise de le découvrir dans son rôle de grand frère.

Tout à coup, la fillette remarque ma présence et lève vers moi ses grands yeux curieux.

— Salut, dis-je avec un geste maladroit de la main, je m'appelle Zan. Tu as eu une mauvaise journée ?

Logan la soulève et elle enroule ses petites jambes autour de sa taille.

— Tout va bien, souffle-t-il.

Il me lance un regard confiant et attrape un sac à dos jaune couvert de badges qu'il jette sur son épaule, par-dessus le sien.

À l'entrée, le surveillant coche un nom sur une liste et tapote gentiment l'épaule de Brittany.

— C'était pas la grande forme, aujourd'hui, hein ?

Mais la fillette ne bouge pas, le visage enfoui dans le cou de son frère.

Alors que nous courons vers l'arrêt, le bus démarre.

— Nooon ! crie Logan avant de s'arrêter net.

Il pleut des cordes et nous n'avons rien pour nous protéger. Je pousse un petit cri en sentant un mince filet d'eau couler entre mon soutien-gorge et ma peau.

Bee sourit quand son frère laisse échapper un grognement de frustration. Devant nous, un peu plus loin, un dieu de la route a eu pitié de nous et a fait passer un feu au rouge. Juste devant notre bus.

— Attendez !

Je cours dans les flaques et, au carrefour, je tambourine contre les portes de verre. Mais la conductrice ne daigne même pas tourner la tête.

— Hé !

Je frappe des deux poings, cette fois, mais c'est comme si j'étais invisible. J'ai de l'eau jusqu'aux chevilles, et mes pauvres tennis en toile sont complètement trempées.

— S'il vous plaît ! J'ai un enfant, avec moi !

Au bout d'un moment, la conductrice tourne les yeux vers moi, et je lui montre Logan qui vient de me rattraper, Bee dans les bras. En la voyant soupirer, je sais que j'ai gagné la partie.

Deux rues plus loin, Bee s'endort sur les genoux de son frère, bercée par le bruit du moteur et les puissants freinages.

— Elle n'est pas aussi calme, d'habitude.

— Elle va bien ?

— Elle traverse une période difficile. Et en plus, les autres filles sont méchantes avec elle, à l'école. Elles n'ont que six ans !

Je fronce les sourcils.

— Il n'y a pas plus cruel qu'une cour de récré.

— Elle a demandé à Bonnie de l'emmener faire du shopping. Son look, ça le fait pas du tout. Lincoln Park est un quartier super branché.

Je hoche la tête. J'ai compris.

— Il lui faut des baskets lumineuses argentées.

— Quoi ?

— Dans la classe de mon frère, toutes les filles en portent. C'est l'accessoire indispensable de la it-girl des beaux quartiers.

— Mais enfin, ce ne sont que des enfants !

— Et alors ? Les enfants sont des consommateurs comme les autres !

Logan rit.

— Une séance de shopping s'impose, si je comprends bien. Franchement, s'il n'y a que ça, ce n'est pas très grave.

Bee glisse sur ses genoux et entrouvre les yeux. Quand il se redresse, une petite flaque d'eau se forme à ses pieds. Son jean est trempé.

— Super…

Ses yeux verts brillent et se plantent dans les miens.

Nous regardons les essuie-glaces géants balayer la nuit.

Logan habite près du lac. Je suis déjà entrée dans des immeubles comme ça – des bâtiments d'avant-guerre de taille moyenne gardés par de sympathiques portiers. Nous prenons l'ascenseur jusqu'au dernier étage. Bee est debout, mais elle dort à moitié. Elle et moi laissons nos chaussettes trempées à l'entrée tandis que Logan avance sur la pointe des pieds et va faire couler un bain à Bee. Quand j'entre dans l'appartement, il me donne une serviette et tend la main par-dessus mon épaule pour fermer la porte.

— Attends une minute…

Il disparaît dans une chambre donnant sur le couloir, puis il revient avec un pyjama rose en satin.

— Il y a une autre salle de bains au fond.

Je caresse du pouce le tissu soyeux.

— Je n'aurais pas cru que c'était ton style.

— Il appartient à ma tante.

Quelques minutes plus tard, je le rejoins dans une grande cuisine ouverte sur un salon, mes vêtements trempés à la main. On voit tout de suite que je suis beaucoup, beaucoup plus grande que la tante de Logan. Il s'est changé, lui aussi, et émince des oignons. Son visage s'éclaire quand il me voit, mais ses yeux sont mouillés de larmes.

— Pas mal, ton short !

— Lol…

Il s'essuie les mains et me débarrasse de mes vêtements qu'il fourre dans le séchoir, en veillant à ne pas s'attarder sur mon soutien-gorge dégoulinant.

— Tu as faim ?

— Super faim !

La grande pièce bien lumineuse est décorée d'objets anciens et d'un fouillis de plantes vertes suspendues aux fenêtres. Je m'assieds sur un tabouret, près de l'îlot de la cuisine, tandis que Logan fait revenir les oignons dans de l'huile d'olive. Une délicieuse odeur emplit aussitôt la cuisine. Il ajoute des dés de carottes, un peu de gros sel et du poivre, puis saisit le manche de la poêle et secoue vigoureusement le tout.

La pluie résonne sur les lucarnes, au-dessus de nos têtes. Il met une boule de hachis de dinde dans un saladier.

— Bon…

— Euh…

Il rit, pas gêné par le silence qui s'installe entre nous, et je le regarde ajouter des œufs, de la chapelure, du persil, un trait de citron et enfin les carottes et les oignons dorés, puis malaxer le tout à la main pour former des boulettes qu'il dépose dans la poêle.

— Tu veux goûter ? dit-il en me tendant un peu de viande crue par-dessus le comptoir.

Je repousse en riant sa main.

— Non merci !

Et j'ajoute, soucieuse d'entretenir la conversation :

— C'est la première fois que je vois quelqu'un mettre des carottes dans ses boulettes.

— C'est le seul moyen pour faire avaler des légumes à Bee. Je mets aussi du brocoli dans le pesto et des champignons dans les hamburgers. S'ils sont hachés bien fin, elle ne s'en rend même pas compte.

Il lève les yeux.

— Quoi ?

Mon sourire s'évanouit.

— Rien. C'est… mignon.

— Miam miam ! fait une petite voix dans le couloir.

Tandis que les boulettes finissent de cuire, Logan se lave les mains et dépose la vaisselle sale dans l'évier. Bee s'avance pour jeter un coup d'œil dans la poêle. Le dos de son pyjama est trempé sous ses cheveux blonds.

— Va chercher ta brosse et une serviette. Tu vas mettre de l'eau partout !

La fillette acquiesce et s'éloigne.

— Tu as l'air d'être un bon cuistot, dis-je en le regardant retourner les boulettes.

Je l'ai vu tailler les légumes. Nettement. Régulièrement.

— Oui, j'aime bien cuisiner.

— Arturo veut embaucher quelqu'un au restaurant, pour aider à préparer le service du soir. Maintenant que Priya est partie, nous aurions bien besoin de renfort. Est-ce que tu…

Il hoche la tête aussitôt.

— Oui. Je voudrais économiser pour m'acheter une voiture.

— Super, je lui en parlerai.

Bee revient, une brosse à la main et une serviette sur l'épaule. Elle commence à se coiffer, mais elle ne fait qu'effleurer le fouillis de sa chevelure.

— Toi aussi, tes cheveux sont tout emmêlés, me dit-elle une fois qu'elle a terminé. Tu veux bien que je te peigne ?

C'est la première phrase complète qu'elle prononce depuis le début de la soirée.

Logan et moi échangeons un regard.

— Ce serait génial, merci.

Le tabouret est trop haut pour elle, alors nous allons nous asseoir par terre, dans le salon.

— Dis-moi si je te fais mal, dit-elle, comme une vraie coiffeuse.

Je sens qu'elle s'applique pour passer la grosse brosse dans mes cheveux. Ça tire un peu parfois, mais c'est très agréable.

— J'aime bien tes cheveux, dit-elle en tournant ma tête pour lisser ma frange. Ils sont beaux.

Son visage n'est qu'à quelques centimètres du mien et je remarque qu'il lui manque une dent du bas.

— Coquillettes ou papillons ? lance Logan.

— Papillons, répond Bee d'un ton ferme.

Pendant qu'il fouille dans les placards, le téléphone de la maison se met à sonner.

Bee lâche sa brosse.

— J'y vais !

Elle se hisse sur la pointe des pieds pour attraper le téléphone vintage accroché au mur, puis prend une profonde inspiration et annonce :

— Ici la maison Hart, Brittany à l'appareil…

Impressionnée, je me tourne vers Logan, qui murmure :

— C'est notre tante qui lui a appris ça…

Bee écoute attentivement, puis son visage s'éclaire.

— Bonsoir, Maman.

— Brittany, passe-moi le téléphone.

Elle l'ignore. Logan répète, mais comme elle ne bouge toujours pas, il lui prend le combiné des mains.

Les larmes aux yeux, Bee court se réfugier dans sa chambre, et Logan marque une pause avant de porter le téléphone à son oreille.

— Maman ! Tu sais bien que tu ne peux pas appeler comme ça…

Il a complètement changé de ton. Je me demande si je dois m'éclipser puis je me rappelle que je suis en pyjama et que mes vêtements sont encore dans le séchoir. Logan me fait signe d'aller voir Bee.

— Ne pleure pas, Maman, dit-il d'un ton radouci.

Je sens qu'il ne veut pas que j'entende la suite de cette conversation et j'accélère le pas tout en me reprochant d'être aussi curieuse.

Assise par terre, Bee regarde fixement une poupée violette aux cheveux rose fluo. Avec ses vêtements sexy et sa tête énorme, on dirait une vieille pute boulimique.

Je m'arrête sur le seuil.

— Comment s'appelle-t-elle ?

— Gwendolyne, répond Bee. C'est ma Maman qui me l'a donnée.

La vitre fêlée de la chambre laisse passer le bruit de la pluie et du vent.

J'avance d'un pas.

— Gwendolyne ?

Le lit surmonté d'une espèce de toit de toile est bien fait, avec des oreillers roses bien moelleux, et un gros ours en peluche dans un coin. Des livres d'enfants recouvrent tout un pan de mur. Bee essuie ses yeux rouges et gonflés tandis que je m'assieds près d'elle, sur le tapis.

— C'est un joli nom. C'est une princesse ?

— Non ! Une sénatrice.

Je me retiens de sourire devant son air sérieux.

— Waouh !

Je pose sur la poupée un regard nouveau, plus respectueux, et je pense à Priya. Elle adorerait cette fillette.

— Bravo, Gwendolyne !

Bee prend de minuscules vêtements dans une boîte, au pied de son lit, et commence à déshabiller sa poupée.

— Logan n'aime pas jouer à la princesse, lâche-t-elle au bout d'un moment.

— Ah bon, et pourquoi pas ?

Bee fait glisser la minirobe sur la mince poitrine de la poupée et la boutonne à l'arrière.

— Il dit que les princesses ne font rien d'intéressant, à part se mettre du rouge à lèvres et attendre que des garçons les demandent en mariage.

Elle s'essuie les yeux avant d'ajouter :

— Il dit qu'il sera très triste si c'est ça que je veux quand je serai grande.

Je remercie Logan en silence et dois me faire violence pour ne pas soutirer davantage d'informations à ce petit être innocent.

Qu'est-ce qui me prend ? Tout à coup, je ressens le besoin d'appeler Priya pour lui parler d'un garçon. À cette pensée, la tristesse m'envahit, accompagnée d'un étrange malaise. Je m'empresse de reprendre la conversation dans l'espoir de chasser les émotions qui se bousculent en moi.

— Alors comme ça, Gwendolyne est sénatrice ?

— Oui, répond Bee, occupée à coiffer les cheveux roses en queue de cheval. Une sénatrice très jolie.

Au bout du couloir, la porte s'ouvre et une voix de femme lance.

— C'est le déluge, dehors !

Quelques secondes plus tard, une tête apparaît.

— Salut, ma puce… Oh…

La tante de Logan, que je me rappelle avoir observée, cachée derrière une poubelle, me jette un regard interrogateur.

— Salut…

Pendant que je me lève, Bee explique :

— C'est Zan, une amie de Logan, et elle a mis ton pyjama.

La femme rit et me tend la main, ses joues roses soulignant ses yeux légèrement enfoncés.

— Enchantée, Zan. Moi, c'est Bonnie.

Elle retire son trench-coat et secoue sa courte chevelure brune.

— Et ça ne me dérange pas de te prêter mon pyjama.

Un courant d'air s'infiltre par la porte ouverte et je serre les bras autour du haut trop grand.

— Merci. Enchantée.

Bonnie enlève ses escarpins et perd cinq centimètres.

— Où est ton frère ?

— Au téléphone… soupire Bee.

Soudain, Bonnie semble comprendre ce qui se passe, et je me demande si cela arrive souvent.

— Je… vais voir.

Bee me montre sa bibliothèque bien garnie quand Logan nous appelle pour dîner. Elle n'hésite pas une seule fois en lisant *Angeline la Ballerine* et je la soupçonne de connaître par cœur le texte, qu'elle ne regarde même pas.

Logan entre dans la chambre et jette un torchon à vaisselle par-dessus son épaule.

— J'ai dit : à table, Brittany !

Bee referme bruyamment son livre.

— Désolée, Zan. On finira l'histoire plus tard.

Nous suivons Logan et l'odeur des boulettes de viande.

— Alors, Zan, que penses-tu de la cuisine de mon neveu ? dit Bonnie en se resservant de la salade.

Je m'essuie la bouche avec une serviette en tissu.

— C'est délicieux.

— Crois-moi, cette gazinière a plus servi ces quatre dernières semaines que pendant les trois années d'avant.

Elle tend la main et pince gentiment la joue de Logan, un peu gêné par le compliment.

— Si tu restais ici, l'année prochaine, hein ? Comme ça, tu serais mon cuisinier attitré !

— Il veut aller étudier les beaux-arts à Chicago ! dit Bee, la bouche pleine de pâtes. Mais il pourra quand même nous préparer de bons petits plats.

Bonnie jette un regard à son neveu.

— Ah bon ? Ce serait génial, ça !

Bee semble apprécier la bonne humeur de sa tante.

— J'ai regardé sur l'ordi, c'est à cinq kilomètres d'ici ! explique-t-elle. Tu devrais vraiment essayer, Logan.

— Où as-tu entendu parler des Beaux-Arts de Chicago ?

— J'ai vu des papiers dans ta chambre, avoue-t-elle, les yeux baissés.

— Je t'ai déjà dit de ne pas fouiller dans mes affaires !

Quand la fillette se met à bouder, Logan s'adoucit légèrement.

— À votre place, je n'y croirais pas trop. J'ai eu des notes pourries l'année dernière.

— Justement, cette année, tu vas te rattraper ! déclare Bonnie en reprenant des boulettes. Tu vaux mieux que quelques chiffres sur un bout de papier, mon chéri. Et toi, Zan, quels sont tes projets, pour l'an prochain ?

— Aucune idée.

Les adultes me posent tout le temps cette question, et je ne sais jamais quoi répondre. Cette ambivalence vis-à-vis de l'avenir étonnait beaucoup Priya qui, contrairement à moi, savait exactement ce qu'elle voulait : étudier dans une université de l'Ivy League, fonder une grande famille et faire carrière dans le domaine de la santé ou de la politique.

Bonnie insiste, répétant mot pour mot ce que me disait toujours Priya :

— Tu dois bien avoir une idée, quand même ?

Chaque fois que nous avions cette conversation et que rien ne me venait, Priya déroulait sa liste. Prof ? Médecin ? Gardienne de zoo ?

Je me souviens lui avoir dit, un jour, alors que nous discutions sur le futon, dans le grenier :

« C'est bizarre d'avoir à prendre des décisions aussi importantes alors que nous n'avons pas vu ni fait assez de choses pour savoir qui nous sommes ou ce que nous voulons. »

Assise en tailleur près de moi, Priya m'écoutait d'un air pensif.

« Mais quoi que je fasse, j'espère que ce sera quelque chose de bien », avais-je ajouté.

Je me rappelle encore sa tête, et son air absolument convaincu.

« Bien sûr que oui, ZanaBanana ! »

Je sursaute en entendant vibrer mon portable sur la table basse du salon.

— Désolée, je vais l'éteindre, ça doit être ma…

« Maman » s'affiche sur l'écran, et je sens mon cœur se serrer en songeant à Bee.

— … copine.

— Je t'en prie, dit Bonnie, prends ton appel, ça ne nous dérange pas.

Une fois dans le couloir, je rappelle.

— Ça va ? Je suis occupée, là.

— Je n'en ai pas pour longtemps. Tu travailles, demain ?

Je m'adosse au mur, près d'une porte entrouverte.

— Non, je ne crois pas.

Elle semble soulagée.

— Parfait. Peux-tu aller chercher Harr à l'école et l'emmener chez Papa ?

— Mais… on vient juste d'y aller !

— Je dois accompagner Whit à un dîner professionnel et il a proposé de prendre ton frère. Harr devait dormir chez un copain mais finalement, ça tombe à l'eau. En tout cas, Papa ne pourra pas être chez lui avant dix-neuf heures.

Elle marque une pause, puis ajoute :

— Tu peux dîner chez ton père plus d'une fois par semaine, tu sais ?

— Je sais, mais…

Je pousse discrètement la porte et jette un œil dans la chambre. Les murs sont couverts de grands dessins à l'encre et au fusain représentant des visages sortant de l'ombre. Leurs yeux sont tristes, même quand ils sourient. La chambre de Logan, sans doute…

— Un labo organise un grand dîner pour tous les médecins, explique Maman. Et Whit va recevoir une récompense. J'y vais juste pour lui servir de faire-valoir.

— Super ! Ce sera sympa.

Au pied du bureau, un carnet à croquis attire soudain mon attention. Logan a fait un dessin de moi ?

— Alors, tu es d'accord pour aller chercher ton frère ?

— Euh… oui, pas de problème.

Je raccroche, sans quitter le dessin des yeux. Il s'agit d'une esquisse, mais c'est bien moi. Mon visage, le sourcil levé d'un air de défi, se détache sur un fond noirci au fusain. Contrairement aux autres portraits, le mien est plutôt gai, à la fois doux et dur. Mes joues sont rondes, mes taches de rousseur bien apparentes.

Un peu étourdie par une douce sensation de chaleur, je regagne la table et lance en croisant les bras :

— On en était où, déjà ?

— Tu nous racontais ce que tu voulais faire de ta vie, résume Bee, ce qui fait rire Bonnie.

— Ah oui… Je vais être franche avec toi, Bee : je n'en ai aucune idée.

— Vraiment ?

Je hausse les épaules.

— Je n'ai jamais eu l'impression de faire partie des gens qui avaient un destin hors du commun, tu vois ? Le monde n'attend peut-être pas après moi.

Bonnie fronce les sourcils.

— J'ai l'impression que tu te sous-estimes un peu, si tu veux mon avis.

Nouveau bip.

— Tu es très demandée, dis donc ! me jette Bonnie.

— Pardon.

J'active le mode silencieux. De toute façon, je ne connais pas cette adresse.

De : <lesgrissoms@yahoo.com>
À : Zan Martini
<martiniweenybikini12@gmail.com>
Date : Jeudi 13 septembre, 8 : 32
Objet : <sans objet>

ZZWelcome way in/d.344itspdfiiiihauhlep

— C'est quoi ? demande Logan.

Je repose mon téléphone.

— Du spam. Mais assez parlé de moi ! Et toi, Bee, tu as des grands projets, pour l'avenir ?

— J'ai beaucoup réfléchi, répond la fillette avec sérieux. Pour Halloween, j'ai décidé de me déguiser en beignet géant.

J'éclate de rire et, l'espace d'un instant, Logan a l'air heureux.

— C'est génial. Tu m'appelleras pour que je t'aide à fabriquer les vermicelles de couleur, d'accord ?

Après le dîner, Logan me rend mes vêtements secs. Bonnie et Bee chargent le lave-vaisselle au son de « Lady Marmalade », à fond dans les haut-parleurs. Bonnie confie tout ce qui n'est ni coupant ni fragile à Bee, qui chante, une cuiller en bois en guise de micro. La petite diva fait une pause au moment où Aguilera entonne le refrain « Voulez-vous coucher avec moi », puis elle me demande :

— Ça veut dire quoi, ce qu'elle dit, en français ?

Bonnie se mord les lèvres pour ne pas rire.

— Eh bien… euh… je ne sais pas.

Logan se racle la gorge.

— On va t'appeler un taxi, si tu es prête.

Je reviens quelques instants plus tard avec des vêtements chauds. Bee et Bonnie cessent un instant de danser sur « 1999 », de Prince, pour me dire au revoir.

Logan me précède dans l'étroit couloir.

— Je descends avec toi.

Je fais mine de ne rien remarquer quand il presse discrètement le pas pour aller fermer la porte de sa chambre.

Devant l'ascenseur, je me retiens de lui parler de l'appel de sa mère, mais je sais qu'il y pense lui aussi. Le silence s'étire, de plus en plus difficile à briser.

Il s'efface devant moi, appuie sur le bouton et, l'espace d'une seconde, notre proximité me met mal à l'aise. Nous sortons dans le hall un peu vieillot.

— Logan ! Salut mon pote ! lance un nouveau portier doté d'un fort accent d'Europe de l'Est, en appuyant à la hâte sur la touche « pause » de son ordinateur portable.

— Salut, Frank ! Ne te dérange pas pour nous !

— C'est *Scandal* ! dit Frank. J'adore cette série, mais j'ai quelques épisodes de retard. Pas de spoilers, hein !

Je réponds d'un ton grave :

— Jamais je ne ferais une chose pareille !

Une voiture arrive et Logan atteint la porte avant que Frank ait eu le temps de quitter son comptoir.

— Tu vas me mettre au chômage !

— Ça restera entre nous, promis.

Logan ouvre un parapluie et nous courons jusqu'à la voiture. Au moment où je m'engouffre à l'intérieur, nos regards se croisent. Nous sommes au sec alors qu'il pleut à verse autour de nous, et nos visages sont tout proches. Il ne bouge pas. Moi non plus.

Mes yeux se posent sur sa bouche, mais au lieu d'effacer les quelques centimètres qui la séparent de la mienne, je recule d'un pas.

— C'était sympa…

Je ne sais pas si je suis déçue ou soulagée.

— Ouais, souffle-t-il.

— Bon, eh bien… bonne nuit.

Je disparais derrière les vitres teintées.

Je me réveille en sursaut, la bouche sèche, le cœur qui bat à cent à l'heure.

Dans mon cauchemar, j'étais le chauffeur d'autobus dans la tempête, le regard fixé devant moi, avec en arrière-plan les sinistres visages au fusain de Logan. Dehors, Priya frappait contre les portes dégoulinantes de pluie en poussant un cri silencieux.

— ZZ, je dis tout haut.

C'est comme ça qu'elle m'appelait : ZZ.

Saluuuuuuut. **** toc toc sur le micro ****

Est-ce que ça marche ?

Ici Priya.

Ça fait tout drôle. Mais je vais le faire quand même.

J'ai essayé plusieurs fois de tenir un journal intime, puis j'ai laissé tomber. Peut-être parce qu'au fond de moi, je sais que c'est juste une façon de se parler à soi-même. Or qui veut avouer qu'il se parle à lui-même ? Mais bon, ces derniers temps, j'ai besoin de compagnie.

Ce journal ne m'appartient même pas. Je l'ai volé à Amanda, qui l'avait rangé à côté de son ordi. Il est assez beau. Elle a dû l'acheter dans une papeterie. Sur la couverture, il y a marqué « Follow your heart ». *Il ne lui manquera certainement pas, et je crois qu'elle est un peu accro au shopping car j'ai vu un autre journal* « Love your life » *dans son casier.*

Amanda a toujours été très positive depuis qu'on est colocs. Elle. Chante. Tout le temps. Tu pourrais baisser le son, un peu, Mandy ?

Aujourd'hui, Amanda est scotchée sur « Get happy », de Judy Garland. Je peux râler, deux minutes ? C'est quoi, au juste, le concept de cette chansonnette ? Tu veux être heureux ? Tiens, voici la recette du bonheur ! Merci beaucoup, Judy Garland. T'as raison, on se complique trop la vie.

Tu sais quoi ? Je suis tellement de mauvais poil qu'on dirait Zan.

Pourquoi je parle d'elle ? Il ne faut pas que je pense à elle en ce moment. Ni à personne, d'ailleurs.

SOIS POSITIVE DEUX MINUTES !

J'ai reçu un nouveau manuel cette semaine. Il est tout beau, bien brillant. J'apprends le mandarin, et je sais déjà écrire « Je suis étudiant », « Tu es étudiant » et « Vous (formule de politesse) êtes étudiant » en idéogrammes. Pour la prononciation, il faudra attendre un peu.

Je n'arrête pas de manger des myrtilles. C'est l'aliment parfait pour travailler, et comme je le dis toujours, c'est aussi excellent pour la ligne. ☺

Avant que j'oublie,
À FAIRE :

À chaque jour sa petite phrase optimiste et implacable

~~*Point projet*~~
~~*Feuilles volantes – ne pas oublier !*~~

Des idées de photos ? Repenses-y.

Faire des jumpings jacks et des sit ups (pour la santé)

Réduire ta consommation de télé (pour prévenir le ramollissement cérébral)

En parlant de cerveau : demander un autre manuel.

Et encore des myrtilles

(P-S : Oui, tu as compris. J'inscris des choses déjà faites sur des listes de choses à faire. Comme ça, j'ai l'impression d'avoir bien bossé, tu comprends ? Même si les tâches accomplies en question n'ont connu qu'un succès contestable.)

De toute façon, je vais laisser tomber. Probablement pour toujours, parce que j'ai des difficultés à me tenir à la rédaction régulière d'un journal. On verra si je m'ennuie ou pas.

Adiós ! Ciao ! Auf Wiedersehen.

(Principe N°301 : Judy Garland aurait fait une piètre thérapeute.)

6

Vendredi 14 septembre

Je sais qu'il y a des règles. Des principes humains de base, quoi. Je sais, par exemple, que je devrais attendre une heure convenable pour appeler Logan. Déjà habillée, je regarde par la fenêtre de ma chambre le soleil se lever au-dessus des arbres. Puis, je décide que six heures et demie du matin est une heure tout à fait convenable pour appeler quelqu'un. Comme je tombe sur son répondeur, j'envoie un texto.

RÉVEILLÉ ? APPELLE-MOI !

Chaque fois que je prends mon petit déjeuner, je les vois. Sur le frigo, parmi les autres lettres aimantées. Sur mon téléphone, au beau milieu du mot BuzzFeed. Dans les bulles des BD que Harr lit le matin, et où il est question de chats qui dorment.

ZZ
zz
zzzzzzzzzzzzzzzzzzzzz

Si Maman ne nous privait pas de céréales sucrées, je verrais sûrement ces lettres flotter dans mon bol. Ce sentiment de malaise, ce tiraillement, cette petite voix intérieure est de retour et, bizarrement, je sais que je ne peux en parler qu'à Logan.

À huit heures, il n'a toujours pas répondu. Voici les textos que je lui ai envoyés :

SALUUUUUT ?

ROGER, RÉPONDS-MOI, ROGER. 10-4

C'EST QUOI, 10-4 ?

ET QUI EST ROGER ?

OK, JE SUIS SÉRIEUSE. JE SOUFFRE D'ANGOISSE D'ABANDON, OÙ ES-TU ?

JE NE SOUFFRE PAS VRAIMENT D'ANGOISSE D'ABANDON. ENFIN JE NE CROIS PAS. MAIS APPELLE-MOI DÈS QUE POSSIBLE STP.

TU ES HORRIBLE !

. . . OK, T'ES PAS HORRIBLE.

(ENFIN, SI, PEUT-ÊTRE).

Je ne le croise pas dans les couloirs en allant à mes deux premiers cours. Je n'arrête pas de vérifier que j'ai du réseau. J'ai besoin de voir son visage pour me rassurer. De savoir que le contact n'est pas rompu.

Au dernier rang, j'écoute le cours sur les puritains – les pèlerins ? J'essaye de me souvenir de l'emploi du temps de Logan aujourd'hui. Il a cours de biologie, non ? Je crois l'avoir aperçu du côté des labos en allant en cours d'histoire. J'écoute le prof pendant quelques instants – « Le maïs était également une ressource alimentaire essentielle » – avec l'impression que je vais piquer du nez sur mon bureau.

Sur le mur, la pendule me nargue. Comme retenue par une main invisible, la trotteuse se déplace au ralenti. On dirait que personne ne voit que je me lève, ce qui est parfait car si je ne vais pas me réfugier aux toilettes, cette vague d'angoisse et d'ennui va me submerger.

Je ferme la porte derrière moi. J'ai fait des efforts vestimentaires ce matin, parce que j'avais du temps libre et de l'énergie à dépenser. Et oui, d'accord, peut-être un peu aussi parce qu'une partie de moi avait envie de se faire belle pour quelqu'un. J'ai opté pour un haut en cachemire et un jean moulant. J'ai même mis de l'autobronzant. Lorsque j'ai aperçu mon reflet dans le miroir, au moment de partir pour le lycée, j'ai eu l'impression de me voir vraiment depuis des années.

Je tourne au bout du couloir et jette un coup d'œil dans le labo par la minuscule vitre de la porte. Logan est affalé sur sa chaise. Il a l'air de regarder la pendule, lui aussi, hypnotisé peut-être par l'étrange phénomène qui a failli me rendre dingue, tout à l'heure.

Je n'arrive pas à attirer son attention. *Hé ! Tourne-toi ! Ou regarde ton téléphone, idiot !* J'ai lu quelque part que notre corps sait quand on nous observe, alors j'essaye de le regarder fixement. Ça marche. Il remarque ma présence.

Il n'est pas le seul. Skye, de l'équipe de foot, me fait un signe de tête, puis continue à mâcher consciencieusement son chewing-gum. Je me baisse avant que le prof puisse me voir. Au bout d'un moment, la porte de la classe s'ouvre sur Logan.

— Ça va ? C'est quoi, ce look ?

— Quel look ?

Il se frotte le menton.

— Je sais pas… Un look de fille ?

— Arrête. Pourquoi t'as pas répondu à mes textos ?

— Désolé, j'ai dû éteindre mon téléphone. Je t'expliquerai. Qu'est-ce qu'il y a ?

J'ouvre le mail d'hier soir. Je le connais presque par cœur.

De : <lesgrissoms@yahoo.com>
À : Zan Martini
<martiniweenybikini12@gmail.com>
Date : jeudi 13 sept, 8 : 32
Objet : <sans objet>

ZZWelcome way in/d.344itspdfifiiiihauhlep

Logan le lit, impassible.

— Je me trompe ou… c'est n'importe quoi ?

— Pas tout à fait.

— Tu m'expliques ?

— De temps en temps, Priya m'appelait « ZZ ». Quand elle m'écrivait. Elle me donnait beaucoup de surnoms, c'est pourquoi je n'ai pas compris, la première fois : ZanaBanana, Mme Zantantic, Zanita, ma Petite Zan… Priya était très inspirée dès qu'il s'agissait de me donner des noms d'oiseaux. Mais dans l'urgence, et dans ses mails, elle m'appelait ZZ.

— Ce mail commence par « ZZ ».

— Oui.

— Donc, tu crois que c'est elle qui t'a envoyé ce message bizarre ?

— Oui, mais c'est pas complètement n'importe quoi. Les trois premiers mots ont un sens.

— « *Welcome way in* ». Ça te dit quelque chose, à toi ?

— Non, mais regarde les dernières lettres.

Il s'approche de l'écran pour lire.

— « L E P », tu veux dire ?

Je lui mets mon écran sous le nez.

— Non, les quatre dernières lettres. H-L-E-P. Et si elle avait essayé d'écrire « HELP » ?

Dire ces mots tout haut les rend plus concrets, plus plausibles. Au fond de moi, une petite voix me crie : *Ce mail a été envoyé sur ta messagerie de collégienne, que Priya est la seule à avoir jamais utilisée.*

Logan décrypte une nouvelle fois le message.

— Bizarre. Qui est l'expéditeur ?

— Ah oui ! « Les Grissoms ». Grissom ! Comme le nom de famille de Ben.

Logan se penche vers moi.

— Attends ! Tu ne crois pas que…

— Je sais pas ce que je crois ! Il a dit qu'elle avait cassé son téléphone, non ? Peut-être qu'elle a emprunté le sien.

— Tu connais cette adresse ?

— Non. Et c'est bizarre que le nom soit au pluriel. Je veux dire, il n'y a pas d'autre Grissom que Ben.

— Et si c'était un mail envoyé par erreur ? demande-t-il.

Je souris, sans cesser de ronger l'ongle de mon index. Tout cela semble complètement dingue.

— Allons chez eux ! Ils voulaient louer la maison, mais je crois que personne n'a encore emménagé. L'autre jour, j'ai remarqué une pile de courrier devant la porte. Tu m'accompagnes ?

Logan hésite. J'insiste.

— J'ai un pressentiment. J'ai besoin d'être là. Dans son espace. Ça m'aidera à réfléchir.

— D'accord. Après les cours, alors ?

— Au fait, je voulais te dire... Mon patron m'a envoyé un texto ce matin pour me demander si tu pouvais venir faire un essai, aujourd'hui.

— Super, merci. J'irai, et ensuite on ira chez Priya, d'accord ?

Quand il retire ma main de ma bouche pour sauver le peu qu'il reste de mon ongle, je sens mon souffle se bloquer.

— Je me disais qu'on pourrait y aller maintenant. Juste après ce cours ? On pourrait rester jusqu'au déjeuner et sécher l'espagnol ?

Il hoche la tête.

— Je préfère éviter. L'année scolaire vient à peine de commencer et j'ai déjà manqué pas mal de cours.

— Tu sais quoi ? Je vais me débrouiller, et je te dirai si je trouve quelque chose.

Je commence à m'éloigner mais, prise d'un vertige, je dois m'appuyer à un casier. Des taches dansent devant mes yeux.

— Hé…

Logan me prend par les épaules.

— Je ne peux pas rester ici.

— D'accord. Retrouve-moi près de la cafétéria. On partira après la sonnerie.

— Ce n'est pas la peine de…

Cette fois, c'est lui qui insiste.

— Je veux t'accompagner !

Il s'approche et m'oblige à le regarder.

— S'il y a quelque chose à trouver, on le trouvera. D'accord ?

— D'accord.

Le trajet nous prend cinq minutes sur le vélo de Logan. Je suis tellement à cran que je lui laisse le guidon.

— C'est là…

Il s'arrête devant la maison, l'une des rares constructions en bois incrustées de brique et de grès. En la parcourant du regard – les lanternes du porche, la cour, la vigne qui grimpe sur la façade – je me rends compte que je suis assaillie par les souvenirs d'un lieu qui n'existe plus.

— Ils ont l'air plutôt friqués, dis donc ! remarque Logan en posant le vélo. Qu'est-ce qu'il fait, comme boulot, le beau-père ?

Je m'extrais du panier et saute à terre.

— Je sais pas trop. Je crois qu'il travaillait à Wall Street avant d'emménager ici. D'après ma mère, il dépensait chaque mois en notes de frais ce qu'elle gagnait en un an.

Logan laisse tomber le vélo dans l'herbe et me suit jusqu'à la porte.

— Pas mal…

— Oui et non. Priya m'a raconté qu'il travaillait tellement qu'il avait embauché toute une équipe : femme de ménage, nounou, précepteur. Elle n'a jamais aimé avoir tous ces gens autour d'elle.

— Mmh…

— Bref, tout ça s'est terminé quand ils sont arrivés ici. Priya avait grandi, et c'est ma mère qui s'occupait d'elle. Je t'ai dit que nos mères étaient meilleures amies ?

— Non.

Le cœur battant, je soulève le loquet du portail. La dernière fois je suis venue ici, c'était pour faire mes adieux. J'aurais voulu rester jusqu'à la dernière minute, mais j'étais censée partir une semaine en stage de foot, comme tous les ans. Ma mère n'arrêtait pas de m'envoyer des textos. J'ai failli rater mon bus.

Durant ces ultimes instants passés ensemble, je n'ai pas craqué. Pendue à mon cou, Priya pleurait et, quand elle s'est éloignée, elle m'a lancé : « T'as pas intérêt à m'oublier ! »

La veille, nous nous étions gavées de biscuits et avions trompé notre chagrin en regardant de vieux épisodes de *Will & Grace* dans le grenier. Je me souviens de m'être identifiée à Will, parce que je suis du genre grincheux. Priya, elle, ressemblait plus à Grace, toujours pétillante.

Après l'avoir serrée dans mes bras, j'ai ouvert ce portail, et nous nous sommes promis de nous revoir à Noël. De nous écrire. De compter les jours jusqu'à l'été, jusqu'à notre départ pour l'Inde. Tout était très concret, à ce moment-là. Nous serions toujours amies.

Parce que parfois l'amour ne passe pas, ne meurt pas, ne se complique pas.

Il se contente d'exister.

Les mains autour de son visage, Logan regarde par la baie vitrée du rez-de-chaussée.

— Ils ont laissé un canapé.

— Je croyais qu'ils devaient tout emporter.

— Il y a un fauteuil aussi. Et plein d'autres trucs.

Je scrute la rue : personne. Je monte les marches du perron et, assise en tailleur, adossée contre la porte d'entrée, je fouille dans la pile de courrier.

— Tu as trouvé quelque chose ? demande Logan en me rejoignant.

— Regarde ça. On dirait une facture. Il y en a plein…

Ben n'a pas fait suivre son courrier ? Il fait vraiment n'importe quoi, ce mec. Une fois, il a oublié de payer la facture d'électricité et ils sont restés dans le noir pendant trois jours. Après ça, Priya l'a forcé à opter pour le prélèvement automatique.

— Ouvre ! suggère Logan.

— Pas question ! Ouvrir un courrier qui ne vous est pas destiné est un délit.

Au moment où je m'apprête à remettre les enveloppes dans la boîte, j'ai une idée.

— Qu'est-ce qu'il y a ?

— Allons voir si le garage est ouvert ! On pourrait essayer d'entrer.

— Parce que ouvrir le courrier de quelqu'un d'autre, c'est imprudent, mais entrer par effraction, c'est tout à fait raisonnable, c'est ça ?!

Je lève le menton, imperturbable.

— Sache que je suis totalement imprévisible.

Je le plante là et je me dirige vers l'étroite bande d'herbe qui contourne la maison.

— Tu es sûre que…

— Oui !

Logan sur les talons, j'accède à une petite allée bordée de box bien alignés où les poubelles prennent le soleil.

Je pose mes doigts sur la porte du garage.

— Ça aussi, c'est illégal, dit Logan.

En me retournant, je m'aperçois qu'il a pris ses distances.

— Je te dis ça juste pour info…

Je pousse la porte, qui s'ouvre miraculeusement. Nous traversons le garage plein à craquer, jusqu'à l'arrière de la maison.

Bingo ! C'est ouvert.

Des meubles encombrent le rez-de-chaussée. À l'étage, il n'y a presque rien dans la chambre de Priya, à l'exception d'un matelas et du bureau qu'elle n'utilisait presque jamais. Dans la chambre de Ben, l'armoire est vide, tout comme la tablette au-dessus du lavabo. Pas de baskets éparpillées au sol ni d'écouteurs sur la table de nuit.

Agrippée à la rampe d'escalier, j'ouvre l'étroite porte qui mène au grenier. Une odeur forte me remplit les narines. Un parfum de pin ? De lessive ? En tout cas, ça me rappelle Priya – la vraie Priya, pas l'énigme qu'elle est devenue. Les devoirs après l'école, les crises de rire et les grandes discussions autour de plats que je rapportais du restaurant et qu'on mangeait froids… Je grimpais toujours ces marches sans hésiter, en prenant garde de ne pas me cogner la tête en haut. Jadis, ce grenier était une bulle, où ni ma mère ni Ben ne mettait jamais les pieds.

Aujourd'hui, il n'en reste plus qu'un futon sur un sommier.

Saisie d'une sensation de vide, j'effleure la toile rêche du lit. *Où es-tu, Priya ?*

Je redescends dans la cuisine. Les tentures que Sita avait rapportées d'Inde ont été retirées des murs. J'ai toujours pensé qu'elles lui ressemblaient : chaleureuses et hautes en couleur… Priya avait l'habitude d'effleurer celle avec l'éléphant en passant – comme une marque d'affection distraite. Quant à moi, je contemplais souvent l'autre, attirée par ses motifs hypnotiques semblables à un kaléidoscope.

Le canapé et le fauteuil du salon sont toujours là. Tout en avançant dans le couloir nu, je serre machinalement les sangles de mon sac à dos pour me raccrocher à quelque chose. J'ai de plus en plus de mal à respirer.

Logan fouille les tiroirs de la cuisine. Je parcours quelques feuilles abandonnées sur la table : un exemplaire du bail californien.

— J'ai l'impression de braquer une banque, dit Logan.

— Il y avait des casseroles et des poêles accrochées à ces murs, et les tiroirs étaient remplis de tous les gadgets possibles et imaginables. De temps en temps, quand il était en forme, Ben nous préparait un bon petit plat.

Je me dirige vers le bureau, puis m'arrête net.

— Qu'est-ce qu'il y a ?

Incapable de parler, je reviens sur mes pas. Le portable de Priya est là, par terre, près de la porte, brisé en mille morceaux.

— Ben nous a dit qu'elle avait cassé son téléphone, murmure Logan après un long silence pesant.

— Je sais, mais… Il y a quelque chose qui cloche. Tu crois qu'on devrait appeler la police ?

Logan vacille un peu, et s'avance jusqu'au bureau.

— Pour dire quoi ? Qu'on est entrés par effraction dans la maison de ton amie et que ça nous fait un peu bizarre ?

— Ce qui est bizarre, c'est qu'ils ont laissé plein de trucs !

— C'est leur maison. Ils n'ont pas à prendre leurs affaires s'ils n'en veulent plus.

Je suis de plus en plus perplexe.

— D'accord, mais pourquoi laisser autant de choses ? Ben a dit qu'il louerait la maison, j'en suis certaine. Comment louer depuis la Californie une maison encore à moitié meublée ? Et le téléphone ?

— Peut-être qu'ils étaient pressés, que Priya a lâché son portable et qu'ils ont décidé de s'en occuper plus tard. De toute façon, ça ne change rien au fait que nous ne sommes pas censés être ici…

Je m'assieds sur le fauteuil de bureau et me balance pour tenter de retrouver mon calme. Logan ramasse une liasse de papiers par terre. Je ne le trouve pas si mignon que ça, en fait. Il a même l'air un peu bête.

— Et ça, c'est quoi ?

Je prends les feuilles – mails imprimés, notes de service et documents couverts de chiffres – et j'aperçois le logo familier d'une fillette en train de lire.

— Ça ressemble à des documents des FÉES, l'association caritative fondée par la mère de Priya. Ben en fait toujours partie.

C'est un peu étrange, en fait, car je n'ai jamais vu le moindre papier traîner dans ce bureau, et encore moins par terre. Ben est peut-être un peu désordonné, parfois, mais pas quand il s'agit de son travail.

En fouillant dans la pile, je trouve un mail daté du mois de mai dernier, envoyé par Yasmine à un certain Modi, directeur d'école, et intitulé « Un incendie à l'école élémentaire des Bons Amis ».

Cher Vijay,

Nous sommes si heureux que tous les élèves soient sains et saufs ! Êtes-vous certain qu'on ne peut rien faire pour vous ? C'est dommage de laisser fermer cette école. Si vous envisagez de la reconstruire, nous pourrions y réfléchir ensemble.

Un autre date du mois d'avril et il est adressé à Anushka.

Chère madame Jha,

J'ai le plaisir de vous informer que l'école de Priti a reçu une importante subvention internationale.

D'après notre comptable, il semblerait que nous ne soyons plus autorisés à recevoir de l'aide de votre part, mais je tiens à exprimer ma profonde gratitude à toutes les FÉES.

Avec mon meilleur souvenir,
Amrit Ganglani
Délégué

Le dernier mail m'intrigue. Il est signé Ben et a été expédié à cette adresse : j.karim565@gmail.com.

Veuillez prendre mon appel.

— Ça te dit quelque chose ? demande Logan.

— Pas vraiment. Mais je le garde au cas où.

Alors que je fourre les papiers dans mon sac à dos, j'aperçois un cadre, sous le bureau.

— Tiens, c'est Sita. La mère de Priya.

Je regarde la photo. Priya lui ressemble tellement ! Ce regard doux et chaleureux qui vous met tout de suite à l'aise… Ça m'étonne que Ben ait laissé ça derrière lui.

— Tu m'as dit qu'elle avait sa propre association caritative ?

— Oui. Elle a hérité d'un gros paquet de fric et elle a tout donné.

— Ah bon ? Pourquoi ?

— Par altruisme. Le grand-père de Priya était à la tête d'un empire : usines textiles, hôtels, partout dans Bombay. Priya m'a raconté qu'une fois sa mère, adolescente, s'était faufilée dans l'une de ses usines alors qu'elle n'était pas censée y entrer. Elle avait été très choquée de voir des filles plus jeunes qu'elle travailler quatorze heures par jour. Elle ne s'est jamais brouillée avec sa famille, mais après ses études à New York, elle n'est pas retournée en Inde. Elle avait tout recommencé à zéro et s'était engagée dans le bénévolat. Puis, un jour, elle a reçu un chèque.

Je me lève, regagne la pièce et ouvre le placard. Il est presque vide. Au sol, quelques papiers.

Je frémis chaque fois que mes yeux se posent sur le téléphone cassé.

— Je crois vraiment qu'on devrait appeler la police.

Logan ne répond pas. Il ne me regarde même pas.

— Comment s'appelle l'association ?

J'ouvre l'armoire où sont rangés les dossiers, puis la referme, contrariée.

— La fondation des FÉES, les Filles pour l'égalité par l'éducation et la science. Elle subventionne des écoles de filles dans la région de Bombay et dans certaines zones rurales.

— Et toi et Priya, vous étiez engagées dans cette association ?

— Oui. Cet été, nous devions envoyer pour la première fois des étudiants bénévoles en Inde. C'était l'idée de Priya, en fait. Notre départ était prévu après la remise des diplômes.

Soudain, il fait le lien.

— Le voyage en Inde… Oui, je me rappelle.

Il regarde l'horloge, puis ajoute :

— Merde ! Le cours d'espagnol a commencé. Il faut y aller.

J'effleure du doigt le bureau et j'ouvre un dernier tiroir. Il contient une lettre avec une seule phrase, tapée à la machine.

Je t'ai retrouvé

Logan lit par-dessus mon épaule.

— Qu'est-ce que ça veut dire, à ton avis ?

— Aucune idée.

Mal à l'aise, je replie la lettre et la mets dans mon sac.

— Je la garde comme preuve. En tout cas, c'est vraiment bizarre. Tu ne trouves pas ?

— Si, admet Logan en prenant son sac à dos.

— Vas-y, si tu veux. Je… je vais rester encore un peu ici.

Il a l'air inquiet.

— Tu es sûre ? Je peux rester si tu…

— Non, non. Je t'ai déjà fait rater un cours. Je ne vais pas tarder.

Une fois Logan parti, j'erre dans la maison. Je m'assieds dans le canapé où nous faisions parfois nos devoirs, effleure du doigt le comptoir en granit de la cuisine…

Je m'arrête sur le seuil de la salle de bains. Cet endroit aussi est plein de souvenirs.

À chacune des rares visites de la mère de Ben, Priya prenait soin de placer un petit cadre bien en évidence au-dessus du lavabo. Quand ils ont déménagé, cela faisait des années que la vieille dame n'était pas venue. Peut-être que Priya avait fini par prendre goût à ces petites phrases ?

Chaque famille a son histoire. Bienvenue chez nous.

J'imagine que ce petit gadget ne faisait pas partie des objets à emballer en priorité. Je prends l'escalier pour aller jeter un coup d'œil dans la salle de bains du deuxième étage.

Le véritable amour est éternel.

Dans le miroir, je remarque que j'ai l'air fatiguée. Qu'est-ce qui fait une histoire d'amour, au juste ? J'ai toujours trouvé que ce dicton avait quelque chose de triste. Quand je venais ici pour me laver les mains, je me posais des questions sur Sita et Ben. Ou Sita et Priya. Ou ma mère et mon père. Sur tous ceux qui avaient aimé et perdu leur amour. Mais comme on peut le lire dans l'autre salle de bains :

Mieux vaut avoir aimé et perdu
que de n'avoir jamais aimé du tout

C'est un peu niais, oui, mais probablement juste. Qui sait ?

J'inspecte une dernière fois les lieux avant de regagner le rez-de-chaussée. Je ne peux vraiment pas me permettre de sécher un autre cours. Je sors après avoir verrouillé de l'intérieur. En entendant claquer la porte d'entrée, je me rends compte que j'ai aussi fermé celle de derrière. C'est stupide. Maintenant, impossible de revenir pour vérifier quoi que ce soit.

C'est alors que je remarque un homme, près du portail. Il a la peau mate et les cheveux bruns, et il me regarde à travers d'épaisses lunettes à monture noire. Je me retourne dans le vague espoir de le faire partir.

— Qui êtes-vous ? demande-t-il lorsque je descends les marches du perron.

Merde merde merde…

Je m'efforce d'avoir l'air parfaitement naturel.

— Oh, euh… Je suis une amie des propriétaires. Je suis passée pour arroser les plantes. Parce que personne n'aime voir mourir ses plantes, vous savez…

N'importe quoi ! Mais l'homme semble trop préoccupé pour m'avoir écoutée.

— Vous connaissez Ben et Priya ?

— Oui, dis-je. Priya est… ma meilleure amie.

— Je vois. Et… ils habitent encore ici ?

— C'est ce que je viens de dire, non ? Excusez-moi, mais… qui êtes-vous ?

Adossé au portail, l'homme me barre la route.

— Un ami de la famille. Je passais juste.

C'est bizarre. Je ne l'ai jamais vu, ici.

— Ils sont absents, en ce moment.

Je me racle la gorge pour signifier que je veux partir, mais il ne bouge pas.

— Il faut que j'y aille…

— Pardon, dit-il, en s'écartant. Après vous.

Je commence à m'éloigner quand, dans mon dos, il ajoute :

— Au revoir, Zan.

Je ne m'aperçois qu'à mi-chemin que je ne lui ai jamais dit mon nom.

Mon cours a déjà commencé quand j'arrive au lycée, la tête pleine de pensées qui se bousculent. J'ai sauté le déjeuner et je suis affamée. Je suis contente d'avoir laissé du pop-corn dans mon casier.

— Alejandra…

Je sursaute en fermant mon casier. *Señora* O'Connell se tient au beau milieu du couloir, un sac sur l'épaule et des clés à la main. Malgré mon embarras, je prends l'air décontracté.

— Oh, bonjour. Désolée d'avoir manqué le cours, mais avec Logan, on avait un contrôle qui s'est prolongé et…

— Arrête… Je vous ai vus quitter le lycée.

J'ouvre la bouche pour protester, mais c'est inutile.

— Pour info, sache que la salle des profs est équipée de fenêtres. Des grandes fenêtres. Et qu'elles donnent sur le parc.

Vaincue, j'abaisse les épaules.

— Écoutez, je suis désolée. Ça ne me ressemble vraiment pas. Ni à moi, ni à Logan, d'ailleurs.

— Je te crois, coupe-t-elle. Et une absence non justifiée, ça peut arriver, Zan. Mais peut-être aimerais-tu avoir une meilleure influence sur ton camarade. Logan a mal commencé l'année et s'il continue comme ça, il pourrait être exclu.

Je me sens coupable. Logan m'a dit qu'il ne pouvait pas se permettre de rater un autre cours, et j'ai quand même insisté.

— Maintenant, si ça ne te dérange pas, dit la *Señora*, c'est le seul jour de la semaine où je sors tôt, alors je vais passer une longue soirée romantique avec deux magnifiques golden retrievers.

— Attendez !

Je regarde ma main, surprise de la voir agripper son avant-bras.

— Désolée. Je n'aurais pas dû faire ça.

Cette fois, elle s'en va vraiment.

— Non, attendez, s'il vous plaît !

Je la suis dans le couloir.

— Pourriez-vous excuser l'absence de Logan aujourd'hui ? Ce n'était pas sa faute. Il ne voulait même pas venir avec moi.

— Alors il n'aurait pas dû le faire.

J'ai du mal à suivre le cliquetis rapide de ses talons.

— Vous ne connaissez pas toute l'histoire… Il voulait juste me rendre service.

Elle secoue la tête, et sa longue queue de cheval se balance dans son dos.

— Je reconnais que Logan a l'air très sympathique, et je le soutiens totalement, mais les profs savent certaines choses, eux aussi. Tous les jeunes n'ont pas une seconde chance comme celle qu'on lui donne ici. Après ce qu'il a fait, s'il veut s'attirer d'autres ennuis, c'est son problème, mais…

Surprise par mon air perplexe, elle s'arrête sous le panneau de sortie.

— *Señora* O'Connell… De quoi parlez-vous ?

Soudain, elle comprend.

— Il ne t'a rien dit… N'est-ce pas ?

— Dire quoi ?

Elle pose les doigts sur son front et murmure pour elle-même :

— Bon sang, Megan !…

— Qu'est-ce qu'il aurait dû me dire ?

— Je suis vraiment désolée, Zan. Tu as raison, je ne connais pas toute l'histoire… Décidément, j'ai tout faux, en ce moment !

Elle se ressaisit, puis lève les yeux vers moi.

— Au cas où tu te poserais la question, sache que tous les adultes qui prétendent ne jamais faire d'erreurs sont des menteurs.

J'attends toujours ma réponse. J'ai envie de la secouer pour qu'elle me la crache enfin.

— Mon intention n'était pas de te divulguer des informations confidentielles sur un élève. Logan a le droit de repartir de zéro. Quelle que soit son histoire, c'est à lui de te la raconter, pas à moi.

Elle se mord la lèvre.

— Est-ce qu'on pourrait oublier cette conversation ? Faire comme si je ne t'avais rien dit ?

Malgré mon angoisse grandissante, j'acquiesce d'un signe de tête, et je la sens se détendre.

— Merci, Zan.

Elle marche à reculons vers l'escalier.

— Et ne t'inquiète pas pour le cours aujourd'hui. Disons qu'on est quittes.

Au milieu du cours d'anglais, on vient me chercher pour aller voir le conseiller d'orientation. Nous parlons de l'université, et je réponds à la plupart de ses questions par « Je ne sais pas ».

— Tu préférerais une petite structure ? Faire partie d'une sororité ? As-tu eu des contacts avec les grandes universités ? Et la nature ? Tu aimes les grandes villes ? Allez, Zan. Aide-moi un peu ! Où te vois-tu l'année prochaine ?

Même si je n'étais pas si distraite, je ne suis pas sûre que je trouverais une réponse à cette question. Quand la sonnerie retentit, je salue le conseiller. La réunion n'a pas été très fructueuse.

Après les cours, Logan m'accompagne au restaurant, son vélo à la main. Je ne lui parle pas de ma conversation avec la *Señora*, mais je me surprends à l'observer de plus près. J'essaye encore de faire le tri dans tous les événements de cette journée. À chaque fois que je repense à la maison de Priya – le téléphone, le mot – mon malaise revient. Je ne suis pas censée travailler aujourd'hui, mais j'ai envie d'aider Sam à apprendre les ficelles du métier à Logan…

L'interminable play-list de musique banda de Manny reflète parfaitement mon humeur. Il y a quelque chose de mélancolique dans le son sourd du tuba. De temps en temps, Arturo vient me chercher pour aller faire un tour en cuisine et ça me fait du bien. Il arrive toujours à me faire rire, que je sois stressée ou déprimée.

— Ce n'est pas sorcier, dit Samantha. Ce sont des oignons rouges.

Elle dépose une grosse boîte sur le comptoir.

— Tu les coupes en rondelles et tu les ranges dans des bacs.

Elle prend dans le lave-vaisselle un récipient encore humide.

— Et ensuite, tu déposes directement ces bacs dans le bar à salades.

Vêtu de son tablier, Logan la suit pas à pas.

— Je comprends…

— Fais-en quelques-uns de plus, dit Sam, comme ça, on ne sera pas à court.

Elle ouvre la lourde porte du frigo.

— Et empile les bacs que tu n'utilises pas ici, pour qu'ils restent bien frais.

Logan se frotte les mains.

— Je suis prêt, chef. Au boulot !

Samantha lève les yeux au ciel en souriant.

— Les tomates cerises, tu les coupes en deux. Les concombres, en rondelles d'un demi-centimètre d'épaisseur. Les olives sont déjà prêtes, il suffit juste de remplir le bac au fur et à mesure.

— Il y a du chou, là… Dis-moi ce que je dois faire avec, ô grande prêtresse des fourneaux !

— L'émincer et le conserver dans une boîte hermétique.

Le volume de la musique diminue.

— Tu as faim, *flaca*[1] ?

Manny retire le manioc de l'huile bouillante.

— Oui, merci.

1. « Maigrichonne » en espagnol.

Il pose l'assiette sur le passe-plat et je prends quelques bouchées de racine friable et salée.

Manny sort de sa tanière en s'essuyant les mains sur son pantalon à carreaux et vient s'asseoir près de moi. Après un long silence, il désigne Logan du menton.

— Il se débrouille bien.

Je souris. Venant de Manny, c'est un grand compliment.

Soudain, Lacey et ses ragots me reviennent à l'esprit, puis je repense au regard de la *Señora* aujourd'hui, dans le couloir. J'aurais dû insister. De quels ennuis parlait-elle ?

Soudain, j'entends Manny siffler et déposer des barquettes en aluminium sur le passe-plat, qu'Arturo empile dans un grand sac en papier.

— Sam, tu peux apporter ça à Reggie ?

— Reggie est là ?

— Qui est Reggie ? demande Logan.

— Je m'en occupe !

— Tu sais que tu n'es pas de service, aujourd'hui ! lance Arturo.

Je me précipite vers les portes battantes.

En tenue de gym, un sac de sport sur l'épaule, Reggie patiente près de l'écriteau « commandes à emporter ».

— Je peux te demander quelque chose ? dis-je sans même le saluer.

Sa présence ici m'apparaît comme un signe. Il faut que je lui parle de Priya. Je ne peux plus garder ça pour moi.

— Euh, bien sûr. Qu'est-ce qu'il y a ?

Je fais un geste en direction de la rue, où la nuit commence à tomber, et je le tire par le bras.

— Viens…

— Zan, que se passe-t-il ?

Nous croisons un jeune couple. Je prends une grande inspiration.

— Comment savoir si on doit signaler la disparition de quelqu'un ?

Son menton se relève.

— Quoi ?

— C'est mon amie, Priya. Elle était serveuse ici.

— Ah oui… J'ai travaillé avec son beau-père.

Je fronce les sourcils.

— Comment ça, tu as travaillé avec Ben ?

— À la maison de quartier. Au printemps dernier, il a commencé à fréquenter le cours de self-défense du jeudi. Un jour, en parlant de ce restaurant, nous avons fait le lien.

— Ah bon ? Je l'ignorais.

— Je croyais qu'ils avaient déménagé.

— Oui, en effet.

Reggie a l'air inquiet, maintenant.

— Attends… Ben n'a pas porté plainte ? Je veux bien l'aider, mais il vaudrait mieux qu'il se rende au commissariat.

— En fait, je suis la seule à penser qu'elle a disparu. En ce moment, elle est quelque part dans un internat. Enfin, soi-disant. Mais je n'ai aucune nouvelle de sa part et ses posts sont très étranges. C'est ma meilleure amie, tu sais ? Et vraiment…

Je soutiens son regard.

— Reggie, je n'arrive pas à croire qu'elle m'ait rayée de sa vie comme ça.

— Alors, reprenons tout depuis le début…

Compréhension, soulagement et compassion se succèdent sur son visage. Il fait visiblement des efforts pour me prendre au sérieux.

— Ton amie a déménagé et a rompu tout contact avec toi, c'est ça ?

Un réverbère s'allume, et je fuis son regard inquisiteur.

— Oui.

— Et tu te demandes si tu ne devrais pas signaler sa disparition ?

— Eh bien… oui.

Il soutient mon regard.

— Écoute, Zan, tu te rends compte que c'est un peu bizarre, ce que tu me racontes ?

— Oui, je sais. Mais ce n'est pas tout. J'ai… Comment dire ? Je suis entrée dans son ancienne maison et…

— Quoi ?

Reggie recule d'un pas.

— Zan, pourquoi tu me racontes ça ? Je suis flic !

— Je sais, mais ce n'est pas grave. La porte de derrière était ouverte et je n'ai pas…

Il se bouche les oreilles et s'éloigne en criant :

— La la la la la la…

J'agite les mains pour capter son attention.

— D'accord, je n'entrerai pas dans les détails.

Il s'arrête et retire ses mains.

— Plus de trucs illégaux, d'accord ? Je ne veux plus entendre parler de cette histoire !

— D'accord. Mais j'ai trouvé un mot bizarre dans la maison…

— Arrête ! Quelqu'un a parlé à Ben, récemment ?

Mes épaules s'affaissent.

— Oui.

— Est-il inquiet pour Priya ? De la savoir dans cette école privée ?

— Eh bien, non, mais…

— Et les autres amis ? Ils se posent des questions, eux aussi ?

Je ferme les yeux un instant.

— Reggie, puisque je te dis que…

Il soupire. Inutile d'insister.

— Repose-toi un peu, dit-il d'un ton radouci. Tu as une mine affreuse.

Assise sur le banc, devant le restaurant, je me force à fixer le réverbère pour ne pas m'effondrer quand la sonnette de la porte retentit.

Logan me tend mon sac à dos.

— Comme je ne te voyais pas rentrer, j'ai pensé que tu en aurais peut-être besoin…

— Merci.

Il enlève son tablier et se penche vers moi.

— J'ai raté quelque chose ?

— Je parlais juste à un ami. Reggie. C'est un officier de police. J'ai essayé de lui expliquer ce qui se passait : les messages bizarres, le mot chez Priya…

Logan écarquille les yeux.

— Attends… Tu as dit à un flic qu'on était entrés par effraction chez Priya ?

— C'est bon…

Il éclate d'un rire moqueur.

— Ah oui, tu crois ? Et tu lui as donné mon nom, aussi ?!

En le voyant se tordre les mains, je comprends qu'il a vraiment quelque chose à cacher.

— Pourquoi n'as-tu pas voulu aller parler à la police de ce qu'on avait vu dans la maison ?

— Il n'y avait rien à signaler.

— As-tu des ennuis, Logan ?

Il cille et rétorque aussitôt :

— Qu'est-ce qui te fait dire ça ?

— Tu étais si… nerveux, chez Priya. Comme si tu étais sûr qu'on allait se faire prendre. Tu avais l'air inquiet à l'idée de manquer le cours, de devoir tout reprendre à zéro. Tu aurais dû voir ta tête quand j'ai parlé de Reggie ! Je ne suis pas débile, tu sais ! J'entends des trucs à ton sujet, et je ne sais pas trop quoi penser. Mais, les gens… parlent, tu sais.

Son visage se crispe.

— Tu t'intéresses aux ragots, tout à coup ?

— Tu n'es pas super bavard, Logan. Si tu n'as rien à te reprocher, pourquoi cherches-tu toujours à éviter mes questions ?

Il fronce les sourcils, comme si je venais de lui faire une révélation.

— Tu ne me fais pas confiance, c'est ça ?

— Je n'ai jamais dit…

— Pas la peine… Tu n'as confiance en personne, Zan, alors pourquoi est-ce que tu ferais une exception pour moi ?

Je proteste.

— Ce n'est pas vrai ! Je fais confiance aux gens. Je veux dire, j'avais confiance en…

Je baisse les yeux, incapable de soutenir son regard.

— Priya, c'est ça ? Ta seule amie au monde ? Ça fait beaucoup pour une seule personne, tu ne trouves pas ?

Son rire me fait mal.

— C'est du délire, de fouiller partout comme ça. Si ça se trouve, c'est beaucoup plus simple que tu crois. Si ça se trouve, elle en a eu marre de toi, la pauvre fille…

J'aurais préféré qu'il me donne un coup de poing dans le ventre. Je garde le silence quelques instants et quand je relève la tête, je comprends qu'il a conscience d'être allé trop loin.

Il se lève.

— Il faut que je retourne en cours, mais je peux passer, plus tard ? Il faut qu'on discute.

Alors qu'il s'approche de la porte, je sens la douleur, la rage et la frustration me saisir à la gorge.

— Pas la peine, je réponds dans son dos. Tu sais, Logan, je te fais peut-être pitié, mais moi, au moins je ne suis pas une menteuse. Ni une… délinquante.

— Ah d'accord ? Tu veux jouer à ça ?

Mais, déjà, je m'éloigne à toute vitesse.

Je suis surprise de trouver Papa à la maison.

— La voilà, dit-il dans le combiné au moment où j'ouvre la porte.

Il a l'air très sérieux, et j'ai l'impression qu'il est en train de régler une question délicate.

Harrison s'approche de moi, les poings serrés.

— Je n'arrive pas à croire que tu m'aies oublié !

— Oh non !

Je lâche mon sac à dos, tandis que Harr, furieux, croise ses petits bras.

— Merde, euh… zut ! Je suis vraiment désolée. J'ai complètement…

— Je t'ai attendue pendant vingt-huit minutes !

Ses joues sont rouges, sa lèvre inférieure légèrement pendante. Ça me fend toujours le cœur de le voir comme ça.

Je m'accroupis près de lui, mais il refuse de me regarder dans les yeux.

— Hé… Excuse-moi, je suis vraiment désolée.

Il prend une inspiration tremblante, luttant pour retenir ses larmes.

— L'animatrice s'est énervée et m'a fait attendre à la cafétéria pendant que le concierge faisait le ménage et que tous les autres rentraient chez eux. Des filles se sont moquées de moi. Même Matilda a rigolé !

Penaude, j'essaye de l'embrasser, mais Harrison me repousse.

— Non, non, marmonne Papa au téléphone. Ne te dérange pas. Profite de ton dîner…

Il raccroche et se tourne vers mon frère.

— Harrison, tu veux bien aller regarder la télé ?

Harr s'arrête un instant, dubitatif, puis, en bon opportuniste, saisit cette occasion pour disparaître.

— Qu'est-ce qui t'est arrivé ? demande Papa une fois Harr installé sur le canapé et hors de portée de voix.

Je me penche sur le comptoir.

— Je suis désolée. J'ai eu une journée pourrie. J'ai oublié.

Soudain, j'entends mon estomac gronder.

— On reste ici ou on va chez toi ? Je meurs de faim.

— Nous retournerons chez moi bientôt, dit-il, visiblement agacé par cette diversion. Comme je ne savais pas quand tu rentrerais, j'ai fait livrer le dîner. Nous t'avons gardé ta part. Mais ce qui s'est passé aujourd'hui ne doit plus jamais se reproduire, Zan.

— Je sais, dis-je en me levant pour aller piller le frigo.

Après la journée que je viens de passer, j'ai envie de quelque chose de consistant, qui va me boucher les artères, mais on dirait que papa n'a pas commandé de viande. Il y a des barquettes de houmous, des fèves et des lentilles, plus une salade et trois boulettes de falafel qui se battent en duel.

— Écoute, dit Papa derrière moi, je ne sais pas trop ce qui se passe dans ta tête en ce moment, mais j'ai l'impression que ça commence à poser problème.

Je sens l'air froid du frigo sur mon visage. Je vais me contenter d'une salade. Ou alors, des lentilles ?

— Maman dit que tu broies du noir. Que tu fais semblant d'être malade pour ne pas aller en cours. Ce n'est pas le moment de craquer. Tu vas entrer à l'université l'année prochaine et il paraît que tu n'as encore fait aucune démarche. Aujourd'hui, nous avons tous les deux reçu un coup de fil de ton conseiller d'orientation pour nous dire que tu n'étais pas motivée pour postuler.

— Je ne suis pas vraiment concentrée sur l'année prochaine en ce moment.

— Eh bien, tu devrais !

— Eh bien, ce n'est pas le cas.

Je claque la porte du frigo.

— Et une bonne fois pour toutes, Papa, je ne suis pas végétarienne !

J'ai crié. Harr s'est retourné.

— C'est rien… Regarde ton émission.

Je retourne chercher le falafel et je l'apporte sur la table, tandis que Papa se lève pour me verser de l'eau, trouvant du premier coup le placard où sont rangés les verres. C'est un peu bizarre de le voir faire comme chez lui ici, chez nous.

En face de moi, il attend que je prenne la parole. J'avale en deux bouchées ma boulette de pois chiches.

— Honnêtement, je ne sais pas quoi te dire, Papa…

— Alors, aide-moi à comprendre.

— Arrête, Papa…

Je bois une gorgée.

— Laisse tomber. Tu sais aussi bien que moi que tu n'es pas le genre de père qui essaye de comprendre. Et ça me convient tout à fait, parce que c'est le rôle de Maman. Elle a beau s'occuper de ce qui ne la regarde pas, elle en a acquis le droit. Mais entre toi et moi, si ça devient trop… concret, c'est vraiment bizarre.

Je baisse les yeux avant d'ajouter :

— Comme en ce moment, par exemple.

Quand je me redresse enfin, Papa s'est raidi. J'insiste.

— Tu vois ? Ce n'est plus comme avant. Et ça fait des années que ça dure.

À part les dialogues de dessin animé qui nous parviennent depuis le salon, la maison n'a jamais été aussi calme.

— Je suis désolée, d'accord ? Peut-être que ce sera différent avec Harr, mais…

Les mots jaillissent en cascade de ma bouche, comme s'ils attendaient depuis trop longtemps d'être prononcés.

— Je ne me souviens pas comment tout a basculé. Comment tu es passé de cette personne en qui j'avais entièrement confiance, un parent qui connaissait presque tout de moi, à… ce type avec qui je partage une fois par semaine des plats à emporter dans un silence quasi total. Je sais que ça va mieux, maintenant, et que tu as une chance de repartir de zéro avec Harrison. Mais avec moi…

Je lève les mains en riant, même si ce n'est pas drôle.

— Je me souviens encore qu'à une époque, tu ne faisais aucun effort.

— Zan…

— Laissons tomber, d'accord ? Finissons ce repas sans viande, puis rentre chez toi et mets-toi devant la télé !

Je n'ose pas le regarder.

— Je ne… Je n'avais aucune idée de ce que tu ressentais, répond Papa. Oh, Boop ! Si seulement je pouvais revenir en arrière…

— Tout va bien.

Je regarde autour de moi avec l'impression soudaine d'avoir réintégré mon propre corps.

Je lui adresse un pauvre sourire.

— Désolée. Je t'ai dit que j'avais eu une journée pourrie. Je crois que j'ai besoin d'aller faire un tour. Continuez sans moi.

— Attends… On peut parler, non ?

— Il n'y a rien à dire.

Dans le salon, je dépose un baiser sur la tête de Harr et murmure :

— Je te revaudrai ça, mon pote.

Puis je me précipite vers la porte et sors sans me retourner.

J'erre dans le quartier pendant au moins une heure, portable éteint. Mon cœur bat à toute allure et les pensées tourbillonnent dans ma tête, si vite que j'ai une sensation de bourdonnement. En rentrant, j'aperçois Papa par la fenêtre de la cuisine. Il m'attend. Je m'assieds sur des marches, dans la rue, jusqu'à ce qu'il monte avec Harr dans la Subaru et démarre enfin.

J'ai presque atteint l'escalier quand une lampe s'allume dans le salon.

— Il paraît que tu as eu une rude journée, Boop.

Maman est assise dans le fauteuil. Elle porte encore sa robe à paillettes, et le beau chignon qu'elle s'est fait pour aller à la soirée.

— Whit n'est pas rentrée, dit-elle, répondant à ma question muette. J'ai parlé à ton père.

— Ah…

Elle tend la main.

— Ton téléphone.

— Quoi ?

— Tu es punie, Zan.

Avec un soupir, je m'approche et le lui tends. Pour ma mère, qui est un parent cool et ouvert au dialogue, c'est une mesure assez extrême. Elle hoche la tête et désigne le canapé, en face d'elle.

— Assieds-toi.

J'obéis, et garde les yeux baissés tandis qu'elle pose ses jambes sur la chaise.

— Récapitulons, d'accord ? Tu as oublié d'aller chercher ton frère. Tu t'es disputée avec ton père. Et tu as quitté la maison, en pleine nuit, sans dire à personne où tu étais, ni quand tu reviendrais. J'oublie quelque chose ?

— Non, Maman.

— Ça t'embêterait de me dire ce qu'il se passe ?

— Je ne sais pas, Maman.

Elle croise les bras.

— Tu ne sais pas ?

— J'ai… beaucoup de choses en tête.

— Zan, tu es punie de toute façon. Mais si tu m'expliques, je pourrai envisager une réduction de peine.

Je m'enfonce dans le canapé et lâche après un long silence :

— C'est Priya.

— Oh, Boop ! Encore ?

Je hausse les épaules.

— Franchement, j'ai peur.

Elle me lance un regard intrigué.

— Qu'est-ce que tu veux dire ?

— C'est compliqué à expliquer, Maman, mais je pense qu'il y a quelque chose qui cloche. Le style de ses messages, par exemple. Tu ne trouves pas ça bizarre de zapper les gens, comme ça ? Et je ne suis pas la seule. Je t'ai dit qu'elle avait rompu avec Nick, aussi ?

— Nicholas Wallace Reid ?

Elle a l'air surpris.

— Oui. Elle n'arrêtait pas de parler de lui, tu te rappelles ?

— En effet. Je croyais que c'était sérieux, entre eux.

— Ça l'était. On s'est parlé, récemment. Si tu avais vu ça, Maman ! Elle lui a brisé le cœur. Par mail, en plus ! Et il est vraiment au bout de sa vie. Et je ne sais pas, mais… je n'arrive pas à croire que c'est elle qui a fait ça.

— Qu'est-ce que tu racontes ?

Voilà. C'est dit.

— Et si ce n'était pas elle, Maman ? Et si les SMS, les mails, le silence – si elle ne maîtrisait rien de tout ça ? L'autre jour, elle a posté un selfie qui datait de quatre mois ! Tu as déjà vu ça, toi ?

— Je ne comprends plus rien, dit Maman. C'est quoi, le problème des vieux selfies ?

— Laisse tomber. Il y a quelque chose qui cloche, tu comprends ?

— Oui, c'est sûr. Elle t'a fait du mal. Sans raison. Mais tu sais, en vieillissant, on se rend compte que plein de gens font n'importe quoi ! Peut-être qu'elle reviendra vers toi, peut-être pas. Mais pour l'instant, pour ta santé mentale, tu dois apprendre à vivre avec l'idée qu'elle ne le fera pas.

— Impossible.

— Zan ! Nous perdons des gens, dans la vie, pour une raison ou pour une autre. Et parfois, il n'y a ni morale, ni leçon à tirer, ni explication satisfaisante. Parfois, la vie n'est pas juste !

Elle semble surprise par ses propres paroles.

— Écoute. Je ne veux vraiment pas minimiser ta douleur, mais crois-moi, tu dois tenter de la surmonter. Je pense que Priya traverse une période difficile. Ce n'est pas contre toi. Tu dois lâcher prise. Du moins, pour l'instant.

Je pense à la maison de Priya. À son téléphone cassé. Maman flipperait si elle savait que je suis entrée chez elle comme ça. Au bout d'un moment, je cherche son regard.

— Et si tu te trompais ?

Elle secoue la tête, déconcertée.

— Chérie… Si Priya avait des ennuis, je pense qu'on le saurait.

— Comment ?

— D'abord, Ben nous aurait appelées. Ou Anushka ? Yaz ? Je crois que tu as franchi la frontière de la paranoïa, là. C'est normal d'essayer de négocier avec ta nouvelle réalité. Tu as perdu une amie. Tu souffres.

Tu cherches une explication, quelque chose qui ne ressemble pas à un rejet. Mais…

Un coussin plaqué sur mon visage, je lâche un cri.

— Zan…

— Ne me parle pas comme ça, dis-je sans retirer le coussin. Je ne suis pas une de tes patientes malades mentales !

Je n'ai pas besoin d'ouvrir les yeux pour savoir la tête qu'elle fait.

— Premièrement, ce n'est pas parce qu'on suit une thérapie qu'on est un malade mental. Tu le sais très bien. Et deuxièmement, pour être tout à fait honnête, si quelqu'un agit comme un malade mental en ce moment, c'est bien toi !

Je soulève l'oreiller pour qu'elle voie mon visage effaré. Mais elle ne bouge pas et, au bout d'un moment, dit dans un soupir :

— J'aimerais tant que tu me fasses confiance…

— Te faire confiance ? Pourquoi tu ne me fais pas confiance, *toi* ?

— Très bien. Tu veux vraiment aller au fond des choses ?

Maman sort son téléphone portable de son sac à main.

— Qu'est-ce que tu fais ?

— J'appelle Ben.

— Non ! Attends !

J'essaye de lui prendre le téléphone.

— Ne t'inquiète pas, dit-elle en me repoussant, je veux juste vérifier que tout va bien.

— Non. Maman ! Raccroche !

— Tu préfères lui parler toi-même ?

Elle me tend le téléphone. Ça sonne.

— Alors ?

Respire, Zan. Respire…

— Salut, Alice !

Maman se cale dans son fauteuil, sans me quitter des yeux.

— Salut, Ben. C'est Zan.

— Oh, salut ! Donne-moi une seconde. Je vais dehors.

J'entends des bruits de fond. Au bout d'une minute, il reprend :

— Tout va bien ?

— Eh bien…

Les yeux toujours fixés sur Maman, je me jette à l'eau.

— Je ne suis pas sûr que tu sois au courant, mais on ne se parle plus, Priya et moi.

— Oui… Je me suis demandé comment tu vivais ça.

Son souffle m'écorche l'oreille.

— Pas très bien.

— Je m'en doute, dit-il avec douceur. Je ne veux pas m'en mêler, mais je ne comprends pas tout à fait son raisonnement…

— Son raisonnement ?

— Je ne sais pas tout, mais j'ai l'impression qu'elle a besoin d'indépendance, en ce moment.

— Oui. Je ne te demande pas de me raconter sa vie, mais je commence à m'inquiéter. Tu nous le dirais si quelque chose n'allait pas, n'est-ce pas ? Je veux dire… Elle va bien ?

Il hésite, puis finit par répondre :

— Elle va bien. C'est… compliqué. Mais elle va bien.

Cela ne me rassure pas. Au contraire.

— D'accord… Ben. Ça veut dire quoi, au juste ?
Il laisse échapper un petit rire.
— Qu'elle traverse une période difficile, c'est tout. Tu sais, elle ne me parle pas beaucoup non plus.
— Je vois. Attends une seconde, d'accord ?
Je vais dans la cuisine, où Maman ne peut pas m'entendre. Je sais qu'elle respectera suffisamment mon intimité pour ne pas me suivre, mais je parle tout de même à voix basse.
— Il s'est passé quelque chose, chez vous, avant votre départ ? J'y suis passée, aujourd'hui.
— Comment ça ?
Après réflexion, j'opte pour une demi-vérité.
— J'étais dans le coin, alors… j'ai jeté un coup d'œil par la fenêtre. J'ai remarqué que tu n'avais pas emporté tous tes meubles. Et c'était le bazar, à l'intérieur.
— Ah… Tu sais, il fallait rendre le camion à Santa Monica à une heure précise. Nous étions censés entreposer la plus grande partie de nos affaires dans un garde-meuble, mais nous étions tellement en retard que nous avons laissé tomber. La journée a été vraiment très… speed.
Je hoche la tête.
— Je comprends. C'est difficile à expliquer, mais j'ai eu l'impression que quelque chose n'était pas normal. Et puis… j'ai vu un type, là-bas.
— Chez nous ?
— Oui. Il rôdait autour de la maison. Il a dit qu'il vous connaissait, toi et Priya, mais je ne l'avais jamais vu avant.
— À quoi ressemblait-il ?
— La peau mate, les cheveux et les yeux noirs. Des lunettes. C'est tout ce dont je me souviens.
— Bizarre…

Ben se racle la gorge, puis marque une pause.

— Je sais que ce n'est pas mon rôle, Zan, et j'aimerais pouvoir t'être plus utile, mais j'espère qu'elle reviendra. Elle a… changé. Rien de grave. J'ignore depuis quand vous ne vous êtes pas parlé, alors tu le sais peut-être déjà, mais elle est interne, maintenant.

— Je n'étais pas au courant.

— Une place s'est libérée à la dernière minute, explique-t-il. L'environnement est assez différent de celui de Prewitt. Elle est peut-être sous pression, ou elle a du mal à s'adapter. Aucune idée, mais ça pourrait expliquer tout ça.

— Mais… tu la vois, de temps en temps ?

— Nous nous parlons parfois sur Skype, le matin avant ses cours. En fait, je vais aller la voir demain. C'est un peu loin, mais j'y vais quand je peux.

— On peut s'y rendre en voiture ? Ce n'est pas si loin que ça, alors ?

À peine ai-je prononcé ces mots que j'ai conscience d'être allée trop loin. Heureusement, je suis sauvée par un petit clic.

— Hé, Zan ? Attends une seconde. J'ai un autre appel. C'est Priya.

— Oh… S'il te plaît, ne lui dis pas…

— Ne t'inquiète pas. Une seconde.

Pendant l'attente, mes pensées se bousculent dans ma tête. J'ai l'impression que je viens de me réveiller au beau milieu de cette conversation. C'est dingue. D'ailleurs, j'ai l'air d'une folle.

Ben reprend mon appel.

— Désolé. Elle voulait que je lui envoie des papiers pour le lycée. Je la rappellerai… Pardon, qu'est-ce qu'on disait ?

— Rien. C'est pas grave. Merci pour ton aide.

Il marque une pause, puis ajoute :

— Prends soin de toi, Zan, d'accord ?

— Oui, merci.

Je retourne dans le salon, où Maman est clairement en train d'épier ma conversation tout en faisant mine de lisser sa robe.

— Au revoir, Ben…

Je prends quelques inspirations, pendant que Maman me scanne du regard. Elle sait que j'ai la gorge serrée, que tout mon corps a envie de pleurer, j'en suis sûre. Elle se retient de me lancer « je te l'avais bien dit ! ».

Incapable de soutenir son regard, je repose le téléphone et me dirige vers les escaliers.

— Boop ? Ça va aller, ne t'inquiète pas.

— Laisse tomber !

J'accélère le pas et claque la porte de ma chambre derrière moi. Je la verrouille, le cœur à cent à l'heure.

Le sac de frappe est là, dans un coin de ma chambre. Je m'élance et tape de toutes mes forces. Ça part de l'épaule, avec tout le poids du corps. Je frappe encore et encore, jusqu'à ce que mes phalanges me fassent mal. Jusqu'à ce que le souffle me manque, et que les larmes se mettent à couler sur mon visage.

Nǐ hǎo.

Encore moi. (Qui ça pourrait être d'autre ?)

DONGG-DJI-DJI-DONG-DJI-DJI-CCCCHHHH HHHHHHHHH

Ci-dessus, la bande-son de mon cerveau. C'est comme un point d'interrogation, lancinant. Mais ça change des morceaux d'Amanda, en tout cas.

« When you're smiling » dont je ne connais pourtant que les paroles, cherche à s'immiscer dans cet esprit torturé. « The whole world smiles with you »… *Puisqu'on écoute ce refrain joyeux, pourrais-je au moins faire une demande, monsieur le DJ ? Que diriez-vous d'un petit « Happy » de Pharrell ? En fait, non. Je supportais très bien d'entendre ce morceau partout, et à longueur de journée, mais Amanda trouvait le moyen de me gâcher mon plaisir. C'est pénible. (Si quelqu'un n'est pas d'accord, je suis prête à me battre. Je ne lâcherai pas l'affaire.)*

Sans transition, je me sens obligée de partager ceci :

Quand j'étais enfant, chaque fois que je commençais à rédiger mon journal intime, j'avais toujours un peu peur qu'il soit publié. Et s'il contenait des choses vraiment embarrassantes ? Comme le fait que durant des années, j'ai confondu « approximativement » et « exactement », persuadée que ça voulait dire la même chose ? Jusqu'à ce que Ben craque enfin et m'explique ? Ou que j'aie passé toute ma préadolescence à me raconter que j'allais me convertir au judaïsme quand j'épouserais Adam Eidelman – ce qui était sûr et certain ? (Il était super sympa, et il partageait toujours les boulettes de pain azyme qu'il apportait pour déjeuner à l'école.) POUR ÊTRE CLAIRE : au cas où tu te poserais la question, ce journal N'EST PAS DU TOUT DESTINÉ À ÊTRE PUBLIÉ. J'en ai juste besoin pour me défouler. Pas de postérité, s'il vous plaît. ☺

En tout cas, quelle journée ! Ou plutôt, quelles journées ! HAHAHAHAHA, c'est un euphémisme.

Ben et moi ne sommes pas ce qu'on peut appeler en « bons termes » en ce moment. Il y a eu beaucoup de disputes et de longues périodes de silence. Même dans les moments plus propices, je m'arrangeais pour lui parler un minimum. Mais on ne peut pas rompre le dialogue maintenant. Ça ne ferait qu'empirer les choses.

Je me suis bien comportée, aujourd'hui. Il est venu avec des muffins et m'a offert un nouvel agenda. Il m'a dit qu'il avait parlé à Zan hier soir et qu'elle s'inquiétait pour moi. Il a tendance à être trop bavard, ces derniers temps, j'ai remarqué. Bizarrement, je crois que je lui manque.

« Qu'est-ce que tu lui as dit, à Zan ? »

« Je lui ai parlé de l'internat, puis j'ai évoqué certains changements. Je pense que tu lui as vraiment fait du mal, à ton amie. »

J'ai refusé de me laisser émouvoir par ses paroles. « C'est possible », ai-je répondu en français avec un petit haussement d'épaules. Je n'ai pas pu m'empêcher de me plaindre un peu. De lui dire que j'aurais préféré un muffin à la myrtille. « Je ne me lasse jamais des myrtilles.

— Je comprends », a-t-il dit.

Je vais essayer de me calmer un peu…

C'est officiel : j'abandonne le mandarin au profit de l'allemand. Je ne suis pas très motivée pour apprendre le mandarin. C'est trop difficile. La grammaire allemande aussi, mais je pense que j'aurai plus de chance avec cette langue. De plus, j'aime déjà crier « SCHEISSE ! » quand je suis en colère, et j'adorerais pouvoir glisser ça dans une véritable conversation.

Ma vie manque de jurons.

En plus de la colère, j'ai aussi ressenti… une culpabilité douloureuse. Envers Maman, surtout. Et crois-moi, se sentir à la fois furieuse et coupable envers une morte est l'une des émotions les plus éprouvantes qui soient.

Je n'arrête pas de voir cette photo, dans la boîte qui contient ses affaires. Ce groupe souriant devant le bar. Maman et Alice paraissent si jeunes ! Elles ont l'air de sacrées menteuses. Mais nous avons tous des secrets. J'en ai caché à Zan. Et à Nick.

En même temps, j'ai vraiment laissé tomber Maman. Il y avait une ouverture. J'aurais pu faire quelque chose. Et je ne l'ai pas fait.

J'aimerais bien trouver le moyen de lui dire pardon, et l'entendre me le dire en retour. Je ne vois pas à quoi ça sert de penser à ça. Je ne m'attends pas à une quelconque réconciliation, mais j'aimerais bien… je ne sais pas, moi, un signe. Je me sens ridicule, là. (Pas de postérité, OK ?! !)

Maman, si tu m'écoutes, ou si tu perçois quelque chose… Je suis désolée. Je suis encore en train de « régler des choses ». Mais entre nous deux, je dirais qu'il n'y a pas de problème, pour ma part. D'accord ?

Je n'arrête pas de penser à ton optimisme. Quand les choses tournaient mal, tu choisissais le plus souvent d'en rire. Tu transformais toutes les épreuves en aventures, en histoires. Et tu adorais les histoires ! J'essaye de faire comme toi mais parfois, j'ai juste envie de dire : « Fait chier. » Pourquoi ne pas l'admettre ? Si tu étais là, peut-être que tu chercherais à voir le bon côté des choses – dans le fait de m'avoir laissée toute seule. Mais… cette fois-ci, tu serais peut-être un peu dépassée.

Je ne pleurerai pas. JE NE PLEURERAI PAS.

(Courte pause)

Ça va mieux, maintenant.
Voix de Pharrell avec des applaudissements en fond
« Happy happy happy happy happy happy… »

À FAIRE :
Être plus positive.
(Voir avec Amanda pour trouver des proverbes.)

(Principe #302 : Quand tu n'en peux plus, jure en allemand si nécessaire.)

7

Samedi 15 septembre

Je me suis réveillée tôt ce matin et je suis restée allongée, à écouter le discret ballet de ceux qui quittaient la table du petit déjeuner, préparaient leurs affaires et se dispersaient. Vers onze heures, je me suis faufilée dans la cuisine à la recherche de friandises. Pas de chance, c'est Maman qui a fait les courses (or c'est Whit, le bec sucré). J'ai attrapé une pomme et du beurre d'arachide que j'ai rapportés à la hâte dans mon lit.

La lumière de mon écran dans la pièce obscure trouble ma vision. Je plonge dans le trou noir d'Internet – articles et mèmes du site *The Onion*, clips de gens en train de se casser la figure. J'ai pleuré de rire devant la vidéo d'un chien à trois pattes qui grimpe un escalier et aussi devant celle d'un bébé qui met pour la première fois des lunettes et regarde sa mère.

Puis, de nouveau, c'est le vide.

Le trognon de la pomme est acide. Je l'observe un moment avant de le jeter dans la corbeille à papier, à l'autre bout de la pièce. *Ploc.* Mes yeux se posent à nouveau sur l'écran et j'enfourne une énorme cuillerée de beurre d'arachide bien collant que je pioche directement dans le pot.

— Quelle classe !

Harr est debout à la porte, son sac à dos sur l'épaule.

Avaler ma bouchée me prend une minute entière.

— Tu es arrivé quand ?

— Papa vient de me déposer, répond-il. Maman demande si tu veux déjeuner.

Il a l'air un peu agacé. On dirait qu'il aimerait bien que je me comporte comme quelqu'un de mon âge, pour une fois. C'est un peu déstabilisant.

— Alors ? Tu veux manger quelque chose ?

Je secoue la tête.

— Très bien.

À peine a-t-il refermé la porte que je me promets d'être une meilleure sœur, à l'avenir. Mais on frappe de nouveau, et ma culpabilité s'évanouit.

— Qu'est-ce que tu veux, encore ?

C'est Maman qui entre, propre et fraîche comme quelqu'un qui a bien commencé sa journée.

— J'ai dit à Harr que je n'avais pas faim.

Elle s'arrête à quelques mètres de mon lit et me regarde.

— Quoi ?

Sa réponse fuse en un seul mot.

— Bonmaintenantçasuffit !

Je me prépare pour une grande discussion, pour l'accouchement au forceps de pensées et de sentiments enfouis.

Au lieu de cela, je sens une vague de froid me submerger au moment où elle envoie valser ma couette.

— Maman !

J'attrape mon ordi juste avant qu'il ne s'envole. Un rapide regard, puis elle me prend par le bras et me force à me lever, sans ménagement.

— Sors d'ici !

— Quoi ?

— Dehors ! Va faire un tour !

Je me frotte le bras en grelottant car je suis en culotte.

— Je croyais que j'étais punie ?

Maman me colle mon portable dans la main.

— J'ai changé d'avis.

Elle se penche pour ramasser un short en jean à l'ourlet effiloché.

— Enfile ça !

Sans oser dire un mot de crainte d'énerver la Bête, j'obéis et glisse le téléphone dans ma poche arrière.

— Super, tu es habillée ! dit-elle en me poussant vers la porte. À plus tard !

— Je peux mettre un soutien-gorge ?

Elle me lâche.

— OK.

J'en trouve un sur un tas, près de la porte, et je le glisse à travers les emmanchures de mon tee-shirt, en surveillant Maman du coin de l'œil.

Quand j'ai terminé, elle attrape un sweat à capuche.

— Prends ça aussi. Au cas où il ferait froid.

J'ai à peine touché le sweat-shirt qu'elle me pousse vers la porte, puis dans le couloir, dans l'escalier, et jusque dans le salon.

— Attends, il faut que je me brosse les…

— Prends un chewing-gum !

Elle m'en fourre un paquet dans la main, avec mon portefeuille. J'ouvre la porte. La lumière du jour m'éblouit. Elle jette mes tongs sur le perron, l'une après l'autre.

— J'allais dire « cheveux »...

Maman se retourne et prend une brosse sur l'étagère. Bien joué.

— Je sais que tu m'en veux encore un peu, dit-elle alors que je tente de résister à la colère qui monte. Et pour être honnête, je suis un peu en colère contre toi, moi aussi. Mais nous réglerons ça plus tard.

Elle me laisse me torturer un peu avec la brosse, puis me la reprend et pose la main sur ma joue.

— En attendant, je trouve que tu as suffisamment ruminé comme ça. Alors avec tout l'amour que j'ai pour toi, je te demande de sortir d'ici ! Et tu as intérêt à obéir !

Je la repousse.

— C'est comme ça que tu parles à tes patients ?

Avec un soupir de satisfaction, elle me pousse dehors, dans la brise.

— Franchement ? Il y a des jours où j'aimerais bien pouvoir le faire. Mais mes patients me paient très cher. Toi, au contraire, tu me coûtes une fortune. Bon...

Je glisse les orteils dans mes tongs, en plissant les yeux pour atténuer la lumière du jour.

— Maman, tu rigol...

Elle pose son doigt sur mes lèvres.

— Au revoir, ma chérie. Ne reviens pas avant le coucher du soleil.

— Mais...

La porte claque et j'entends le déclic de la serrure. Je regarde mes mains : vides ! Elle m'a tout donné sauf mes clés.

Comme je ne sais pas où aller, je laisse mes pas me guider dans les rues bordées d'arbres. Le vent joue dans les branches, le soleil perce à travers le feuillage. À chaque pas, ma vision se fait plus claire, mes membres moins lourds, ma peau plus sensible.

Au grand air, j'ai l'impression d'avoir brisé un sortilège. Je marche sur le chemin du bord du lac, près des docks. Les bateaux blancs étincelants et bien alignés ondulent doucement sur l'eau où affleurent des rochers. Le vent d'automne souffle fort et malgré la chaleur du soleil, et je suis contente d'avoir mon sweat sur moi.

Les joggeurs sont nombreux aujourd'hui. Certains poussent des poussettes, d'autres bavardent deux par deux, cherchant leur souffle. Un homme torse nu passe à toute vitesse en rollers ; on ne sait pas très bien si c'est lui qui tire son chien ou si c'est l'inverse. En face de moi, un couple aux cheveux gris apprend à une petite fille à faire du tricycle, en criant dans une langue qui ressemble à du chinois. Je m'écarte quand elle s'élance, forçant les pauvres petits vieux à courir derrière elle. Je souris en la regardant passer. C'est un endroit où les gens sont au meilleur d'eux-mêmes, heureux et libres sous le ciel immense du Midwest.

— Pff… dis-je à voix haute.

Je ne suis pas venue ici une seule fois cet été.

Je passe devant une plage où sont installés des filets de volley-ball. Quelques étudiants maigrichons plongent dans le sable pour attraper des balles, pas vraiment gênés par leur évidente nullité athlétique. Plus loin, deux bébés en maillot de bain à froufrous, une pelle à la main, crient de joie en trempant leurs orteils dans l'eau.

Tous les gens que je croise me paraissent vraiment vivants, dans l'instant présent.

Je grimpe sur le pont qui enjambe Lake Shore Drive. Un raccourci à travers le parc me conduit près d'une station-service et je continue vers le nord, jusqu'à une façade de brique couverte de vigne vierge que je connais bien.

Je me glisse à l'intérieur au moment où quelqu'un sort et je traverse le terrain de basket-ball, manquant de trébucher sur un ballon égaré. Tout autour de moi, des jeunes s'entraînent à tirer et à marquer des paniers. Dans le studio du premier étage, des seniors prennent un cours de danse orientale.

Cela fait des années que je n'ai pas mis les pieds à la maison de quartier. Aussi bizarre que ça puisse paraître, j'ai enfin trouvé un endroit où Priya n'est jamais venue.

La salle de musculation abrite ses habituels solitaires. Le matériel de boxe est toujours rangé dans un coin. Un type trapu, d'âge mûr, cogne maladroitement dans le sac de frappe. Il n'est pas tout à fait à la bonne hauteur pour lui, et il peine à trouver le rythme. J'irais bien lui montrer comment faire, mais je doute qu'il apprécie mes conseils.

À l'instant où je foule le tapis de sol, une odeur de sueur et de caoutchouc me ramène plusieurs années en arrière. Je redeviens l'ado pleine de rage muette qui venait se défouler ici. Après le départ de Papa, je suis restée longtemps sans parler. Je détestais les sentiments. Et je détestais en parler. Quelque chose en moi menaçait d'exploser comme une bouche d'incendie. Et je n'étais pas sûre de pouvoir endiguer le flot.

Reggie l'avait compris, et il ne me posait pas de questions stupides. Il me laissait juste taper dans des trucs. C'est ici que je me suis – lentement – reconstruite. Cette pensée me réconforte. Si je l'ai fait une fois, je peux peut-être le refaire.

Je pousse un lourd sac rouge pendu à un crochet et le regarde se balancer.

Peut-être que…

Je prends une profonde respiration pour aller jusqu'au bout de ma pensée.

Peut-être que je devrais l'oublier.

Je tue le temps dans Lincoln Park, en flânant le long de la coulée verte, puis sous les arcades menant au zoo. Je suis sûre que Maman veut vraiment que je reste dehors jusqu'au coucher du soleil, et cet endroit n'est pas plus mal qu'un autre.

Je rends visite au harfang des neiges, au panda rouge et au rat taupe nu (qui, aussi incroyable que ça puisse paraître, est aussi laid que son nom). Dans la maison des singes, l'odeur – mariage malheureux de paille et de merde – me prend à la gorge. Une femelle nourrit son petit dans un coin, le dos tourné aux visiteurs.

Priya était toujours triste quand elle allait au zoo. Je crois que je comprends pourquoi.

Mais il faut que j'arrête.

Que je lâche prise.

Petit à petit.

Tout à coup, je me souviens que j'ai récupéré mon portable et le sors de ma poche. Voir l'écran plein de textos me rassure. Je me sens moins seule. Ce sont des messages de Lacey, envoyés ce matin.

Ciné avec les filles du foot cet après-midi. Viens si tu veux, et amène le beau gosse. Ensemble, nous vaincrons le célibat chronique !

Je ris, même si cette proposition ne me plaît pas vraiment. Le texto suivant est accompagné d'une photo.

Regarde ce que j'ai retrouvé !

Nous sommes à peu près neuf filles sur la photo, toutes en tenue de foot. Mes cheveux sont sales et mouillés de sueur, tandis que les éternelles tresses de Lacey sont parfaitement symétriques, impeccables. Elle a passé son bras autour de mes épaules comme si j'étais un bien précieux. Il nous manque plusieurs dents à chacune.

Je réponds.

OMG, trop mignon !
Et désolée, vu trop tard ton sms. P-S : tu es ridicule.

Lacey et moi ne serons peut-être jamais des âmes sœurs, mais ça ne me tuera pas de faire un effort. J'envoie un autre message.

La prochaine fois. ☺

Autour de moi, la foule retient son souffle. Dans la cage, la Maman gorille a déposé son adorable bébé, qui se balade de cette démarche si semblable à la nôtre. Les reflets des spectateurs – jeunes enfants pressant leur nez contre la vitre et parents brandissant des caméras – me dissimulent les animaux prisonniers.

Soudain, j'aperçois un visage familier.

Il me faut une minute pour le reconnaître. C'est l'homme qui m'a abordée devant chez Priya, l'autre jour. Nos regards se croisent, et ses yeux noirs s'écarquillent derrière ses lunettes.

Je sursaute quand le bébé gorille vient écraser une poignée d'excréments contre la vitre en riant de toutes ses dents écartées. Puis, au moment où la mère attrape le petit farceur, mon téléphone se met à bourdonner – encore, et encore. C'est Arturo.

AU SECOURS !!! JE SUIS EN PANIQUE.

TU VIENS TOUJOURS AU SPECTACLE, N'EST-CE PAS ?

HEIN ?? ÇA COMMENCE À 16 H. DÉPÊCHE-TOI !

Je m'élance aussitôt vers la sortie. Je suis officiellement nulle. J'ai complètement zappé l'audition d'Arturo. Je me fraye un chemin parmi les visiteurs, les chariots de nourriture et les stands de sucres d'orge, mes tongs claquant à chaque pas. En me dépêchant, j'arriverai peut-être à temps. Je prends vers le nord, puis vers l'ouest, dans les rues envahies par les supporters des Cubs. Les bus sont déviés, les voitures bloquées. Je cours à travers des hordes de gens portant leurs enfants sur les épaules, au milieu d'une mer de maillots et de casquettes assortis.

À quatre heures moins cinq, j'entre en trombe dans le théâtre et je jette un billet sur le guichet. L'endroit est rempli d'hommes adultes habillés comme des étudiants et de filles hipster qui *chillent* au bar. Il fait sombre dans la salle aveugle. Je note une majorité de chemises à carreaux, tout comme Sam l'a décrit, et quelques moustaches aussi – pour rire, peut-être. La scène est vide mais dans le public, une bande de copines munies de pénis en plastique fêtent un enterrement de vie de jeune fille.

— Psst ! Hé, Zan !

La tête d'Arturo émerge sur fond noir. Je me faufile parmi la foule pour le rejoindre et il m'agrippe le bras à travers la fente du rideau miteux.

— Dieu merci, tu es là ! crie-t-il à voix basse. Je stresse à mort !

C'est la première fois que je me retrouve en coulisses. Certains artistes bavardent en finissant leur bière tandis que d'autres, dos au mur, marmonnent ou parlent tout seuls.

— T'inquiète, dis-je avec toute la conviction dont je suis capable, le public va t'adorer. Je suis sûr que tu corresponds exactement à ce que les agents et les producteurs recherchent.

— Ce n'est pas ça ! dit Arturo. Sam m'a finalement écouté et a invité sa mère à mon spectacle. C'est le plus important de toute ma carrière, mais je ne lui en veux pas du tout.

Je fronce les sourcils. Je trouve qu'il a le teint un peu vert.

— Pourquoi Sam a-t-elle choisi ce soir ?

— Elle ne l'a pas fait exprès. Elle a essayé de m'encourager, en disant qu'aujourd'hui pourrait être mon jour de chance…

Il se gratte la tête, l'air ahuri.

— Elle a été tellement convaincante que sa mère a accepté de l'accompagner.

Il a beau m'implorer du regard, je ne peux rien faire pour lui.

J'écarte légèrement le rideau pour jeter un coup d'œil dans la salle.

— Premier rang, à gauche, dit Arturo. Elles sont faciles à repérer : ce sont les seules à rester immobiles et à ne pas décrocher un mot.

Les lèvres serrées, les jambes croisées, Samantha est assise à côté d'une jolie femme âgée aux cheveux courts. Que peut bien penser cette dame bon chic bon genre de cet endroit meublé de sièges dépareillés, qui sent la bière et le détergent pour toilettes ?

Arturo secoue la tête pendant que je referme le rideau.

— C'est un cauchemar. Et si elle me trouve nul ?

— Aïe…

Je pose ma main sur sa joue, et la retire aussitôt. Il transpire beaucoup.

— Ne t'inquiète pas pour ça. Contente-toi d'être drôle, d'accord ?

Il me pousse doucement et soupire.

— Va-t'en, maintenant.

Je me retrouve seule sur la scène vide, aveuglée par les lumières vives. Quand mes yeux accommodent, je découvre avec surprise Logan assis près de Sam.

Je me glisse à la dernière rangée quand j'entends :

— Zan !

Raté.

Je rejoins Sam, mais j'évite de regarder Logan.

— Comment va-t-il ?

Samantha et moi, on n'aime pas se mentir.

— Disons… mal.

— Merde, murmure-t-elle pour elle-même.

Elle retire une veste posée sur le siège vide, à côté d'elle.

— On va se décaler pour que tu puisses t'asseoir à côté de Logan.

Je n'arrive toujours pas à le regarder dans les yeux.

— Oh non, pas la peine…

Trop tard. Mal à l'aise, je m'assieds près de lui.

Sam dit quelque chose en coréen, puis se tourne vers moi.

— Zan, je te présente ma mère, Connie. Umma, voici Zan.

Connie me serre la main, avec un mince sourire. Pas très rassurant pour Arturo…

— Il y a du vin ici, dit Sam, tu veux un verre, Umma ?

Sa mère acquiesce.

— Oui, bonne idée.

Tandis qu'elles se dirigent vers le bar, Logan et moi restons silencieux. Nous rangeons nos vestes sur nos dossiers. Au bout d'une minute, je lui jette un coup d'œil désespéré. Il n'a toujours pas décroché un mot.

Enfin, je craque.

— Qu'est-ce que tu fais ici ?

— Arturo m'a demandé de venir, tu te souviens ?

Je croise les bras.

— Eh bien, je ne t'attendais pas.

Les lumières faiblissent quand Sam et sa mère reviennent, avec chacune un gobelet rempli à ras bord.

— Il va être génial, dit Sam entre deux gorgées. Tu ne crois pas ?

— Si si ! dis-je d'un ton que je veux convaincant.

Soudain, de la musique hip-hop se met à hurler dans les haut-parleurs.

Les projecteurs s'allument sur un mec en jean skinny qui frappe dans ses mains.

— Hé, salut tout le monde !

Les applaudissements redoublent, et je me rends compte que l'endroit est bondé. Le chauffeur de salle nous demande d'éteindre nos portables, puis le silence revient. Au moment où les lumières s'éteignent, Sam me serre le bras.

Je sens un mouvement près de moi. Un bruit de chaise, puis les projecteurs se braquent sur Arturo, assis au milieu de la scène, à quelques mètres de nous. Je n'avais pas compris qu'il ouvrait le spectacle. Ça doit être encore plus dur. Je croise son regard. Une perle de sueur glisse sur sa tempe. Sait-il qu'il me fixe ? Pourquoi est-il muet ? *Parle, Arturo. Parle !*

Enfin, comme un écran d'ordi qui s'allume, les yeux d'Arturo quittent les miens pour fixer un point, plus loin. À côté de moi, Sam tire sur son index. J'entends craquer sa phalange.

Arturo s'éclaircit la gorge.

— La vie est bizarre, non ? dit-il avec un fort accent néo-zélandais.

Rires discrets autour de nous. L'accent en soi est drôle. Arturo a les mains posées sur les genoux, le dos voûté.

— Tu travailles dur, tu t'achètes un beau petit cocon, et tu te dis : ça y est, Glen, tu as réussi, il est temps de se reposer, maintenant…

Arturo a l'air un peu moins nerveux, mais il n'est pas encore complètement à l'aise. Les gens s'agitent sur leurs sièges et une odeur de renfermé flotte dans l'air.

— Et puis…

Arturo secoue la tête, le regard empreint d'une douleur bien réelle.

— … quelqu'un arrive et vous promet que tout va changer. *Ça, c'est le début*, *Glen*, dit-il en changeant sa voix. *Ne pleure pas, Glen.* Vous, je ne sais pas, mais moi, j'aime bien le début.

Il hausse les épaules.

— C'est bien douillet… Au fait, j'oubliais : je suis une chenille.

Un rire fuse. Sam me donne un petit coup de coude. À côté d'elle, sa mère esquisse un sourire.

Soudain, je remarque un homme accoudé au bar, une bière à la main. Nouveau coup d'œil : oui, c'est bien lui. Le type de la maison de Priya. Le type du zoo.

Le public rugit de rire. J'ai dû rater une vanne. Quand je me retourne une nouvelle fois, l'expression de l'homme n'a pas changé. Il vide son verre et le pose avant de caresser d'un air nerveux sa barbe de trois jours.

Je sursaute quand Sam me serre le bras en riant aux éclats. Connie, la tête penchée en arrière, essuie une larme. Une musique de fête retentit dans les haut-parleurs. J'ai perdu le fil, mais il me semble qu'Arturo mime la métamorphose de Glen la Chenille. Il se pavane et tourne sur lui-même, plus vrai que nature. Cette scène est parfaitement étrange.

Je jette un nouveau coup d'œil au bar et croise le regard de l'homme.

— Hé, ça va ? murmure Logan, qui m'a vue frémir.

— Oui.

Je regarde Arturo se trémousser sur la scène et passer d'un personnage à l'autre avec des accents différents mais, hantée par le regard de l'homme, je ne capte que des bribes du spectacle. J'ai le souffle court.

J'ignore combien de temps s'écoule avant que la voix d'Arturo me ramène à l'instant présent, alors que le silence revient dans le public.

— Pourvu qu'elle m'aime…

L'ambiance change dans la salle. Impossible désormais de détacher son regard d'Arturo qui, sur scène, noue une cravate invisible.

— Tu sais quoi ? Je suis en train de prier, là, t'entends, Dieu ? Marche ou crève !

Les yeux au plafond, les bras en croix, Arturo répète :

— Oui, Dieu, je veux qu'elle m'aime ! Je sais que pour l'instant, ce n'est pas sérieux, mais putain…

Il grimace.

— Oups, pardon. C'est juste que… Quand c'est la bonne personne, on le sait, tu comprends ?

Sam a les joues rouges, les yeux un peu voilés. Elle échange avec sa mère un regard lourd de sens. Je ne crois pas l'avoir jamais vue comme ça. Je me demande si ça pourrait m'arriver, à moi.

Dans la salle, les gens retiennent leur souffle, captivés par mon patron qui leur ouvre son cœur étrange et adorable. Nouveau regard vers le bar : l'homme a disparu.

Quelques notes de piano, et Arturo devient Glen le papillon, battant des ailes et chantant sous les applaudissements. Je promène mon regard dans le public tandis que résonnent les paroles de la chanson : « Quel plaisir de se poser sur une fleur bien sucrée ! » *Hein* ?

Au fond de la salle, l'homme longe la dernière rangée, puis remonte d'un pas déterminé dans ma direction. Il me fait flipper. Je m'agite sur mon siège, cherchant du regard une issue possible. La porte la plus proche se trouve derrière la scène, mais il y a aussi une sortie de secours, à l'arrière…

Quand je quitte ma place, Sam m'interroge du regard. Je marmonne une vague excuse, sans quitter des yeux l'homme qui continue d'approcher. Je lève le pouce en passant devant la scène ou Arturo chante à tue-tête, puis me rue vers la sortie.

Une fois dehors, je gagne la rue principale qui grouille de supporters des Cubs. Alors que je m'apprête à traverser, un coup de sifflet strident m'arrête dans mon élan.

Je recule avec un geste d'excuse au policier.

— Désolée…

Tout à coup, je sens une présence, derrière moi. Je me retourne vivement.

— Quelque chose ne va pas ? demande Logan.

Je secoue la tête, le cœur battant.

— Je ne sais pas, j'ai l'impression que quelqu'un me suit.

Pour la première fois aujourd'hui, Logan me regarde droit dans les yeux.

— Tu es sérieuse ?

— Je pense que oui. Je l'ai croisé hier. Je l'ai revu ce matin. Et ce soir il était ici, au théâtre.

Je fouille du regard la foule qui nous entoure, mais l'homme n'est pas là.

— À quoi ressemble-t-il ? Tu le vois, quelque part ?

— Non, je crois que je l'ai perdu.

Encore un coin de rue, puis je reviens sur mes pas.

— Je m'en veux d'avoir abandonné Arturo comme ça.

— Tu as vu son spectacle, c'est l'essentiel. Il a tout déchiré !

— Oui, mais j'étais tellement distraite par ce type que j'en ai loupé une bonne partie. Où crois-tu qu'il voulait en venir ?

Logan hausse les épaules.

— Au sens de la vie ?

Je souris malgré moi.

— Dommage que je n'aie pas tout saisi, alors ! Ç'aurait été bon à savoir.

Pendant un moment, je suis tentée de filer la plaisanterie, mais je sais que ce n'est pas si simple. Ça ne changera pas l'opinion de Logan à mon sujet. Ou la mienne, le concernant. Il doit le sentir aussi, parce qu'il s'éclaircit la gorge et lâche :

— Je vais te raccompagner chez toi.

Je regarde le ciel. Le soleil est loin de se coucher.

— Et si je te raccompagnais, moi ?

— C'est encore un truc féministe, ou quoi ? Je ne trouve pas ça super macho de te le proposer alors qu'un type bizarre te harcèle, si ?

Je souris malgré moi.

— Je n'ai pas le droit de rentrer à la maison maintenant. Ma mère m'a punie parce que… je m'apitoie trop sur moi-même.

Nous passons devant quelques bars animés avant de tourner dans une rue latérale plus tranquille.

— Dis-moi… Où as-tu rencontré ce type ?

— Devant la maison de Priya. Après ton départ.

— Il t'a dit qui il était ?

— Un ami de la famille, soi-disant. Mais je n'y crois pas. En tout cas, je ne risque rien. Inutile de revenir là-dessus.

— Bien sûr que si ! Tu es peut-être une emmerdeuse, mais je ne veux pas qu'on te fasse du mal.

— C'est gentil de ta part.

Il m'attrape le bras.

— Au fait, Zan, tu sais, ce que j'ai dit… sur Priya ?

— Pas grave, dis-je, tandis qu'une foule d'émotions se bousculent en moi. Nous étions tous les deux…

Je ne sais pas trop ce que je veux dire. C'est bizarre. Je suis furieuse contre lui et en même temps je m'en veux. Et même si ce ne sont pas des émotions positives, je préfère de loin être avec lui que sans lui.

— Je crois que tu as raison, de toute façon. Il faut que je laisse tomber tout ça.

Nous nous engageons dans l'allée qui mène à l'immeuble de Logan. La porte est ouverte, calée à l'aide d'une grosse pierre. Un cri retentit, tout proche, suivi d'un grand fracas. Je me précipite dans le hall.

Une petite lampe vitrail s'est brisée au sol. Frank le portier se tient devant une petite femme qui lui hurle dessus.

— C'est mon fils ! Vous comprenez ? Je veux voir mon fils !

La femme lui crache au visage.

— Ça ne dépend pas de moi, madame, répond Frank en s'essuyant la joue. Je peux essayer de le joindre, si vous voulez.

La femme s'avance vers l'ascenseur, mais il fait barrage.

— S'il vous plaît. Ne m'obligez pas à appeler la police.

Elle essaye de le contourner. Il l'attrape par le poignet.

— Je ne suis que portier. Pas agent de sécurité.

— C'est mon fils, répète la femme en gémissant.

Frank la relâche et elle s'effondre au sol, en larmes, ses cheveux blonds en désordre cachant son visage.

— Mes bébés…

Ce n'est qu'en me tournant vers Logan que je comprends.

— Bonjour, Maman.

Frank et moi échangeons un regard.

— Logan, mon chéri…

Un joli sourire illumine son visage. Elle se relève à la hâte, et quelques éclats de verre tombent de sa longue jupe. Elle essuie une traînée de mascara.

— Dieu merci, tu es là ! Rentrons…

— Tu ne peux pas venir ici, dit Logan d'un ton calme.

— Je veux voir Bee.

Comme dans un flash, je vois ces visages hantés dessinés au fusain surgir dans les yeux de Logan. Je donnerais tout pour les effacer !

— Tu sais bien que ce n'est pas possible, dit-il. Et même si ça l'était, ça ne se passerait pas comme ça.

— Mon chéri…

— Comment es-tu venue, Maman ?

Elle hausse les épaules.

— En taxi.

Elle s'approche pour lui toucher la joue et ses yeux se remplissent à nouveau de larmes.

— Je t'aime tant, mon chéri. Plus que…

Le souffle coupé, je regarde Logan prendre sa main posée sur son visage et la garder dans la sienne.

— Je sais, dit-il. Je t'aime aussi. Mais il faut que tu partes, maintenant.

Une fois rentrée à la maison, je file dans la cuisine embrasser Maman. Elle a l'air agréablement surprise.

— Tu vas bien ? demande-t-elle après un étrange silence.

— Oui. Désolée.

— Ce n'est pas grave.

Je hume les odeurs de la cuisine.

— C'est quoi, le menu, ce soir ?

— Quiche et salade de chou kale, annonce Whit en entrant la pièce.

— En fait, tu ne dînes pas ici, dit Maman.

— Ah bon ?

— Papa a appelé. Il m'a demandé de te convaincre de passer chez lui. Je lui ai dit que tu serais là à vingt heures.

— Je n'aurais pas dû lui crier dessus comme ça. Ça va être compliqué de…

— C'est ton père, Zan.

Je garde le silence quelques instants, et Whit me lance un regard bienveillant qui me fait me sentir encore plus mal à l'aise.

— Désolée pour hier. Je sais que c'était une soirée importante, pour toi.

— Pas de problème ! Ce n'était qu'un dîner. Et puis, j'ai signé pour tout ça, n'est-ce pas ? dit Whit avec un geste circulaire de la main. Les enfants d'abord !

Je me détends un peu.

— Où est Harr ?

— Il dort chez Claire. Tu la connais ?

— Claire ? Mais c'est… une fille ? Tu crois que c'est une bonne idée ?

— Chérie, il a sept ans !

— Oui, mais il a déjà un sacré tableau de chasse !

Whit éclate de rire, et Maman ajoute :

— On verra. Il prétend vouloir arrêter les filles pendant quelque temps, au moins jusqu'à ses dix ans.

— Ah…

Je jette un œil dans le couloir.

— Quelque chose a changé, ici, non ? Ça a l'air plus spacieux, tout d'un coup.

Maman sourit sans rien dire. Soudain, je comprends.

— Tu as fini de déballer tes affaires, Whit !

Maman applaudit.

— On a organisé un petit vide-grenier pendant ton absence.

— D'ailleurs, je n'ai pas encore fait le deuil de certains objets, mais ça valait le coup quand même, dit Whit en posant sa tête sur la poitrine de Maman, qui en profite pour couvrir son visage de baisers.

— En plus, on s'est fait cent dollars !

Maman prend un billet de vingt sur le comptoir et me le tend.

— Tiens, c'est pour toi. Au fait, Whit, tu as du courrier…

Whit ouvre l'enveloppe et en sort une photo.

— C'est une de mes anciennes patientes, m'explique-t-elle. Ce petit bébé est sorti plus tôt que prévu. Un kilo huit cents. Et regarde comme elle est potelée, aujourd'hui ! Elle est tellement mignonne qu'on a envie de la croquer !

Maman et Whit s'attardent sur la photo.

— Attendez, dis-je, vous n'envisagez pas d'avoir un…

— Non, répond Whit en riant, tandis que Maman semble plus hésitante. Pas dans l'immédiat, en tout cas. On a assez à faire avec vous deux !

Je souris, surprise par les émotions qui m'agitent.

— Tu savais que ton père disait toujours que tu étais le bébé le plus comestible du monde ? lance Maman en me tapant sur l'épaule.

Je l'ignorais. Cette idée me dégoûte un peu, alors je balance une vanne.

— Ou plutôt « le bébé qui a bronzé à travers une passoire » !

Maman proteste, d'un ton faussement sévère.

— Tu étais adorable, même sur les échographies ! C'est à ce moment-là que Papa a commencé à t'appeler « Boop ».

Je sens une douce chaleur me gagner.

— C'est lui qui m'a trouvé ce surnom ?

Maman me scanne du regard.

— Quoi ?

— Juste… Ne le bouscule pas trop, d'accord ? Je pense que tu lui as fait un peu peur, l'autre jour. Tu ferais mieux d'y aller, maintenant.

— Oui, d'accord.

Maman me serre dans ses bras et, même si ça paraît un peu abrupt, je me retourne pour embrasser Whit, qui me rend mon étreinte.

Une vague de tristesse me submerge.

Fais beaucoup de câlins, même si ça te paraît bizarre.

Mais ça n'est pas le cas, cette fois.

Je marche dans la nuit tiède, l'esprit encore embrumé après cette étrange journée. Je pense à Logan, à sa mère et à tout ce que je tiens pour acquis dans ma vie. Des images de Priya me reviennent par flashs, que je m'empresse de chasser de mon esprit. Ce n'est pas facile, mais j'y arriverai.

Je vis ici et maintenant. Je lâche prise.

Ce n'est qu'une fois arrivée chez mon père que je reprends pied dans la réalité. Sur la table éclairée par un grand plafonnier est disposé tout un assortiment de barquettes en plastique remplies de mets rouge vif, verts, orange… Ça sent délicieusement bon.

Je parcours la pièce du regard sans comprendre.

— C'est pour nous, tout ça ?

— Oui, répond Papa. Et c'est de la viande. Rien que de la viande. Je voudrais m'excuser, Boop.

— Écoute, pas besoin de…

— Si, coupe-t-il. Tu avais raison, hier. Quand ta mère et moi…

Il marque une pause, puis reprend.

— Je me suis occupé de toi pendant longtemps, et de ton frère, aussi, même s'il était trop petit pour comprendre.

Il esquisse un sourire.

— Je ne t'aimais pas moins, tu sais…

J'ai vraiment du mal à supporter son regard sincère quand il ajoute :

— Nous allons nous parler franchement, maintenant. Tu es prête à encaisser ?

Je prends une profonde inspiration.

— C'est difficile à expliquer, poursuit Papa. Mon univers s'est effondré, tu comprends ? J'aurais dû t'accorder la priorité, mais tu me rappelais trop tout ce que j'avais perdu. Et tu sais comment est ta mère…

Il hausse les épaules.

— J'ai dû croire qu'elle pourrait tout gérer. Je me suis imaginé que tu n'avais pas besoin de moi. Mais ce n'est pas une excuse.

Je baisse les yeux.

— C'est pas grave…

Il va prendre deux assiettes dans le placard et pose des couverts de service sur la table.

— Je sais que ce n'est pas si simple. Mais en tout cas, je devrais au moins savoir que ma fille mange de la viande. Et…

Il attend que je le regarde à nouveau pour poursuivre.

— J'aimerais jouer mon rôle de père, être *ton* père. Si tu le permets. Et peut-être même me mêler de tes affaires, parfois. Quand j'en aurai gagné le droit. Par ma présence, et… en te faisant manger de la viande.

J'éclate de rire.

— Est-ce que ça te convient ?

Il me tire une chaise et je souris à travers mes larmes.

— Oui, c'est une bonne idée.

De : Zan Martini
<martiniweenybikini12@gmail.com>
À : Priya Patel
<priyajesuismoiettoitaistoi514@gmail.com>
Date : sam 15 sept, 23 : 58
Objet : si tu es là…

Je voulais juste te dire que si tu vas bien, alors je vais bien aussi.

Ou plutôt, j'irai bien.

Mais tu vas me manquer.

Pour toujours.

Amanda commence à me faire de la peine. Je parie que tu l'aimais bien, Maman.

Look for the silver lining
Whenever a cloud appears in the blue
Remember, somewhere the sun is shining
And so the right thing to do is make it shine for you

Je n'arrête pas de penser aux trois jours que j'ai passés avec Yaz et Anushka. J'aurais bien voulu que tu restes, mais on avait hâte de se voir toutes les trois et j'avais compté les jours. Tu prenais l'avion pour aller chez Alice. Tu disais qu'elle traversait une période difficile. C'était une raison suffisante à mes yeux. Ben était en voyage d'affaires. Il partait tellement souvent qu'on lui demandait rarement où il allait.

Je ne me rappelle pas bien le moment de nos adieux. J'étais dans le fauteuil de Yaz, en train de lire. J'ai levé les yeux une seconde, juste assez longtemps pour que tu déposes un baiser sur ma joue et me rappelles de prendre mes vitamines.

Dans la maison de Yaz, à Harlem, il y avait un grand lit à baldaquin.

Anushka est restée dormir, elle aussi. Elle a fait du biryani et a apporté assez de films de filles et de bonbons pour toute une vie.

Le samedi, nous sommes allés patiner au Rockefeller Center et nous avons vu un homme demander sa copine en mariage au beau milieu de la patinoire. Anushka avait les larmes aux yeux, et Yaz a dit : « Ressaisis-toi ! » Je l'ai trouvée trop drôle.

Le dimanche, j'étais – encore – dans le fauteuil de Yaz avec un livre quand elles sont venues toutes les deux s'asseoir devant moi, sur le tapis. Je me souviens que je ne pouvais plus respirer.

A heart full of joy and gladness
Will always banish sadness and strife.
So always look for the silver lining
And try to find the sunny side of life.

J'essaye, Maman. Je te jure.

(Principe #303 : Quelque part, le soleil brille.)

8

Dimanche 16 septembre

Je commence à m'endormir quand mon téléphone bipe. C'est un texto de Logan.

Bien rentrée ?

Je m'assieds pour lui répondre.

Oui. Et toi, ça va ?

Je regarde l'heure. Il est 2 h 30 exactement, ce qui en dit long sur la soirée qu'il vient de passer. La dernière fois que je l'ai vu, c'était dans le hall de son immeuble jonché d'éclats de verre, avec sa mère.

Je rabats mes couvertures, j'enfile une paire de chaussettes d'intérieur qui traîne et je bois une grande gorgée d'eau dans le verre posé près de mon lit. Il n'y a pas un bruit dans la maison et je sens l'inquiétude monter à chaque seconde qui passe. À 2 h 38, il n'a pas répondu.

Je me lève. Je suis parfaitement réveillée, maintenant. Pleine d'énergie. *Ménage !*

Je mets de l'ordre dans mes papiers, empile mes livres avec soin, range mes bijoux dans des boîtes, fais de la place dans ma garde-robe. En jetant un tas de vêtements sales dans un panier, je sens quelque chose de dur, sous mes doigts. Mon petit carnet vert…

Je le garde et vais me recoucher pour envoyer un nouveau texto à Logan.

ÇA VEUT DIRE NON, C'EST ÇA ?

Toujours pas de réponse. Je commence à feuilleter mon carnet.

#5
Quand Zan est triste, DONNEZ-LUI DES COOKIES

C'est très vrai, en fait. Je me demande s'il y en a, dans la cuisine. En tournant les pages, je tombe sur un passage que j'adore.

#19
La vie, c'est comme le brie. Ça pue un peu, mais c'est étrangement bon.

Cela me fait drôle d'imaginer que Priya ait pu penser une chose pareille. Elle qui me répétait toujours qu'il fallait être positive.

J'ai perdu la trace de l'origine de certaines maximes, ce qui ajoute encore au suspense.

#36
On devrait envoyer des chiots aux pourparlers de paix.

#87
Unissons-nous pour en finir avec la salade aux œufs dans les avions !

#267
Un jour, nos enfants riront en voyant nos moustaches.

Je feuillette le carnet jusqu'aux pages blanches et retiens mon souffle en découvrant la dernière entrée. Ce n'est pas moi qui l'ai rédigée. Je ne l'ai même jamais vue.

#300
Il ne faut jamais, JAMAIS, abandonner ses amis.
(OK ZanaBanana ? P-S : Tu vas me manquer de fou.)

J'effleure ses mots sur le papier, et l'espace d'un instant Priya redevient ce qu'elle a toujours été – une fille capable de maîtriser de nombreux registres et d'utiliser des expressions comme « de fou ». Priya. La vraie Priya. Mon amie.

Je sursaute en entendant mon téléphone sonner. C'est Logan.

DÉSOLÉ. JE VAIS BIEN. PROMIS. C'EST UNE LONGUE HISTOIRE.

Je lui réponds.

J'ai le temps.

Nouveau bip. Je souris en lisant son message.

Dans ce cas, tu veux bien sortir ? Je suis devant chez toi.

J'enfile un sweat-shirt et je descends sans allumer. Logan est assis sur le perron.

— Salut…

Je referme la porte.

— Désolé pour tout à l'heure. Après ton départ, j'ai réalisé que je n'aurais pas dû te laisser rentrer seule.

— Pas grave.

Je m'assieds sur la dernière marche de l'escalier et m'adosse aux barreaux.

— Je peux me débrouiller toute seule.

Il se détend un peu tandis que je prends une bouffée d'air pur et frais. Les lucioles sont sorties, ce soir, et leurs petits globes verts scintillent dans le noir. Plus jeunes, nous adorions les lucioles, Priya et moi. Je les attrapais, et elle m'obligeait à les relâcher.

— J'espère que tu n'as pas fait tout ce chemin en pleine nuit pour me dire ça ?

— Non.

Il me regarde et j'oublie de respirer.

— Je me suis dit que ça me ferait du bien de te voir.

— Oh… Vraiment ? Et c'est le cas ?

Il sourit.

— Un peu.

— C'était ta mère, alors ?

C'est tellement inutile et évident que c'est sorti tout seul. Je tire sur le cordon de mon sweat à capuche.

— Est-ce que… c'est à cause d'elle que vous avez dû déménager ici ?

Je regrette d'avoir posé la question en voyant son visage se crisper.

— On n'est pas obligés d'en parler.

Une voiture passe. Les lucioles disparaissent dans la lumière des phares, mais se rallument dès que le bruit du moteur s'estompe.

Je me racle la gorge.

— Est-ce qu'elle est…

— … une junkie ?

Je le regarde, surprise par tant de franchise.

— Ça fait un moment que ça dure.

— Combien de temps ?

Il a un rire amer.

— Depuis mon enfance. Mais ça ne s'est pas arrangé, et c'est devenu de plus en plus difficile à ignorer.

— C'est grave ?

J'ai parlé aussi doucement que possible, mais j'ai l'impression qu'il est un peu dépassé.

— Désolée. Je pose trop de questions ?

— Non, mais je ne sais pas trop par où commencer. J'imagine que… je n'ai rien vu venir. Pourtant, les périodes de crise étaient de plus en plus fréquentes. Certaines nuits, ma mère sortait se promener et ne rentrait pas à la maison. Il fallait que je protège Bee, que je la mette à l'abri, pour pouvoir partir à sa recherche. Je n'aimais pas laisser ma sœur trop longtemps avec elle, mais je n'avais pas le choix, il fallait que j'aille travailler. Ma mère finissait toujours par se ressaisir. Quand elle avait perdu un job, elle en cherchait un autre et recommençait à faire des projets d'avenir. Ça durait quelque temps. Nous étions toujours un peu sur la brèche, mais – il hausse les épaules – j'avais l'impression de gérer la situation.

— Et… que s'est-il passé ?

— Un soir, elle a emprunté ma voiture et elle s'est écrasée contre un arbre, tout près de chez nous, lâche-t-il avec un long soupir.

— Oh, mon Dieu !

— Ouais, c'était pas beau à voir.

— Elle s'en est bien sortie ?

— Avec des égratignures au front et une blessure au bras. Elle pleurait, elle refusait que j'appelle une ambulance.

— Attends… Tu étais avec elle ?

— Non, mais elle m'a appelé, en panique, alors je suis allé la chercher. Un voisin avait dû prévenir les secours, car elle a commencé à stresser en entendant les sirènes. Elle s'est enfuie et c'est moi qui étais derrière le volant quand ils sont arrivés. Je voulais lui éviter des poursuites pour conduite en état d'ivresse.

— Personne n'a jamais découvert que c'est elle qui avait provoqué l'accident ?

— Non. Mais ce n'était pas vraiment le plus important.

— Comment ça ?

Il regarde un instant ses mains, le visage dans l'ombre.

— Quand les flics sont arrivés, ils ont trouvé un sac d'Oxy dans la boîte à gants. Un gros.

Je lève les yeux vers lui.

— C'était… mal parti. Mais ma tante s'est battue, elle a engagé les meilleurs avocats qu'elle a pu trouver. J'ai échappé de justesse à la prison, et je me rends compte que j'ai eu beaucoup de chance. Tous les jeunes ne sont pas forcément soutenus comme je l'ai été. Je m'en suis tiré avec des travaux d'intérêt général et une peine avec sursis. Mais mon lycée l'a su – grâce à mon coéquipier, celui qu'on a croisé à la fête de la Northwestern. J'ai perdu ma bourse, mon atelier…

Il me regarde et hausse les épaules.

— Alors, je suis venu ici.

— C'est pour ça… qu'il y a des rumeurs.

Il hoche la tête.

— Je ne sais pas comment ça se sait, mais…

— Tu connais la théorie des six degrés de séparation ? Il me semble qu'une fille du foot m'a parlé de quelqu'un qui lui en avait parlé, et…

— Je vois. Il suffit sans doute de savoir utiliser Google pour dénicher de l'info. Mais oui, plein de gens viennent me voir pour me demander de leur trouver de la drogue.

L'entendre rire me détend un peu.

— J'ai déçu beaucoup de gens.

Avec un long soupir, je vais m'asseoir près de lui.

— Je ne comprends toujours pas. Pourquoi tu n'as pas dit aux flics que les cachets n'étaient pas à toi ? Pourquoi ta mère ne leur a rien dit ?

Logan réfléchit quelques instants.

— Je pense qu'on savait tous les deux que si on faisait ça, ce serait la fin. Les services de protection de l'enfance avaient déjà effectué des visites à notre domicile suite à un signalement de la maîtresse de Bee. Et ma tante voulait qu'on parte, ma sœur et moi. Il ne lui manquait qu'une preuve, mais je me suis arrangé pour ne pas la lui fournir.

— Qu'est-ce qui t'en a empêché, d'après toi ?

Il se rapproche un peu de moi.

— Je me racontais que je faisais ça pour Bee. Je ne pouvais pas la forcer à quitter sa maison, ses amis. Mais en vérité, je pense que je n'arrivais pas à laisser ma mère. J'avais peur pour elle.

— Qu'est-ce qui t'a fait changer d'avis ?

Son regard se perd au loin.

— Rien. Ce n'est pas moi qui ai décidé. Quelques semaines plus tard, l'ami de ma mère a fait une overdose chez nous.

— Tu veux dire que…

— Qu'il est mort ?

Le tremblement de sa voix me fait mal.

— Oui, par terre, dans notre salon. J'étais sorti et elle était trop défoncée pour s'en occuper. C'est Bee qui a appelé les secours.

Je n'arrive pas à parler. Seul un murmure sort de ma bouche.

— C'est pas vrai…

Logan fixe les lucioles et en baissant les yeux, je me rends compte que j'ai pris sa main.

— Comment un enfant est-il censé se remettre d'un truc pareil ?

Quand nos regards se croisent, je comprends que c'est à moi qu'il pose la question.

— Je ne sais pas. Mais ça lui fait sûrement du bien d'être avec toi.

Il lâche ma main.

— Je crois que j'avais pressenti quelque chose. Il y avait cette petite voix… Mais j'ai refusé de l'écouter. J'avais trop peur.

Je hoche tranquillement la tête et pourtant, mon cœur bat à cent à l'heure. Je comprends très bien ce qu'il veut dire.

— Je suis vraiment désolée, pour tout à l'heure. Je n'aurais pas dû douter de toi comme ça.

— Arrête… C'est moi qui ai été nul.

Je lui souris.

— Non, pas du tout. Enfin, peut-être un peu, mais tu n'es pas le seul.

Un long silence – plutôt confortable – nous enveloppe. Quand je frissonne, il m'attire contre lui et nos souffles s'accordent un instant. Timides, mais farouchement vivants.

— Au fait, dit-il, le menton posé sur le sommet de ma tête, ce que tu as dit à propos de Priya, tout à l'heure, tu le pensais vraiment ? Tu lâches l'affaire ?

Je n'ai pas de réponse à cette question.

En fermant les yeux, je sens le regard plein de sagesse de Priya posé sur moi.

Il ne faut jamais, JAMAIS, abandonner ses amis.

OK ZanaBanana ?

— Tout ce que je sais, c'est qu'une petite voix me souffle que ça ne peut pas être elle. Ça ne lui ressemble pas. Peut-être que je n'ai pas de preuve solide, mais si je ne suis pas mon instinct, je crains qu'il y ait des conséquences.

Logan acquiesce. Une autre voiture passe, puis disparaît peu à peu dans la nuit. Blottie contre lui, je cherche du regard les lucioles.

Guten Morgen ! *Ou plutôt, bon après-midi. Je ne sais plus comment on dit ça en allemand.*

Aujourd'hui, la radio diffuse « Here comes the sun ». J'aime bien cette chanson. (Oui, chère postérité qui n'est pas censée lire ceci, je suis super originale et j'ai découvert les Beatles à l'âge de douze ans.)

Pas grand-chose de neuf. Quoique ! Mon manuel d'allemand contient un chapitre que j'adore consacré aux mots intraduisibles en anglais, par exemple :

Fisselig : *énervé jusqu'à l'incompétence. (OMG ! Quelqu'un en Allemagne a rencontré mon beau-père.) Ou,*

Backpfeifengesicht : *en français on dit « tête à claques » (Ben était PRÉSENT quand on a inventé cette langue ?), mais en anglais il n'y a pas d'équivalent. (Et pourquoi on n'a pas des mots comme ça, nous ?)*

J'ai toujours aimé ce genre de mots, même ceux qui m'inspirent moins, comme age-otori, *un terme japonais signifiant « plus moche après une coupe de cheveux qu'avant ». Ou mon préféré,* gattara *: c'est comme ça qu'on appelle en italien les vieilles femmes qui recueillent des chats errants. (Franchement, c'est trop mignon, non ?)* Jugaad *n'est pas mal non plus. C'est un mot indien dont le sens change en fonction du contexte, mais signifie littéralement « détournement » et désigne la faculté de résoudre un problème en utilisant des ressources limitées. (Ce mot-là a peut-être une certaine pertinence pour moi.)*

*Tout est si surréaliste en ce moment ! Il m'arrive parfois d'être tentée de me baffer, comme dans les films. (*Oh My God ! *J'ai une « tête à claques », moi aussi !)*

Et maintenant, un nouveau paragraphe que j'aimerais intituler VRAIES CONVERSATIONS AVEC BEN !

Moi : T'es vraiment un connard. (Si j'étais allemande, j'utiliserais un mot plus cool que ça.)

Lui : Je sais.

Moi : Combien de temps faudra-t-il pour que les choses s'arrangent ? Et est-ce que c'est possible ?

Lui : Il va nous tuer, Pri. Pour l'instant, j'essaye juste de ne pas me faire tuer.

Moi : Tu possèdes une arme ? Qui t'a autorisé à porter une arme ?

Lui : Deuxième amendement, ma chère. Je plaisante. Le contrôle des armes à feu est une vaste blague, dans ce pays.

Moi : Tu peux bouger ta tête ? Je ne vois pas la télé.
Lui : Oh, désolé. Tu veux du pop-corn ?

Parfois, je revois Ben en train de regarder dans son rétroviseur, sur l'autoroute, le jour de notre déménagement. À un moment, il a perdu le contrôle de la voiture et j'ai dû me pencher pour attraper le volant. « On est dans une sacrée merde, hein ? » a-t-il lancé. Et j'ai répondu : « Comment ça, ON ? »

C'est drôle, comme certaines choses ne changent pas. Et comme tout change, en même temps. (En fait, ce n'est pas drôle.)

Je n'arrive pas à oublier le pire jour de ma vie (eh oui, c'est toujours le pire, et de loin). Yaz et Anushka m'ont tenue dans leurs bras à tour de rôle. Pendant des heures, jusqu'à ce que je m'endorme. Ben avait pris le premier vol pour New York. Je me souviens du moment où il est entré dans la chambre de Yaz et s'est approché de cet énorme lit.

Fous de chagrin tous les deux, nous étions aussi des étrangers l'un pour l'autre.

J'ai dû passer au moins une semaine chez Yasmine. Personne ne me forçait à me lever. Personne ne lui demandait rien non plus. Tout le monde savait que nous étions tous les deux sous le choc. Et qu'il était dépassé par les événements.

Nous avons fini par mettre au point une routine : les journées scouts et les cours de danse, les vêtements à déposer au pressing… Mais parfois, quand il me servait mes céréales le matin ou éteignait ma lampe le soir, je lisais la terreur dans ses yeux. C'est peut-être pour ça qu'il ne me fait pas peur, en ce moment. Il a ce même regard.

Il est complètement largué.

(Principe de Priya #304 : Certaines têtes auraient vraiment besoin d'une bonne claque.)

9

Lundi 17 septembre

Je jette un coup d'œil vers la vitrine – pas directement « dans » la vitrine, ni « à travers » la vitrine. Quand je détourne le regard, un mari et sa femme lèvent le nez. Ils portent des casquettes assorties et des bananes autour de la taille. Il ne leur manque plus que le mot « Touristes » gravé sur le front. L'homme plisse les yeux pour déchiffrer le menu qu'il tient à bout de bras.

— Alors vous n'avez vraiment pas de sandwichs au pastrami ?

— Non, monsieur, désolée…

— Et une bonne omelette, c'est possible ? demande la femme.

Je ferme un instant les yeux, puisant dans mes réserves de patience déjà bien minces.

— C'est un restaurant végane. Donc, nous n'avons pas d'œufs, ni de corned-beef, ni aucun produit d'origine animale.

Ils se regardent avec stupeur, puis la femme esquisse un geste du bras.

— Je vous laisse réfléchir ?

Je disparais avant que l'un ou l'autre puisse répondre.

En cuisine, je consulte mon portable. Les posts de Priya se sont faits rares, ces deux derniers jours. Le plus récent montrait des « mélanges étudiants » – des baies séchées et des noix sur fond de cahiers à carreaux. Et avant cela, elle avait envoyé la photo d'une ville illuminée avec cette légende : « *Stars can't shine without darkness.* »

Je ne sais pas ce que je cherche. Et rien n'a vraiment bougé. Mais même si je suis la seule à y croire, plus j'y pense, plus je suis persuadée que le selfie où Priya portait les boucles d'oreilles offertes pour son anniversaire ne peut être qu'une fausse manip ou un message codé.

Ce matin, je suis partie pour le lycée à l'heure habituelle et j'ai attendu sur un perron voisin que Maman, Harrison et Whit montent dans la Jeep et démarrent pour appeler le lycée. Je me suis fait passer pour ma mère afin de justifier ma propre absence.

Ensuite, je me suis plongée dans mon enquête.

Avec son mur couvert de Post-it et de notes, ma chambre ressemble au QG d'une série policière. Le seul problème, c'est que je n'arrive toujours pas à relier les indices à l'aide de punaises et de ficelles.

De mon lit, j'ai longuement fixé le calendrier accroché au mur. Sur la page du mois de juin, à la date du 30, jour du déménagement, Priya a dessiné un gros visage triste.

J'ai commencé par appeler Nick, qui a eu l'air surpris d'avoir de mes nouvelles. Je suis allée droit au but.

— C'est quand, la dernière fois que tu as parlé à Priya ? Parlé vraiment, je veux dire. Pas par mail ni SMS ou autre.

Il a soupiré.

— Tu n'abandonnes jamais, hein ?

— S'il te plaît, Nick. Donne-moi la date.

Je l'ai senti réticent, mais il a fini par lâcher :

— Le jour de son déménagement, je crois. J'étais à Londres et on a discuté pendant qu'elle faisait ses cartons. C'était le matin pour elle et la fin d'après-midi pour moi.

Il a marqué une pause avant d'ajouter :

— Elle n'avait vraiment pas l'air de vouloir partir.

Après avoir raccroché, j'ai serré le téléphone contre ma poitrine, saisie d'une peur indicible.

Ensuite, j'ai appelé les FÉES. C'est Anushka qui a répondu.

— Eh, salut ! Tu as une collecte de fonds à me proposer ?

— Désolée. J'ai pris un peu de retard, en fait.

— Oui, et tu n'es pas la seule. Ce n'est pas pour rien que nous avons avancé le délai de réponse. Même Priya ne nous a rien envoyé.

Le cœur battant, j'ai demandé :

— Quand lui as-tu parlé pour la dernière fois ?

Anushka a réfléchi.

— Ça fait longtemps. Elle envoie des mails de temps en temps.

— Mais au téléphone, vous ne vous êtes pas parlé depuis ton anniversaire, si ? Tu te souviens qu'elle t'avait fait livrer des petits gâteaux au bacon ?

Anushka m'a paru vaguement inquiète.

— Tu as une sacrée mémoire, Zan. Tout va bien ?

— Ouais…

J'ai pris dans mon sac à dos les documents trouvés dans la maison de Priya – des relevés de comptes et divers mails adressés aux FÉES – et les ai feuilletés jusqu'à ce que je tombe sur celui concernant l'incendie.

— Au fait, Anushka, l'école élémentaire des Bons Amis, ça te dit quelque chose ? C'est l'une des écoles où nous avons prévu de travailler cet été, non ?

— Oui mais malheureusement, elle a brûlé il y a quelques mois. Ils ont décidé de répartir les élèves dans d'autres établissements plutôt que de reconstruire, alors nous avons perdu ce contact.

— C'est terrible. Et… euh… l'école de Priti ?

— Ils ont obtenu une subvention de la part d'une organisation caritative plus importante, alors ils n'ont pas eu besoin de nous. Il y a eu beaucoup de changements, cette année…

Je me suis attardée sur le mail de Ben à j.karim565.

Veuillez prendre mon appel.

Puis j'ai repris mes questions.

— Hé, c'est bizarre, mais… Tu ne connaîtrais pas un certain Karim, par hasard ?

— Si… Il a travaillé pour nous pendant quelques années. Il était notre agent de liaison et contrôlait la qualité sur le terrain. Il a démissionné récemment.

Le papier tremblait dans ma main quand j'ai ajouté :

— Et… c'était quoi, exactement, son travail ?

— Il allait visiter les écoles de Bombay pour s'assurer qu'elles se conformaient à nos exigences et pourraient continuer à recevoir des financements. Ben doit engager quelqu'un d'autre, mais il traîne. Si ça continue, nous allons être obligés de nous rendre nous-mêmes sur place.

— Ah…

Anushka a ri d'un air gêné.

— Il faut que je te laisse, Zan. Mais… tout va bien ?

— Oui, tout va très bien.

Après avoir raccroché, je suis allée sur le profil Facebook d'Anushka, espérant y trouver la date à laquelle Priya lui avait fait livrer des cupcakes au bacon. *Anniversaire : 30 juin.*

Le même jour que le déménagement.

En faisant défiler les posts Instagram de Priya, je suis tombée sur une photo de sa maison envahie par la vigne vierge et baignée de soleil, ici, à Chicago. Le 30 juin, elle écrivait :

La belle vie que j'avais ici me manquera, ainsi que tous les gens merveilleux qui s'y trouvent. Mais je suis convaincue que cet endroit, et ces gens, me suivront partout où je vais.

J'étais probablement en route pour le stage de foot au moment où elle a rédigé ces lignes.

Ensuite, elle est restée plus d'une semaine sans rien poster.

J'ai eu du mal à lâcher mes Post-it pour retourner travailler, mais Maman et Harr devaient rentrer à la maison vers trois heures et demie, et il n'était pas question que je laisse tomber Arturo.

Avant de partir, j'ai imprimé le mail que Priya a envoyé le jour où je suis allée voir Nick à la Northwestern.

Désolée, Zan. Je ne peux pas. Il est peut-être temps de passer à autre chose.

J'ai imprimé aussi toutes les photos, les statuts, les commentaires, depuis le déménagement. Et aussi le mystérieux message « *ZZWelcome way in/d.344itspdfi iiihauhlep* ».

J'ai photocopié le message « *Je t'ai retrouvé* » et l'ai rangé avec tous les mails et documents des FÉES dans un classeur que j'ai apporté au restaurant et planqué dans un coin, près du bar à salades, avec le reste de mes affaires.

Maintenant, je me rends compte que je n'aurais pas dû venir travailler aujourd'hui. Je m'agite dans tous les sens, incapable de me concentrer.

Logan arrive avec une pile de bacs d'ingrédients qu'il vient de sortir du frigo.

— Salut, ça va ?

— Pas trop…

Je vais chercher dans mon sac le classeur des indices. Peut-être que si je regarde assez longtemps, quelque chose apparaîtra ?

Logan glisse des bacs d'olives et de pois chiches dans le bar à salades en désignant le classeur de la tête.

— Fais voir.

Il le feuillette et s'arrête sur le mail « ZZ ».

— Pourquoi « welcome », à ton avis ?

Il continue à lire, mais je n'écoute qu'à moitié, pressée de récupérer mon classeur.

— Et c'est quoi, cette histoire de myrtilles ?

Ses mots me parviennent avec un temps de retard.

— Euh… comment ?

— J'ai remarqué ça, tout à l'heure, reprend Logan. Elle n'arrête pas d'en parler. « Tarte aux myrtilles à la plage » « Les myrtilles, un en-cas diététique ». Et ici, regarde… Elle poste une photo de myrtilles pour illustrer ses goûters préférés. C'est un peu bizarre. Cette fille aime vraiment beaucoup les myrtilles !

Je lui prends le classeur des mains.

— Bon sang…

— Quoi ? Qu'est-ce qu'il y a ?

J'ai du mal à articuler.

— « Myrtille » était un genre de… mot de passe, quand nous étions plus jeunes. Nous l'utilisions chaque fois que nous nous trouvions dans une situation délicate et que nous avions besoin d'aide.

Je crois entendre la voix de Priya, à la bar-mitsvah, quand Eddy Hays m'a embrassée. « Il faut qu'on invente un truc, à partir de maintenant. Un genre de code d'alerte pour dire "Sors-moi de cette galère !" »

Mon pouls bat de plus en plus fort.

— Je n'arrive pas à croire que je n'aie pas remarqué ça avant.

— Tu veux dire que… c'est bien elle qui a écrit ces posts, et qu'ils sont codés ? Mais pourquoi ?

La tête renversée en arrière, je prends quelques respirations profondes tandis que Logan va chercher des louches propres pour les sauces de salade.

— Dis quelque chose, Logan. Je te jure que je suis à deux doigts de la crise de panique.

Il s'essuie les mains sur son tablier, puis les pose sur mes épaules.

— Ça va aller.

— Quelque chose de sympa. Vite !

Il réfléchit un moment.

— Oh, oui, je sais… J'ai voulu te faire une surprise en venant te chercher à la sortie du lycée, mais tu avais disparu.

Il sourit, puis ajoute :

— En voiture, bien sûr ! Tu sais, cet engin avec quatre roues et un moteur, comme tu dis.

— Ça veut dire que… tu n'as plus ton vélo de femme ?

Il hoche la tête d'un air triomphal.

— Ma tante a changé de voiture ce week-end et m'a donné son ancienne bagnole pour me récompenser de mes efforts.

Il agite la main.

— Je suis quand même content d'avoir ce boulot. Le chèque me servira à payer l'essence. Ou mes frais de scolarité, j'espère.

Le regard fixe, je répète :

— Le chèque…

Sam est en train de réviser ses cours, dans un coin de la cuisine. Je l'interpelle.

— Je peux te déranger une seconde ?

— Bien sûr.

Elle referme un immense livre et me rejoint.

— Je crois que j'ai assez bossé mon droit civil pour aujourd'hui. Ras le bol !

Logan sourit.

— Tu es un vrai rayon de soleil, toi !

Sam lui rend un demi-sourire.

— Qu'est-ce qu'il y a ? me demande-t-elle.

— Sais-tu si Arturo a réussi à envoyer son dernier salaire à Priya ?

Je perçois une lueur de pitié dans son regard. C'est triste. Tout le monde ici aimait Priya. Maintenant, personne n'ose parler d'elle à cause de moi.

— En fait, il a laissé tomber, répond Sam. Franchement, c'est à elle de s'en occuper, maintenant.

Les portes de la salle s'ouvrent sur Arturo qui lance :

— Zan ! Tes clients s'impatientent.

— Désolée…

Les questions se bousculent dans ma tête. Pourquoi n'ai-je pas creusé cette histoire de chèque ? Ou vérifié l'adresse moi-même ? Tout à coup, je me demande si Priya et Ben ont vraiment déménagé. Et s'ils ne l'avaient pas fait ? Si Priya avait menti ?

Le cœur à cent à l'heure, je me détends dès que j'entre dans la salle. Reggie est là, à sa place habituelle, et j'ai la certitude qu'il est venu pour m'aider.

Jusqu'à ce que je découvre son visage.

Il se lève à mon approche, droit comme un I. C'est la première fois que je vois Reggie comme ça, et j'ai un léger mouvement de recul…

Il ne se donne même pas la peine de me saluer.

— Tu m'as déjà mis dans une position délicate à plusieurs reprises, mais cette fois-ci je ne trouve pas ça drôle.

Sa voix est douce, toute en colère contenue. Plus flic que d'habitude, il glisse les doigts dans les passants de son pantalon d'uniforme.

— Qu'est-ce que tu racontes, Reggie ? Qu'est-ce qui se passe ?

— Je viens d'apprendre qu'un voisin avait signalé un cambriolage chez Ben et Priya, l'autre soir.

— Tu rigoles ?

— Pourquoi tu ne m'as pas dit qu'il y avait quelqu'un avec toi ?

Logan ! Il est encore en liberté surveillée...

Le couple de touristes affamés cherche à attirer mon attention.

— Euh, mademoiselle ? Nous n'avons toujours pas commandé. Mademoiselle !

Je désigne du regard la table oubliée à Arturo, qui passe la tête par la porte à double battant. Il prend aussitôt le relais.

— Bonjour. Désolé de vous avoir fait attendre...

J'entraîne Reggie en direction d'un box.

— OK, raconte !

— Il faisait nuit, mais la voisine est sûre d'avoir vu un homme. Je ne comprends pas, Zan. Qu'est-ce qui t'a pris de saccager cet endroit comme ça ?

— Pas si vite... Tu veux parler du téléphone cassé ?

Reggie fronce les sourcils.

— Quel téléphone ?

Je ferme les yeux.

— Reggie, je te jure que je n'ai rien saccagé.

— Le bureau et l'armoire ont été retournés, et la pièce entièrement fouillée. Il y avait un gros trou dans le mur. Qu'est-ce que tu es allée faire là-bas ?

Je plante mes yeux dans les siens.

— Reggie ! Je n'ai rien fait du tout ! Mais... la voisine a dit qu'il faisait nuit, c'est ça ?

— Oui, confirme Reggie. Et elle est sûre d'avoir vu un homme escalader la fenêtre. Avec qui étais-tu, Zan ?

Je me penche vers lui.

— Crois-moi, tu te trompes complètement. Nous... euh... je suis entrée dans la maison pendant la journée, et je suis passée par la porte de derrière. Je n'ai pas eu besoin d'escalader la fenêtre. Je te le jure !

Il s'adosse à la banquette.

— Es-tu en train de me dire qu'il y a eu deux effractions sans aucun rapport l'une avec l'autre ? Qu'il s'agit d'une pure coïncidence ?

Je revois l'homme près du portail, ses yeux très noirs derrière des lunettes.

— Peut-être, dis-je. Ou peut-être pas.

Après notre service, Logan me raccompagne. Nous trouvons Maman et Whit confortablement installées devant la télé, et je m'éclipse en prétextant que nous avons du travail.

Une fois à l'étage, je ferme la porte derrière nous et allume mon ordi. Une recherche rapide révèle le plan cadastral du 418 Bellevue, l'adresse de Priya en Californie. Pour ce qui me paraît être la première fois depuis des heures, je respire.

— J'ai trouvé.

Logan arpente la pièce sans quitter du regard les notes collées sur le mur. Des mots clés en majuscules s'enchaînent telle une équation sans symboles. *Je t'ai retrouvé, harceleur, téléphone cassé, HLEP, myrtilles.*

— On devrait ajouter le deuxième cambriolage, suggère-t-il.

— Bonne idée. Il y a des Post-it sur le bureau.

Il s'avance et griffonne quelques mots.

— Tout ça doit avoir un sens, tu ne crois pas ?

— Oui, dit-il par-dessus son épaule. Je ne sais pas qui est entré dans la maison après nous, mais c'était pas un génie ! Nous, au moins, on a été assez malins pour vérifier la porte de derrière.

— En fait, après ton départ, je l'ai fermée à clé. Machinalement.

J'avais oublié ce détail. Alors que je pousse mon ordi pour m'asseoir au bord du lit, j'ai une idée.

— Et si on se focalisait trop sur Priya ? Et si c'était Ben qui avait des ennuis ?

Logan se retourne.

— Qu'est-ce qui te fait dire ça ?

— D'abord, le mot dans son bureau. Je t'ai retrouvé. Ça ressemble à une menace, non ? Je ne sais pas s'il y a un rapport, mais… toutes ces factures impayées dans la boîte aux lettres ? Et son bureau ? Tout a été retourné… Et puis, il y a ce type qui m'a suivie, la semaine dernière. La première fois que je l'ai vu, c'était devant la maison. Il voulait savoir s'ils y habitaient encore.

— Ça tient la route. Mais tu as parlé à Ben récemment, et il ne t'a rien dit, n'est-ce pas ?

Je hausse les épaules.

— Peut-être qu'il ne pouvait pas parler ?

Perplexe, Logan se retourne pour examiner mon mur couvert de Post-it. Je l'observe un instant, prenant soudain conscience de l'absurdité de la situation. Après avoir posté des messages bidon sur Instagram et passé des coups de fils anonymes, le voici qui joue les enquêteurs, comme dans les séries policières !

Il ne m'a pas laissée tomber. Il m'a crue. Depuis le début.

En le voyant effleurer de son doigt taché d'encre le bord d'un petit carré rose vif, je me sens prise d'un élan d'affection pour lui.

— Hé, Logan ?

— Hmm ?

— Pourquoi tu m'aides ?

— Pourquoi on aide les autres, à ton avis ? rétorque-t-il, un peu brusquement.

Une minute plus tard, il vient s'asseoir à côté de moi, sur le lit. Il est si proche que je perçois son souffle. Nos bras et nos jambes se touchent à peine. Je suis tellement troublée par son odeur de savon et la chaleur de sa peau que j'en oublie presque de l'écouter.

— Au début…

Il fronce les sourcils, comme s'il réfléchissait en parlant.

— … je dirais que c'était par curiosité. Ou à cause de mes propres problèmes, peut-être. J'avais besoin de me lancer dans quelque chose. Pour me laisser emporter. Ensuite…

Il sourit.

— Je me suis dit que si, en plus, ça pouvait me permettre de me rapprocher de cette fille rebelle et trop canon, c'était encore mieux.

Je baisse les yeux pour qu'il ne me voie pas rougir.

— Mais maintenant… il y a autre chose. Priya compte beaucoup pour toi, ce qui veut dire qu'elle compte aussi pour moi.

Quand je lève les yeux vers lui, il me regarde avec une force tranquille que je ne lui ai jamais vue auparavant. J'avale péniblement ma salive. Mon cœur bat si fort que j'ai du mal à reprendre mon souffle.

— Tu es… très étonnant, Logan.

Il ironise.

— Je ne suis pas le seul…

— Arrête, j'essaye de réfléchir sérieusement, là…

Il m'embrasse, un baiser léger, et je sens une onde parcourir tout mon corps.

Quand il s'éloigne, je porte la main à mes lèvres, un peu sonnée. Je viens à peine de commencer à comprendre pourquoi les gens se perdent eux-mêmes délibérément, et je me sens soudain moins hostile à cette idée.

Il m'interroge du regard et je l'embrasse à mon tour, presque malgré moi. Je touche sa joue, et ses doigts effleurent les taches de rousseur sur mon bras. Quand il plisse les yeux, je me dis que je ne veux surtout pas qu'il s'arrête…

Nous nous écartons, puis nous rapprochons l'un de l'autre, un léger sourire aux lèvres, comme si nous venions de partager un secret. J'enroule mes bras autour de son cou et frémis quand ses mains se posent sur ma taille.

Un coup frappé à la porte nous fait sursauter. Nous nous séparons à la hâte.

— Euh… Vous êtes vivants, là-dedans ? demande Whit. On prépare à manger. Logan reste dîner ?

Je croise son regard, encore un peu flou.

— Oh, euh… oui, pourquoi pas.

Nous l'écoutons s'éloigner, silencieux mais pas mal à l'aise.

Au bout d'un moment, je me jette à l'eau :

— Je peux te demander quelque chose ?

— Tout ce que tu veux.

— Voudrais-tu qu'on sorte ensemble, Logan Hart ?

— Qu'est-ce que tu me proposes ? rétorque-t-il. De m'introduire illégalement dans des locaux administratifs pour aller récupérer le numéro de sécurité sociale de Priya, peut-être ?

— Je pensais plutôt aller au musée. Comme ça, tu pourrais me montrer ton habitat naturel.

— Je ne suis pas contre…

Nous sourions tous les deux bêtement, puis il jette un coup d'œil à mon réveil. Il est presque vingt heures ici, ce qui fait dix-huit heures en Californie.

— … mais c'est raté.

Logan pointe le menton vers le mur de Post-it, et je craque encore plus pour lui – à supposer que ce soit possible.

— On en était où ?

— L'adresse californienne…

Une fois sur Google Maps, je repère la résidence Bellevue et je trouve le numéro du syndic. Logan me tend mon portable et s'assied près de moi.

— Ça sonne…

Soudain, je sens l'angoisse monter.

— J'espère qu'il y a encore quelqu'un…

— ABC Management, Kimberly, que puis-je faire pour vous ?

Merci d'être une employée modèle, Kimberly.

— Oui, bonjour, je… j'essaye d'envoyer une lettre à l'un de vos locataires, mais elle me revient toujours. Ben Grissom, 418 Bellevue, appartement C ?

Logan se penche vers moi pour écouter la conversation.

— Appartement C, appartement C… dit Kimberly en tapant sur son clavier. Madame ? M. Grissom a résilié son bail en juillet dernier.

Les yeux de Logan rencontrent les miens.

— Et… il vous a dit pourquoi ?

— Je n'ai pas d'information à ce sujet. Un changement de dernière minute, je suppose. Cela arrive.

Je serre le bras de Logan.

— Mais… Il n'a jamais emménagé, alors ?

— Non, madame.

Elle marque une pause, puis demande :

— Vous êtes… ?

— Une amie.

Elle rit.

— Dans ce cas, je vous conseille de vous adresser à lui directement !

— Oui. Merci, Kimberly. Vous avez sans doute raison.

Me revoici. Et…

Je ne sais pas.

Je crois que j'ai de plus en plus de mal à voir le bon côté des choses. Quel est le mot pour dire « agitée », « furieuse », et « triste » à la fois ?

Non. (NEIN !) *Assez d'auto-apitoiement.*

Il faut toujours avoir un plan. LA PLANIFICATION, C'EST LA VIE ! Il y a eu des ratés, c'est sûr, mais il ne faut pas oublier qu'il y a également eu des succès sur ma liste de choses à faire.

Premièrement : euh, quoi ? L'Internet bas débit, c'est la galère. J'aurais dû raconter cette victoire plus tôt. C'était le bon moment. La mission de reconnaissance au sous-sol, la découverte de ces boîtes oubliées dans le placard marqué « bureau ». Quand j'ai essuyé la poussière de cet énorme écran, j'ai pensé : « Échec et mat, connard ! » avant de me rappeler que je ne connaissais rien aux ordinateurs.

Je crois que j'ai mal jugé Amanda. Elle ne chante que quand il est absent. Avant, je croyais que c'était parce qu'il n'aimait pas sa voix, mais maintenant je me demande si ce n'est pas un signal. Un feu vert qui m'est destiné. En tout cas, quand j'ai réussi à allumer l'écran, elle a entonné « Somewhere over the rainbow ». Après une heure d'essais infructueux, le fameux signal sonore a retenti, et une fenêtre s'est enfin ouverte sur le monde quand j'ai vu apparaître l'icône « COURRIER *». J'étais tellement contente que je n'ai pas remarqué qu'Amanda s'était arrêtée de chanter. Il est entré et s'est mis à hurler tandis que mes doigts couraient sur le clavier. J'ai tapé la seule adresse mail que je connaissais par cœur, et j'ai cliqué sur le bouton* ENVOYER *avant qu'il ne m'arrache le clavier.*

Je ne sais pas si mon plan a vraiment marché. J'espérais qu'il se ferait repérer ou attraper. Mais même si j'ai raté mon coup cette fois-ci, le fait de le provoquer comme ça m'a procuré une grande satisfaction.

Moi : Ça ne doit pas être génial, de savoir que des preuves existent, et qu'il ne reste plus qu'à les trouver. Le téléphone cassé ne fera sans doute pas bon effet non plus.

Lui : Tais-toi !

Moi : Ne te décourage pas. Comme je dis toujours, « Celui qui veut voir l'arc-en-ciel doit apprendre à aimer la pluie ».

Je me demande presque si je n'ai pas fait exprès de lâcher ces papiers pour qu'ils atterrissent derrière le bureau. Je me suis remerciée mentalement d'avoir eu la présence d'esprit de les imprimer à ce moment-là. Je me demande parfois ce qui se serait passé si je n'avais pas tout découvert. Si mon téléphone n'avait pas été déchargé pendant que nous faisions nos valises. Si une inspiration soudaine ne m'avait pas incitée à fouiller dans son ordi.

*Une inspiration qui a changé le cours de ma vie ? Cela paraît si bête que j'ai du mal à l'écrire. *Toussotement* La consommation excessive de carottes rend-elle vraiment les gens orange ? Et si c'est le cas, cela ne se produit-il que chez les Blancs ? Le pire, c'est que je n'ai jamais eu de réponse. (Non, ce n'est pas le pire.)*

Je dois avouer que...

Une petite part de moi commence à craindre que ce journal soit vraiment écrit pour la postérité.

Ce qui me tue, c'est que j'aurais pu m'échapper. J'étais en train de tout révéler et de composer le numéro d'Anushka quand la dispute a éclaté. Il m'a arraché le téléphone des mains et celui-ci s'est brisé en mille morceaux. J'ai lâché les papiers. C'est à ce moment-là qu'on a sonné à la porte. Il a jeté un coup d'œil par la fenêtre du bureau, qui surplombait le perron. Je ne sais pas ce qu'il a vu. Quand j'ai voulu parler, il m'a fait signe de me taire, et j'ai eu l'intuition qu'il valait mieux obéir.

Je l'ai laissé m'entraîner jusqu'au garage. Il parlait si bas que sa voix n'était qu'un faible murmure.

Lui : Nous ne sommes pas en sécurité ici. Cet homme, dehors. Il vient me chercher.

Moi : QUOI ?

Lui : Chut ! J'avais un complice, OK ? Et quand j'ai tout arrêté à cause de toi, il n'était pas content. Il a des types... qui travaillent pour lui. Et qui sont prêts à se déplacer. Il m'a averti que si je ne payais pas une somme conséquente – que je ne possède pas – il enverrait l'un d'eux à ma poursuite. À notre poursuite.

Rien dans ma vie ne m'avait préparée à un tel moment. Alors tu sais ce que j'ai fait ? Je n'ai pas bougé, comme il me l'avait demandé. Quand il a regagné le salon sur la pointe des pieds, avec un tas de papiers et un ordinateur portable, je ne me suis pas enfuie. Nous avons démarré la voiture et sommes partis avant que l'homme n'ait pu pénétrer dans la maison.

Sur la route, je me suis posé plein de questions. Il avait l'air malheureux. Et il était tout pâle. Et je dois reconnaître qu'il avait l'air sincèrement désolé.

Moi : Est-ce tu as un boulot, en Californie, au moins ?

Lui : Non. Mais je nous ai trouvé un appartement. Ça va te plaire.

Moi : Il le trouvera.

Lui : Hein ?

Moi : S'il fouille notre maison. Tu as laissé le bail sur la table de la cuisine.

Lui : Ah bon ?

Moi : Est-ce que tu l'aimais, au moins ?

Lui : Bien sûr que…

Moi : Tu as une drôle de façon de le montrer.

Lui : Elle t'a laissé de l'argent pour tes études.

Moi : C'était avant qu'elle ne te rencontre. Et il y a juste assez pour assurer ma scolarité. Elle voulait que je travaille. Pour faire quelque chose de moi-même. Mais tu ne peux pas comprendre ça. De toute façon, tu étais déjà riche avant !

Lui : Je l'étais, et puis je ne l'ai plus été. L'argent, ça va, ça vient.

Moi : Je veux juste que tu saches que je ne suis pas de ton côté.

Lui : Je sais, je sais.

Aaaahhh. C'est avec réticence que je me résigne à intituler ce prochain paragraphe…

Brève concession à la postérité :

Première semaine. Nous avons dormi dans des motels. Nous nous sommes disputés. Avons essayé d'élaborer un plan, acheté des vêtements et du matériel et surveillé nos arrières. Tout payé en liquide.

Deuxième semaine. Il a viré l'infirmière de sa mère par téléphone. Je me suis sentie mal. Nous sommes arrivés quelques heures plus tard. Il m'a interdit de téléphoner sous prétexte que les appels auraient pu mettre mes correspondants en danger. Nous avons mangé du pop-corn et regardé des jeux télévisés ! Amanda a vaguement eu l'air d'apprécier notre compagnie.

Troisième semaine. J'ai commencé à m'agiter. Sortir se promener était trop risqué. Mais au moins, j'avais la cour, où je pouvais prendre l'air. Il a commencé à passer du temps au sous-sol. J'ai remarqué que les téléphones fixes d'Amanda avaient disparu.

Moi : Tu ne crois pas que les gens vont s'inquiéter de notre silence ? Laisse-moi au moins informer Zan et Nick.

Lui : Pas question. Et de toute façon, je m'en suis occupé. Tu utilises le même mot de passe partout, Pri. « Bacon » ?

C'est une blague ? Mais ne t'inquiète pas. Tu as eu plein de likes.

J'ai failli péter un câble, mais je me suis vite ressaisie.

Moi : Les gens comprendront que ce n'est pas moi qui ai rédigé ces posts.

Lui : Nous verrons bien.

Quatrième semaine. Je me suis réveillée dans une pièce propre et blanche.

Moi : … ?

Lui : Quelqu'un a dû verser un somnifère dans ton smoothie, ce matin.

J'étais sur un canapé. Les meubles qui étaient là à notre arrivée avait disparu. Il n'avait laissé que la télé et le mini frigo. Il y avait une salle de bains, et un placard. J'ai remarqué la fenêtre – et eu un bref espoir, avant de me rappeler Amanda et ses infopublicités sur la sécurité domestique. Je n'avais jamais remarqué que la porte du sous-sol n'avait pas de poignée et qu'il fallait une clé pour l'ouvrir. C'est sans doute lui qui l'avait installée.

Il tenait à la main cette arme ridicule.

Moi : Tu ne devrais pas faire ça, tu sais.

Lui : J'aimerais qu'on puisse se faire confiance, mais je ne vois pas comment. Tu m'en veux trop pour ça. Je vais t'apporter tout ce que tu voudras. Des livres ? Quelque chose à grignoter ? Dis-moi…

Quand j'ai levé les yeux, l'homme que je connaissais avait disparu.

Alors je me suis redressée. J'ai pris une profonde inspiration.

Et puis j'ai demandé des myrtilles.

(Principe de Priya #305 : Toujours avoir un plan.)

10

Vendredi 21 septembre

Debout devant la classe, *Señora* O'Connell met un DVD.

— Bonjour ! Aujourd'hui, nous allons regarder *Femmes au bord de la crise de nerfs*, de Pedro Almodóvar. C'est un peu l'histoire de ma vie, en fait…

Malgré ma mauvaise humeur, je croise son regard et lui souris.

J'ai été ailleurs toute la journée. Je suis épuisée. Je ne dors plus. Je n'arrête pas de me dire que je devrais faire quelque chose.

Si seulement je savais quoi !

J'ai déjà décroché du film en noir et blanc. Un vieil homme parle dans un micro vintage. Un poulet bat des ailes.

J'ai déjà vu un film d'Almodóvar, en deuxième année d'espagnol. Je me souviens de l'avoir choisi parce qu'il racontait l'histoire d'un torero. Mais il m'avait vraiment perturbée. C'était assez dégueu. Dans mon salon, Priya fixait l'écran d'un air perplexe. Par la suite, elle avait déclaré que quiconque prétendait comprendre/apprécier une scène mêlant viol et corrida mentait pour se rendre intéressant. À l'époque, cela m'avait paru trop « pointu » pour faire l'objet d'une maxime, mais aujourd'hui je me demande si je n'aurais pas dû le noter.

Comme elle était drôle ! Comme elle *est* drôle.

Tout ce que je veux, c'est lui parler. Parce que je suis inquiète. Parce qu'elle me manque. Parce que de nouveaux événements se produisent. Des événements positifs, même. Je sais que je dois vivre ma vie, que ça ne veut pas dire que j'abandonne. Mais j'ai tant de choses à lui dire !

Par exemple, que Logan s'est couché tard mardi et a dessiné des portraits de moi, après notre visite au musée – où il a tout décomposé, analysé, des danseuses de Degas aux immenses toiles abstraites éclaboussées de couleurs. Quand il parlait, il avait cette lumière dans les yeux qui me faisait fondre. Je voudrais lui dire aussi que Whit s'est vraiment installée à la maison, maintenant, et que Maman fredonne tout le temps. Qu'Arturo progresse dans la conquête de la famille Yun, et qu'étonnamment il est très agréable de déjeuner avec Lacey. Je veux lui dire que Nick n'est pas du tout passé à autre chose, au cas où elle veuille renouer avec lui. Et aussi que j'ai frappé un type ! Que Papa et moi avons partagé – encore – un bon dîner de carnivores après avoir joué au foot hier soir. Que Harr demande encore des nouvelles d'elle.

Je veux la retrouver. Si c'est ce qu'elle souhaite.

Señora O'Connell arpente la salle de cours pour rendre un contrôle que j'ai dû louper lundi. La voilà devant le bureau de Logan.

— Bon travail, souffle-t-elle.

Il fait sombre. Je tente de me concentrer, mais je ne peux pas m'empêcher de bâiller. Même les bons jours, j'ai du mal à dormir. Quand le soleil s'est levé, ce matin, j'étais en train de googler Ben. Il n'a plus vraiment d'existence numérique. Juste un vieux compte LinkedIn inactif. Quelques articles parlent de son rôle au sein des FÉES. « L'argent appelle l'argent, avait-il déclaré dans une interview il y a quelques années. Ma défunte femme l'avait compris, et elle a fait bon usage de ce concept simple. »

Dans la barre de recherche, j'ai tapé *Ben Grissom* + nom(s)de banque(s). *Ben Grissom* + *finance, Ben Grissom* + *fonds spéculatifs, Ben Grissom* + *banque* + *fusions et acquisitions*. J'ai cherché jusqu'à épuisement de mon vocabulaire financier. Je n'ai trouvé aucune trace d'un quelconque emploi, en Californie ou ailleurs. Rien depuis Chicago.

Quand j'ai enfin abandonné et fermé mon ordi ce matin, j'ai remarqué que la porte de la chambre de Maman était ouverte et je suis entrée. Elle était assise dans son lit, bien calée contre un oreiller, et lisait dans la lumière du soleil pendant que Whit dormait. Je l'ai regardée quelques instants se tripoter la lèvre inférieure comme elle le fait quand elle est fascinée par quelque chose. J'avais presque envie de réessayer, de lui faire quelques confidences. Mais je savais qu'elle m'empêcherait de m'exprimer. Me dirait que je me trompais. Et qu'on n'arriverait à rien.

Partout où je vais, Priya apparaît. Un bruit, une odeur, un souvenir, comme si elle imprégnait tout. Je la sens dans les murs, dans mon pouls, en train de m'observer quand je ferme les yeux. Comme si elle traversait l'espace.

— Alejandra ?

Je sursaute, une joue appuyée contre mon poing fermé. Mes mains sont baignées de larmes. Les lumières se sont rallumées et tout le monde se lève.

Même Eddy a l'air inquiet.

— Hé, ça va, Zan ?

Je m'essuie les yeux et me redresse.

— Oui. Je vais bien. Merci, Eddy.

Il n'a pas l'air convaincu et s'éloigne de mon bureau, me laissant avec Logan et *Señora* O'Connell.

— Désolée.

Je tente un sourire, mais mes yeux débordent à nouveau.

Logan me tend la main pour m'aider à me lever.

— Je peux faire quelque chose pour toi ? demande la *Señora*.

Mais je secoue la tête et laisse Logan me conduire à la porte.

— Ça va aller, assure la *Señora* derrière moi.

Dès que la sonnerie retentit, je vais retrouver mon arbre.

Je lâche mes affaires et m'adosse au tronc. L'air humide me colle au visage. Maintenant que les cours sont enfin terminés, je devrais être soulagée et pourtant, je n'ai nulle part où aller.

Ça va aller… C'est ce qu'on dit, bien sûr. Parce qu'il n'y a rien d'autre à dire. Mais parfois, ça ne marche pas. On ne s'en sort pas. On est coincé.

Je presse mon dos contre l'écorce. Non. Pas de complaisance. Pas question d'abandonner ! Priya ne se laisserait pas abattre comme ça. Priya aurait un plan ! Même sans savoir exactement où elle va, elle foncerait. Elle passerait à l'attaque !

J'ai juste besoin de me raccrocher à quelque chose, n'importe quoi. Si je revenais sur mes pas ?

Je me lève. Me secoue. Et très vite, je m'élance dans l'allée et je tape un sprint.

— Hé !

Je m'arrête, hors d'haleine, et Logan court pour me rattraper.

— Je te cherchais. Où tu vas, comme ça ?

— Chez Priya. Je veux voir ce qui se passe. Reggie m'a dit que le téléphone avait disparu. Que le bureau avait été retourné. Celui qui est entré cherchait quelque chose, ou… il voulait cacher quelque chose. Il faut que je sache.

Le ciel se voile, tourne au mauve menaçant en quelques secondes.

— D'accord. On y va maintenant ?

Je souris.

— Pas toi. Il faut que tu restes ici.

Il s'avance vers moi, un sourcil levé.

— Ah bon, pourquoi ?

Je tends la main pour écarter une mèche de cheveux de son visage.

— Parce que tu es sous contrôle judiciaire.

Il hausse les épaules.

— Je ne te laisserai pas aller là-bas toute seule.

— Ça va aller, je t'assure. Tu es très gentil, très galant et tout, mais je ne peux pas…

Il m'embrasse.

— Je viens avec toi.

Et voilà.

Le tonnerre gronde, annonçant la pluie.

L'air est chaud et chargé d'électricité, il pleut à grosses gouttes. Même dans la tempête, la rue arborée de Priya est propre et chic. Mais l'ambiance est lourde, austère – comme si quelque chose d'affreux venait de se produire. Nous nous faufilons par l'arrière et trouvons la porte du garage ouverte. La porte de la maison aussi – alors que je l'avais refermée en partant. Reggie m'a prévenue, mais je flippe quand même : quelqu'un est entré ici après moi.

Nous avançons sur la pointe des pieds. Logan sursaute quand un coup de tonnerre retentit et qu'un éclair illumine le salon. Je pose la main sur son bras.

— Tu n'es pas obligé de rester.

Mais il m'ignore et continue d'avancer, tout dégoulinant.

Dans le bureau, je remarque que le téléphone a disparu. La table a été renversée et les dossiers qui étaient rangés dans le placard n'y sont plus. Je fais glisser la porte sur son rail : vide.

Logan fouille la pièce et laisse échapper un juron. Puis il me serre l'épaule. Fort. En levant les yeux, je le vois hocher imperceptiblement la tête.

Quelque part dans la maison, une porte s'ouvre, puis se ferme.

Des pas…

Aucun de nous ne bouge, au début. Quand les pas se rapprochent, nous allons nous cacher dans le placard et je fais coulisser doucement la porte. Debout dans le noir, nous nous lovons l'un contre l'autre. Nos souffles chauds et sonores troublent le silence. Un regard à travers les lames baissées m'indique qu'il n'y a personne, mais je stresse en pensant à nos traces de pas tout autour de la maison.

Soudain, quelqu'un entre et je sens Logan se tendre.

Le bureau est déplacé, l'armoire à dossiers ouverte. Un tiroir claque, puis un autre.

— Putain ! lâche une voix familière.

Je me fige en apercevant le visage de l'intrus. Voit-il mes yeux qui fixent les siens dans le noir ?

On sonne, et quand les pas s'éloignent, nous nous détendons un peu. Soudain, une autre voix retentit…

— Merde !

On court. La porte arrière claque. On sonne encore une nouvelle fois. Encore. Et puis ça s'arrête.

Nous restons quelques instants silencieux, puis j'entrouvre la porte du placard et jette un regard prudent dans la pièce. Logan me donne un léger coup de coude.

— Ça va ?

— C'était Ben.

— Ça, alors…

Je m'agenouille près du bureau renversé.

— Qu'est-ce qu'il cherchait ? Et pourquoi il s'est enfui comme ça ? Il a eu peur, tu crois ?

Je regarde par la fenêtre du salon, Logan derrière moi.

— Peut-être que…

— Attends…

De l'autre côté de la rue, un homme monte dans sa voiture. Je n'en suis pas sûre, mais j'ai l'impression que c'est lui : l'homme que j'ai vu près de la maison de Priya, au zoo, puis au spectacle.

Juste à ce moment-là, la Prius blanche de Ben passe en trombe et l'homme démarre.

— Zan ! dit Logan en agitant une main devant mes yeux.

Le doigt tendu dans la direction où les voitures ont disparu, je me tourne vers lui.

— C'était… L'homme qui m'a suivie, l'autre jour… je crois que c'est lui qui a sonné.

Logan a l'air inquiet.

— Tu veux dire… le type qui cherche Ben ? C'était lui ?

— Je ne sais pas. Peut-être.

— Pourquoi ?

Je hausse les épaules.

— C'est loin, la Californie, ajoute-t-il au bout d'un moment.

— Ouais. La dame de l'agence nous a dit qu'ils n'avaient jamais emménagé. Ils ne sont peut-être pas allés très loin.

Logan fronce les sourcils.

— Y a-t-il un autre endroit, dans le coin, où ils seraient susceptibles de loger ? Un appartement ? Ou… une maison de vacances où la famille se réunit ?

— Il n'y a pas de famille, dis-je. Il n'y a qu'eux. Sauf si…

Je repense au mail qui commençait par « ZZ ». Il a été envoyé par « Les Grissoms ». Au pluriel. Une femme et son mari décédé, peut-être ? Bouche bée, je sens mes oreilles siffler, et d'un seul coup, mon cerveau est submergé de posts idiots…

Ce n'est que quand il fait nuit que les étoiles brillent…

Celui qui veut voir l'arc-en-ciel doit apprendre à aimer la pluie…

Rien n'arrive par hasard…

Ce sont des proverbes lus sur un site de déco. Du bla-bla pseudo-bouddhiste rédigé en lettres fantaisie.

— L'Indiana…

— Quoi ? dit Logan.

— Oh, mon Dieu !

Je passe la main dans mes cheveux mouillés et commence à faire les cent pas dans la pièce.

— Le mail avec les deux « Z », celui qui est signé « Les Grissoms » ! Au pluriel. Eh bien…

Logan me regarde d'un air perplexe, mais je continue.

— Réfléchis. Dans le message, il est écrit « Welcome way in », n'est-ce pas ? Et si c'était une adresse ? Comme dans « Welcome Way, Indiana » ?

Tandis que Logan sort son téléphone et tape à toute vitesse, je sens mon cœur battre contre mes côtes. Il lève vers moi des yeux ahuris.

— Il y a un Welcome Way à Green Plains, dans l'Indiana.

Il me montre son écran où une image du quartier apparaît en même temps que la carte. Les maisons se ressemblent toutes, mais je suis sûre d'être déjà entrée dans l'une d'elles.

— Je sais où elle est !

Google n'a indiqué qu'une heure de trajet, mais nous roulons pendant ce qui semble une éternité. Je ne décroche pas un mot, fixant d'un regard vide les voitures autour de nous. Logan ne parle pas non plus, concentré sur la route. Nos vêtements sont encore humides. De temps en temps, il pose la main sur la mienne, entre nos deux sièges.

Nous ralentissons en franchissant une arche où les mots « Green Plains » sont gravés dans la pierre envahie de vigne vierge. Pour qu'on ne puisse pas remarquer notre voiture, nous nous garons le long du mur de briques qui sépare le village de la route.

Quand Logan coupe le contact, le silence nous enveloppe.

— Tu es sûre que sa grand-mère habite ici ?

— Sa belle-grand-mère, je précise. Je ne suis venue qu'une seule fois, mais la rue ressemblait exactement à la photo de Google Maps.

— Beaucoup de rues ressemblent à ça.

— Ça ne peut pas être une coïncidence, crois-moi. J'ai l'impression que Priya cherche à m'attirer ici.

Les oiseaux chantent, avec en bruit de fond le grondement d'une route lointaine. Il n'y a même pas de trottoirs, ici. Juste d'étroites bordures. Je sursaute en entendant sonner mon téléphone, mais ce n'est que Maman qui me demande quand je rentre à la maison. J'envoie un texto pour l'avertir que je suis chez Logan pour un moment et je coupe la sonnerie.

— Alors, qu'est-ce que tu penses de mon attrape-meufs ?

— Ton quoi ?

Logan sourit.

— Ma voiture.

— Si tu veux parler du break Volvo beige avec l'autocollant *Mangez des brocolis* sur le pare-chocs, il faut peut-être revoir ta définition.

— Hé, tu t'es assise dedans, n'est-ce pas ?

J'ai l'impression qu'il essaye de me faire oublier mon stress – sans succès. Il retire ma main de ma bouche. Je n'ai presque plus d'ongles.

— Tu te souviens de la maison ? demande-t-il alors que nous passons devant le panneau « Welcome Way ». Il y en a à peu près une trentaine dans le petit virage qui s'arrête net et débouche sur une pelouse brûlée. Il n'y a pas de trace d'orage ici. Aucun dégât. Tout est propre et bien rangé.

— Pas vraiment. Elles se ressemblent toutes.

Séparées par de la pelouse ou des allées de gravier, les maisons sont très éloignées les unes des autres, et presque toutes semblables. La plupart des garages sont fermés, mais sans la Prius de Ben garée devant, je suis incapable de me rappeler celle que nous cherchons.

Une femme en voiture nous salue et je lui réponds. Au soleil couchant, le ciel est strié d'or et de rose pamplemousse.

Logan m'interroge du regard tandis que je me faufile dans une allée latérale.

— Attends-moi…

Par la fenêtre du premier étage, une petite fille assise en tailleur bavarde avec son ours en peluche. Elle écarquille les yeux en me voyant, mais je secoue la tête et disparais avant qu'elle puisse réagir.

— Ce n'est pas celle-ci.

— Tu veux toutes les faire une par une ? demande Logan.

— Tu as une meilleure idée ?

Il réfléchit quelques instants, puis suggère :

— Il commence à faire nuit. Tu prends ce côté. Je m'occupe de l'autre. Ça ira plus vite.

J'acquiesce d'un signe de tête. Avant qu'il parte, je lui saisis le poignet et l'attire à moi pour déposer un baiser sur ses lèvres.

— Merci, dis-je quand nous nous séparons.

Il me sourit et recule.

— T'inquiète.

— Va-t'en, maintenant !

Il traverse la rue et disparaît derrière un buisson.

Sur la pointe des pieds, je jette un coup d'œil dans une grande cuisine. Une porte de garage grince, un homme entre et dépose une mallette. Je me cache avant qu'il remarque ma présence. Quelques maisons sont plongées dans l'obscurité. Rien ne bouge. Dans une autre, un rottweiler se met à grogner, et je m'écarte à la hâte de la fenêtre ouverte.

Personne dans la rue.

Un peu plus loin, un groupe de garçons jouent à des jeux vidéo dans le salon en se passant des paquets de chips et de biscuits. De l'autre côté de la rue, j'aperçois la mince silhouette de Logan, accroupi sous une fenêtre située au premier étage. Il tourne son pouce vers le bas et m'interroge du regard.

Je secoue la tête, et il continue.

La maison suivante possède la même porte vitrée que la précédente. Un feu brûle dans un salon vide et j'entends chanter. En plissant les yeux, j'aperçois des coussins, avec ces mots brodés au point de croix.

Rêver

Croire

Des lettres fantaisie… Je tends le cou pour tenter d'en voir davantage.

Quand la vie te donne des citrons…

Danse comme si personne ne te regardait…

Viens en étranger, reste en ami.

Une sensation étrange m'envahit, comme si une goutte d'eau montait le long de ma colonne vertébrale, au lieu de descendre. Je me retourne. Logan a disparu, sans doute dans un autre jardin. Je contourne la maison et distingue une fenêtre donnant sur une arrière-cour. Elle n'a pas de rideau, mais elle est haut perchée. En me hissant sur la pointe des pieds, j'aperçois un cagibi rempli de rouleaux de papiers, de boîtes de conserves et de plats préparés, éclairé par la lumière lointaine d'un couloir.

— Zut ! dis-je, le visage pressé contre la vitre.

Je frissonne en me laissant retomber au sol. Je ne sais pas trop à quoi je m'attendais.

J'ai l'impression que la nuit est tombée d'un seul coup. Les ors et les roses ont viré au bleu.

Une lumière s'allume à l'étage.

Une fenêtre s'ouvre, une voix s'en échappe, rauque mais belle, un peu traînante… Comme un appel. Je repère une échelle rouillée, sur le côté de la maison. Elle est lourde et grince quand je la déplace, mais je grimpe en silence, lentement, jusqu'en haut. Là, devant moi, je vois la nuque de la vieille dame.

Amanda…

Elle chante devant un miroir, le visage éclairé par une lampe. Un pilulier est posé sur le rebord de la fenêtre, tout près de moi. Une paire de pantoufles en peluche au pied d'une coiffeuse, une robe de chambre en soie à une patère, sous une immense affiche où l'on peut lire « HOME IS WHERE THE HEART IS[1] ».

Quand ses yeux croisent les miens dans le miroir, la vieille dame paraît plus curieuse que surprise.

Je dégringole l'échelle. *Que s'est-il passé ?* Les fenêtres situées sur le côté de la maison sont toutes en hauteur. Je risque un œil : la cuisine est faiblement éclairée. Quelques bananes sur le comptoir. La fenêtre suivante est presque entièrement occultée par un rideau, mais j'aperçois une salle à manger qui n'a pas l'air de servir souvent. Il y a de la porcelaine dans une vitrine.

Dans la rue, aucune trace de Logan.

Je lève les yeux vers le deuxième étage et je grimpe, agrippée aux montants de l'échelle, en grimaçant au moindre petit bruit. Cette pièce n'est pas éclairée, mais j'aperçois des sacs à provisions dans un coin, divers objets sur la commode, et, par terre, une paire de chaussures d'homme.

Une fois redescendue, je scrute à nouveau la rue. Pas de Logan. On n'arrête pas de se louper. Je ferais mieux d'attendre. Je donne un coup de pied dans la terre. Plink ! Un caillou heurte une vitre et j'aperçois une fenêtre au niveau du sol.

La lumière d'une télé. Un tapis crème à poils longs. Des jambes sous une couverture, les pieds en l'air. Une silhouette sur un grand canapé blanc, un bol de pop-corn, un petit carnet à couverture fleurie… C'est elle !

1. « Où ton cœur bat, là est ton foyer. »

Priya. Elle est… juste là. Assise, le visage tourné vers la lumière tremblante, absorbée par l'écran, elle grignote machinalement. Elle a l'air… bien.

Avec un petit cri de surprise, je m'accroupis pour la regarder. Je me sens groggy, tout à coup. Des larmes me piquent les yeux, comme si je venais de recevoir un coup de massue : tout était dans ma tête. Elle a fait exprès de ne rien me dire. Elle ne m'a pas tendu la main, n'a pas senti que je lui tendais la mienne…

Assise en tailleur sur le gravier, je lâche prise. Le doute, la peur, l'inquiétude ont disparu. Un soupir m'échappe – stupéfaction ou soulagement ? J'étais sincère quand je disais que si elle allait bien, j'allais bien aussi. Ou plutôt, *j'irai* bien.

Pendant une minute, je laisse couler mes larmes, je déborde, je renifle… Parce que je suis blessée, épuisée et probablement stupide. Mais en la regardant, je me dis que je n'ai pas à avoir honte de l'aimer à ce point. Parce que je préfère faire confiance aux gens, même si de temps en temps, j'ai tout faux.

J'ai l'impression que Priya m'aperçoit à l'instant où je me lève, mais je n'attends pas d'en être certaine. Je sèche mes larmes et prends une profonde inspiration. Il faut que je trouve Logan et qu'on parte d'ici. Je traîne des pieds sur le gravier. *Reste calme…*

Derrière moi, on frappe à la vitre. Je me retourne. Je ne sais pas si je suis prête à lui faire face, mais je m'accroupis quand même. Au moment où ses yeux rencontrent les miens, j'ai un choc.

Je pleure encore, et je me rends compte qu'elle pleure aussi. Je lève les mains pour qu'elle me voie bien. Qu'est-ce qu'il se passe ? Elle dit quelque chose que je n'entends pas bien, puis disparaît.

— Priya, attends !

Elle revient une seconde plus tard avec le carnet, l'ouvre et griffonne quelque chose avant de le plaquer contre la vitre.

HELP

Mes oreilles commencent à siffler.

Elle soutient mon regard sans rien dire.

Et puis lentement, lentement, lentement, je commence à comprendre. Le chant stoppe, et je la vois changer d'expression. Sans la quitter des yeux, je tente de sourire, de dire que tout va bien. Mes mains tremblent, les larmes tombent sur l'écran au moment où je compose le 911 d'un doigt tremblant. *Ça va aller…*

Le chant reprend, et Priya écarquille les yeux.

Quoi ?

Elle crie quelque chose que je ne comprends pas. Un coup sur ma main fait valser mon téléphone. Pas le temps de lever les yeux.

Douleur aiguë.

Choc sur le crâne.

Trou noir.

HELP

Merde. D'accord. Il faut des preuves. Mais CE MORCEAU DE PAPIER EST une preuve !

À la personne qui trouvera ce mot : je m'appelle Priya Patel.

Ben Grissom a détourné de l'argent appartenant aux FÉES, une association caritative fondée par ma mère.

Son partenaire à Bombay, Karim, nous traque en raison d'un litige financier et Ben devient de plus en plus paranoïaque.

Cela fait plusieurs semaines qu'il me retient contre ma volonté dans le pavillon de banlieue de sa mère.

Je viens de le voir frapper ma meilleure amie, Alexandra Martini, par la fenêtre du sous-sol.

J'espère qu'elle va bien.

J'espère que ce journal ne passera pas à la postérité.

Merde, je crois qu'il est en train de desc…

11

On est toujours vendredi ? Oui ?

Le temps a passé.

Combien de temps ? Je l'ignore. Sous mes pieds, le sol est ferme mais doux comme un tapis. Les yeux fermés, je perçois des bruits, proches et lointains.

La première voix que j'entends est celle de Priya.

— Qu'est-ce que tu as fait ?

— Comment ça, qu'est-ce que j'ai fait ? C'est toi qui…

Une pause, puis une voix d'homme reprend.

— Le mail ! Pourtant, j'ai vérifié. Il n'avait aucun sens. Juste des lettres mélangées.

J'ai l'impression que mon cœur va jaillir de ma poitrine et la douleur me martèle la base du crâne. Mais je ne bouge pas. Je rassemble mes forces.

Bizarrement, j'ai l'impression de planer.

Un souffle chaud effleure mon visage.

— Je ne voulais pas la frapper si fort.

— Il faut appeler les secours. Tu peux t'enfuir avant qu'ils arrivent, je m'en fous, mais tout ça va éclater au grand jour. Tu ne veux pas qu'on t'accuse de l'avoir tuée, en plus ?

Un silence tendu s'installe et je m'efforce de calmer mon esprit qui part dans tous les sens. Il faut écouter. Comprendre.

— Je sais ce que tu essayes de faire.

— Regarde autour de toi, Ben, dit Priya d'une voix étrangement calme – douce, même. Sers-toi de ton cerveau, toi qui as fait Harvard. Tu t'enfonces chaque jour un peu plus, et je ne dis même pas ça pour t'embrouiller. Je te jure. Si tu veux que tout se termine bien pour toi, il faut t'arrêter avant qu'il ne soit trop tard. Pour ton bien et celui de tout le monde, il faut que tu lâches l'affaire.

— Arrête !

— Ben…

— Arrête, j'ai dit !

Tout ce que je veux, c'est ouvrir les yeux. Mais je ne bouge pas.

— Qu'est-ce que tu comptes faire, maintenant ? reprend Priya au bout d'un moment. Commettre un double homicide ? Dans le sous-sol de ta mère ?

J'ai l'impression qu'elle sourit.

— Dans le genre gros loser du crime, ce serait pas mal !

Je dois pincer les lèvres pour ne pas sourire à mon tour. Son esprit m'a manqué. Je sais que je ne devrais pas, mais j'ouvre un œil – juste une seconde – et, juste avant de replonger dans l'obscurité, j'aperçois une lueur de gratitude dans son regard.

— J'ai une arme, dit Ben. Ce n'est pas le moment de me manquer de respect.

Je sens mon ventre se serrer.

— Peut-être que personne d'autre n'est parti à ma recherche, mais la famille de Zan s'apercevra vite de son absence. Les flics retrouveront sa trace et arriveront jusqu'ici. Le tapis, en bas, est une véritable éponge à preuves. Et je doute fort que quelqu'un accuse la gentille vieille dame confinée là-haut.

Un silence pesant envahit la pièce.

— Tu t'es mis dans une sacrée galère, Ben. Va chercher un gant de toilette humide. On va tenter de la réveiller.

Il s'esclaffe.

— Et pourquoi je ferais ça ?

— Tu la préfères morte ou vivante ? À toi de voir.

Au bout d'un moment, Priya se lève.

— Il n'y a rien ici, dit-elle. Tu as pris toutes mes serviettes pour les laver. Il faut monter en chercher.

— Priya…

— Dépêche-toi, Ben ! Elle est blessée !

Il proteste, mais j'entends clairement la porte se refermer. J'ouvre les yeux et Priya reste figée, guettant les bruits de pas…

Je me redresse, et elle me serre contre elle à m'étouffer et, avant de me lâcher, me murmure à l'oreille :

— Il t'a pris ton téléphone ?

Encore sous le choc, je hoche la tête. Je reviens à moi en examinant la pièce. Tout est doux, blanc, confortable… et étrangement terrifiant. Je pleure à chaudes larmes.

Priya me prend le menton.

— Hé, c'est pas le moment de péter les plombs.

Je lève les yeux vers la petite fenêtre, en hauteur.

— On peut la casser ?

— Impossible, soupire-t-elle, c'est du verre Securit. Amanda l'a fait installer après avoir vu une pub sur les cambriolages.

J'entends la voix de Ben, au-dessus de nos têtes.

— Il doit être au téléphone, murmure Priya.

— C'est Ben qui t'a fait ça ? Mais… Pourquoi ?

— Il y a quelque temps, Ben a commencé à plonger. Des histoires d'argent, explique-t-elle tout bas. Il dépensait plus qu'il ne gagnait. J'aurais dû m'en rendre compte. C'est là qu'il a commencé à piquer dans la caisse des FÉES.

— Et…

Elle se penche et ajoute tout bas :

— Il y a aussi ce type à Bombay. Un complice.

Soudain, tout s'éclaire.

— Karim ?

Elle acquiesce.

— Tout s'est effondré quand le programme de bénévolat a reçu le feu vert.

Je commence à comprendre.

— L'incendie de l'école élémentaire des Bons Amis… La subvention de l'école Priti…

— Oui, dit-elle. Ben a dû tout arrêter avant qu'on débarque dans des écoles qui n'existaient pas.

Elle marque une pause.

— Comment tu sais tout ça, toi ?

— J'ai mes sources.

Elle sourit, visiblement impressionnée.

— Les choses ont commencé à mal tourner quand Ben a écarté l'autre type, qui a menacé d'envoyer quelqu'un pour récupérer son argent.

Je pense au mot découvert dans le tiroir du bureau – *Je t'ai retrouvé* – et à l'homme que j'ai croisé à l'extérieur de leur maison, qui s'est présenté comme un « ami de la famille »...

Ce n'est toujours pas très clair.

— Mais... comment as-tu atterri dans ce sous-sol ?

Elle réfléchit un moment, puis hausse les épaules.

— Malgré tout, pendant un moment, j'avais encore confiance en lui. Et puis... les choses ont changé.

Elle se fige en entendant un bruit de porte à l'étage. Des pas dans l'escalier...

Je me rallonge à la hâte et ferme les yeux.

Cliquetis de serrure.

— Tu en as mis du temps ! lance Priya d'un ton rageur très convaincant. Elle est vraiment mal en point, tu sais.

— J'ai reçu un coup de fil.

— Des flics, encore ?

Je perçois une pointe de satisfaction, dans sa voix.

— Des nouvelles de l'effraction que tu as commise chez toi ? Un bon conseil : la prochaine fois, prends tes clés !

Les mots claquent dans ma tête. C'est moi qui ai fait ça. J'ai enfermé Ben dehors ! Je sens un gant frais sur ma joue.

— Tu ne comprends pas ce qui se passe ? poursuit Priya. Tout ça est en train de te rattraper. Laisse-moi conduire Zan à l'hôpital.

— Arrête...

— Ça peut marcher. Je ne dirai rien tant que tu n'auras pas quitté le pays.

— Tu sais bien que je ne peux pas partir, dit-il. Pas avec ce type à mes trousses. J'ai failli me faire tuer, aujourd'hui. C'est ça, que tu veux ?

— Ben, dit-elle, tu sais bien que je n'y suis pour rien. Zan ne se réveille pas !

Je sens quelque chose de dur sur ma jambe – une chaussure, peut-être.

— Elle est vraiment HS.

— Casse-toi, Ben. Prends ton passeport et va au Canada ou au Mexique. On en a déjà parlé un million de fois. Du moment que Zan s'en sort, personne ne te cherchera d'ennuis. Et même si quelqu'un te poursuit, est-ce que tu préfères la prison ?

Je n'en suis pas certaine, mais j'ai l'impression qu'il la croit.

— Si tu me donnes ton téléphone, dit Priya, je jure sur ma tête – sur la tête de Zan – que je te laisserai prendre une longueur d'avance.

Tout est calme, dans la chambre. Je retiens mon souffle en espérant que mon cœur qui bat à cent à l'heure ne me trahira pas. Je jurerais que celui de Priya bat aussi vite que le mien.

— Oui, dit-il. Oui, tu as peut-être raison.

Je me détends, juste un instant, puis, tout à coup, je le sens qui s'approche de moi.

— Son bras, dit-il. Il n'était pas tendu comme ça tout à l'heure.

— Quoi ? Mais si !

Il éclate de rire.

— Attends. Tu m'entends, Zan ?

— Ben…

— Debout !

Je me rends compte que c'est à moi qu'il parle.

— J'ai dit debout !

— Ben… Tu te fais des idées.

— Très bien. Si elle est vraiment inconsciente, alors elle ne réagira pas…

Un déclic… Je ne peux pas m'empêcher d'ouvrir les yeux. Une arme est pointée sur moi.

Comme dans un film au ralenti, Priya bondit et je crie « Non ! ». La seconde d'après, Ben lâche son arme, qui atterrit sur le tapis.

Puis, les images défilent à la vitesse réelle. Ben plonge, mais Priya éloigne l'arme d'un coup de pied.

— Ben, arrête !

L'instant d'après, ils sont tous les deux au sol, Priya agrippant son bras pour l'empêcher d'attraper le revolver. Elle le tire par les cheveux. Il crie, mais parvient à se libérer.

Je bondis et lui lance un direct, qu'il esquive. Du coin de l'œil, je vois Priya ramasser l'arme.

J'attaque à nouveau, mais il réussit à me frapper à la gorge. Le souffle coupé, je porte la main à mon cou – et je comprends soudain que c'est Reggie qui lui a enseigné cette prise. Oh non, Reggie ! Quand il lance son coude vers ma poitrine, je recule. Je connais la séquence : trachée, plexus solaire, aine…

Ben m'adresse un sourire méchant, et je l'attaque à nouveau dans un cri. Il tente une riposte mais j'esquive avant qu'il ne puisse bouger. Quand il revient à la charge, je lui décoche un coup de poing dans l'estomac. Il se baisse, tousse et, avant qu'il puisse se redresser, je lui lance un crochet au visage.

Il hurle, le nez en sang, et revient en titubant. Mes deux premières phalanges me font atrocement mal, mais j'ignore la douleur.

— Cours, Zan !

Devant moi, Priya s'élance vers l'escalier. Je tente de la suivre mais il m'agrippe les chevilles et je m'étale de tout mon long. Mon menton heurte une marche.

— Ben…

Irréelle, la silhouette de Priya se dessine dans l'encadrement de la porte, en haut des marches. Son arme est pointée vers le bas.

— Laisse-la partir ! Ne m'oblige pas à le faire, je t'en prie, dit-elle, l'air terrorisé. Je suis pacifiste, mais s'il faut tirer, je n'hésiterai pas !

Au bout d'un moment, Ben relâche son emprise. Je lui décoche un coup de pied, et il gémit pendant que je me précipite en haut de l'escalier. Priya claque la porte et la ferme à clé.

Nous restons un long moment, serrées l'une contre l'autre, dans le salon douillet. Priya regarde l'arme dans sa main. Je reprends mon souffle, croise ses yeux écarquillés. Et, soudain elle éclate de rire. Vraiment.

— Je le crois pas !

Elle ouvre le chargeur et fait glisser les balles dans sa paume.

Tout à coup, j'aperçois Logan par la fenêtre.

— Zan ? Zan !

Je cours lui ouvrir. Son visage s'assombrit quand il touche mon menton meurtri, qui commence à enfler.

— Je vais bien.

Toujours sous le choc, il découvre Priya, qui nous regarde tour à tour sans comprendre.

— Oh, désolée… Priya, Logan. Logan, Priya.

— Salut, dit-elle avec un léger sourire. Vite, partons d'ici. Tu peux appeler les secours, Logan ?

Celui-ci acquiesce et sort son téléphone. Nous n'avons fait que quelques pas lorsqu'un bruit sourd se fait entendre au-dessus de nous.

— Oh, merde !

Confortablement installée dans le siège d'un monte-escalier électronique, Amanda glisse le long de la rampe.

— Priya ? C'est toi, ma chérie ?

Nous attendons une bonne trentaine de secondes, car le fauteuil est assez lent. Une fois en bas, la vieille dame se détache, saisit son déambulateur et nous dévisage.

— Qu'est-ce qui se passe ? Qui sont ces gens ?

— Il faut y aller, Amanda, dit Priya.

Mais Amanda s'éloigne en traînant les pieds.

— Hmm… Non, merci.

Ben tambourine à la porte du sous-sol.

— Maman, je suis là !

Logan sort pour parler à la police, tandis qu'Amanda réfléchit un instant, les yeux fixés sur la porte, avant de se tourner vers Priya.

— Je crois que je vais aller faire du thé.

— Maman !

Ben s'égosille et secoue la poignée de la porte. Dans la pièce voisine, on entend le clic de l'allume-gaz.

Ben essaye d'enfoncer la porte, qui tremble sous son poids.

— Bon sang, Maman !

Je hoche la tête en direction de la cuisine, incrédule.

— Alors… elle savait ? Merci beaucoup, Mamie !

— Ben a supprimé tous les téléphones de la maison, explique Priya. Et elle ne pouvait pas descendre au sous-sol toute seule. Certains jours, j'avais l'impression qu'elle était de mon côté. Mais c'est difficile à dire. Amanda est atteinte de démence précoce.

— Certainement pas ! proteste l'intéressée depuis la cuisine.

Priya sourit.

— Ça va, ça vient…

— La police devrait arriver d'une minute à l'autre, annonce Logan en ouvrant la porte.

Nouveau cri en provenance du sous-sol.

— Hé ! Attendez ! On peut s'arranger, non ?

Priya me jette un regard impassible.

— Bon, dit Logan, on attend dehors ?

Priya se retourne et l'arme lui tombe des mains. Le coup part, m'arrachant un cri. Le cœur à cent à l'heure, je suis son regard.

Dans la rue, un homme sort précipitamment de sa voiture, ses yeux sombres fixés sur elle. Mon pouls grimpe en flèche. C'est lui. L'ami de la famille. Je me précipite pour fermer la porte, mais Priya m'arrête.

— Zan ! dit-elle en desserrant mes doigts agrippés à la poignée. Qu'est-ce que tu fais ?

— C'est lui ! Il veut te tuer !

De l'autre côté de la porte, l'homme, bizarrement, n'est pas agressif.

— C'est toi, Priya ? dit-il doucement.

Je sens mon corps se détendre en la voyant hocher la tête, un étrange sourire aux lèvres et les yeux humides.

Je la dévisage sans comprendre.

— Euh… Zan ? Je te présente… mon père.

Les mots mettent quelques instants à arriver jusqu'à mon cerveau.

— Attends… Quoi ?

Les yeux de l'homme se posent sur l'arme, à nos pieds.

— Est-ce que tout va bien ?

Priya prend une longue respiration.

— Tu sais quoi ? Je crois que oui !

Assis près de la cheminée, nous regardons par la fenêtre clignoter les gyrophares de la police. Un par un, nous faisons notre déposition. Les ambulanciers ont examiné Priya à l'arrière d'une ambulance et nettoyé ses coupures. Ils m'ont donné de la glace pour mon menton et demandé de surveiller les symptômes de commotion cérébrale.

Les mains menottées dans le dos, Ben est sûrement déjà à mi-chemin du poste de police. Amanda a été autorisée à l'accompagner. Elle devra revoir une infirmière quand tout sera terminé. Priya a promis de lui rendre visite. Elle est plus charitable que moi. Mais je me trompe peut-être, après tout. Si ça se trouve, Amanda a fait tout ce qu'elle a pu.

Priya a l'air d'aller bien, mais elle est encore abasourdie, comme nous tous. Elle est allongée sur le canapé, la tête sur un coussin brodé posé sur mes genoux. Dans un long monologue ponctué de silences las, elle nous a raconté dans les détails sa sordide histoire.

Nous avons écouté, sans bouger, le récit de ses semaines de cavale avec Ben, avant qu'il ne l'enferme dans ce sous-sol.

Je n'ai pas pu m'empêcher de sourire quand elle m'a raconté que, lorsqu'elle avait compris que Ben continuait à utiliser ses réseaux sociaux, elle avait décidé de le manipuler pour qu'il délivre un message codé à son insu.

— J'ai dû lui demander vingt fois des barquettes de myrtilles, histoire d'être certaine qu'il ferait passer le message.

— Et le selfie au bord du lac ?

— Ça, c'était une simple suggestion, dit-elle en haussant les épaules. Franchement, c'était trop facile. Je lui ai dit que les gens se méfieraient s'ils ne me voyaient sur aucune des plages que j'étais censée fréquenter. Je savais que cette photo serait sauvegardée sur le cloud, et j'espérais que tu reconnaîtrais les boucles d'oreilles que j'avais laissées chez toi.

— Et tous ces proverbes ringards, c'était quoi ?

— Tu sais que j'ai eu ma période déco. Je passais mon temps sur les sites spécialisés. Ben ne captait rien et pourtant, je n'étais pas très subtile. Je voulais que ces phrases s'impriment dans sa tête, mais t'imagines pas à quel point c'est difficile de placer « Danse comme si personne ne te regardait » dans une phrase !

— Eh bien, désolée de te le dire, mais il ne l'a jamais ressortie, celle-là.

— Ah bon ? dit-elle, vaguement déçue. Qu'est-ce qui t'a mis la puce à l'oreille, alors ?

— Oh, le truc de l'arc-en-ciel après la pluie et des étoiles dans la nuit, tu sais ?

Elle hoche la tête d'un air grave.

— Ah…

— Et « Rien n'arrive par hasard », aussi.

Elle soupire.

— C'est vrai. Si seulement celui qui a inventé ce dicton pouvait m'expliquer ce qui vient de m'arriver !

— Je suis désolée d'avoir mis autant de temps à comprendre.

— Tu plaisantes ? Je suis contente que tu aies bien reçu le message !

Logan est au téléphone avec sa tante. Je le vois faire les cent pas dehors, sous le perron, les lumières des gyrophares dans son dos. Il est mignon quand il est sérieux. En fait, il est mignon tout le temps. Il a dit qu'il appellerait mes parents aussi. Je veux rester avec Priya. Aussi longtemps qu'elle le voudra.

Je me tourne vers l'homme assis en face de moi. Il a l'air encore secoué par ce qu'il vient de vivre, et je le comprends.

— Vous vous appelez Julian, c'est ça ?

— C'est bien moi ! répond-il en riant, un peu gêné.

Je ne sais pas trop par où commencer, car Priya ne m'a pas encore donné la clé de cette énigme. Non que cela presse, mais…

— Je voulais t'expliquer, dit-elle alors en s'asseyant près de moi.

Je pourrais me vexer, mais ce n'est pas le cas. Je suis curieuse. Je veux comprendre.

— Ça fait combien de temps que…

— Depuis le printemps dernier. Cette histoire me travaillait, de plus en plus. Je me sentais… perdue. Je ne trouvais ma place nulle part. Je ne savais pas vraiment d'où je venais. Je connaissais à peine la famille du côté de ma mère. Elle m'avait emmenée en Inde quand j'étais petite, et tout le monde avait été très gentil, mais je m'étais sentie complètement étrangère, là-bas.

— C'est pour ça que tu as voulu t'engager avec les FÉES ? Pour créer un lien ?

— Peut-être un peu, dit-elle. Et en même temps, il y avait toute cette autre moitié de moi, tu sais ? Parfois, le soir, quand je n'arrivais pas à dormir, j'allais discuter avec ta mère. Au bout d'un moment, j'ai eu l'impression qu'elle me cachait quelque chose. Alors j'ai fait quelques recherches, et j'ai découvert que j'avais raison.

— Qu'est-ce que tu veux dire ?

— Elle t'a raconté le voyage entre filles ?

— Oui.

Elle attrape un coussin et joue avec le pompon.

— Eh bien, elle a oublié quelques détails. Julian n'était pas un mec rencontré par hasard. Leur amie Tasha le connaissait du MIT. Ma mère aurait pu l'appeler n'importe quand, mais elle avait choisi de ne rien lui dire, de ne pas le laisser entrer dans ma vie. Je suppose qu'elle voulait être libre. Sans attache.

— Mais alors, comment as-tu su ?

Elle prend une longue inspiration.

— Ma mère avait une énorme boîte pleine de cartes postales et de bricoles qu'elle avait gardées au fil des ans. Un jour, en fouillant dedans, j'ai trouvé cette photo de groupe, avec nos mères et d'autres personnes. Leur amie Tasha avait écrit un mot au dos, quelque chose du genre « Julian s'incruste chez les filles ». On y voyait un type avec un sweat-shirt du MIT. J'ai reconnu le tableau périodique des éléments en arrière-plan.

Je la regarde fixement quelques instants, puis, soudain, je comprends.

— Tu veux dire que… ma mère était au courant ?

— Oui. Je lui en ai reparlé au moment de mon anniversaire et elle a avoué. Elle m'a tout raconté. Je lui ai fait jurer de n'en parler à personne jusqu'à ce que je l'aie retrouvé et que je sache s'il voulait me connaître ou non. Ensuite, j'ai… gardé ça pour moi.

Elle soutient mon regard.

— Ça n'a rien à voir avec toi, Zan. J'avais juste besoin de régler cette histoire toute seule. J'espère que tu ne m'en veux pas.

— Mais non, voyons !

Ces mots me viennent spontanément, et je suis frappée de voir à quel point ils sont sincères.

— Priya… Chacun a sa vie, tu sais. On n'est pas obligé de partager tous nos petits secrets.

— J'en ai envie, dit-elle. Tu es ma Zanita ! Ma Madame Zantastic ! Et il se trouve que je déteste les secrets. Mais celui-ci…

Elle secoue la tête, comme si elle n'en revenait toujours pas.

— Je comprends, je t'assure.

Elle me regarde avec méfiance.

— Depuis quand es-tu si raisonnable ? Et quels petits secrets me caches-tu ? Je me sens très jalouse, tout à coup…

J'éclate de rire.

— Oh, rien ! Enfin… disons qu'il te manque quelques infos, dis-je avec un regard en direction de la porte.

Julian nous sourit – il doit nous trouver trop mignonnes, toutes les deux – et Priya semble se détendre un peu.

— Franchement, je n'en reviens pas, que ta mère ne t'ait rien dit.

— Oui. Je me rappelle, elle disait souvent que tu te cherchais… Je comprends, maintenant.

— Déformation professionnelle, j'imagine, dit Priya. Elle sait garder les secrets des gens. Et celui de ma mère aussi.

— Tu lui en as voulu ?

Elle réfléchit avant de répondre.

— Au début, oui. Mais elle était dans une position difficile. Je pense qu'elle avait peur que le fait de découvrir que ma mère m'avait menti durant toutes ces années change ma vision des choses. Alice était la seule personne à savoir et elle avait raison de s'inquiéter. Même Ben ne connaissait pas toute l'histoire. Pendant quelque temps, j'en ai voulu à ma mère.

En entendant sa voix se briser, j'ai envie de pleurer.

— Et c'était horrible. Tasha avait perdu le contact, alors je ne pouvais pas passer par elle. Mais j'avais repéré une année inscrite sur le sweat-shirt de Julian. J'ai retrouvé sa promo dans un annuaire des anciens du MIT. C'était bizarre, au début, mais on a commencé à discuter au téléphone. J'étais vraiment super contente quand il a décroché un job à l'université de Chicago. Non seulement nous allions pouvoir nous rencontrer, mais aussi faire vraiment connaissance. Puis le déménagement a tout bouleversé.

Julian lui sourit tristement.

— C'est lui que tu appelais en cachette, alors ? Je me doutais que tu me cachais quelque chose. Nick aussi.

— Oh… Désolée.

— Ne sois pas désolée.

— Comment va Nick ?

— Tu lui manques, mais ne t'inquiète pas, il te reprendra dans la seconde. Tu verras.

Elle rit, puis se tourne vers Julian.

— Il y a quelque chose qui m'échappe, demande-t-elle. Comment es-tu arrivé jusqu'ici, exactement ?

Il se raidit légèrement, puis répond :

— Oh, dit-il, d'une manière vraiment bizarre, mais je ne voulais pas te harceler, je t'assure. Je suis venu à Chicago quelques jours en avance, en juin. Comme c'était une décision de dernière minute, j'ai décidé de te faire une visite surprise. Mais personne n'est venu m'ouvrir, alors j'ai pensé que tu étais déjà partie.

Priya a l'air un peu perdu.

— C'est toi qui as sonné, ce jour-là ? Ben a dû penser qu'on t'avait envoyé pour lui réclamer de l'argent.

Elle serre les poings.

— Tu n'as pas l'air indien, pourtant !

Elle prend une profonde inspiration, puis se tourne vers moi.

— Au fait… Je suis à moitié arménienne, c'est cool, non ?

— Oui, enfin, si on peut dire, intervient Julian. Je suis surtout du New Jersey.

Priya ricane, puis penche la tête.

— Raconte-moi comment tu es arrivé jusqu'ici ?

— Au feeling, je dirais. Comme tu ne m'avais pas ouvert et que tu ne répondais pas à mes appels, j'ai commencé à m'inquiéter. J'ai failli te demander si tu savais quelque chose, Zan, la première fois que je t'ai vue. Priya m'avait tellement parlé de toi que j'ai pensé que si quelqu'un devait être au courant de ce qui se passait, c'était bien toi. Mais quand tu m'as assuré que Ben et Priya vivaient encore dans la maison, je n'ai pas osé insister. Quand je t'ai recroisée, au zoo, j'ai essayé de t'approcher, mais tu t'es enfuie. En fait, tu n'as pas cessé de me fuir…

Il marque une pause.

— Avec le recul, je me rends compte que tu as dû flipper.

— Je te le confirme, mais… pas grave.

Il rit, un peu comme Priya, je trouve.

— Désolée de t'avoir menti, je dis. Je ne voulais pas qu'on sache que j'étais venue faire ma petite enquête.

— Non, non, tu as bien fait. Ce que tu m'as dit m'a tellement intrigué que je suis retourné à la maison, aujourd'hui. J'ai regardé par le trou de la serrure, puis j'ai sonné. C'est alors que j'ai aperçu Ben, penché à la fenêtre. L'instant d'après, il est sorti en trombe et a couru jusqu'à sa voiture. Ça m'a paru étrange, alors je l'ai suivi. Quand j'ai compris qu'il faisait ses courses, j'ai commencé à me demander si je n'étais pas en train de devenir parano. Mais c'était déjà trop tard. Je l'ai perdu à un feu rouge, dans le quartier. Alors j'ai continué à rouler au hasard… et j'ai reconnu la Prius.

Logan entre dans le salon, son portable à la main.

— Tous les adultes que nous connaissons sont en route pour l'Indiana. Zan, ta mère vient d'envoyer un texto, dit-il en lisant son écran. Apparemment, Anushka et Yasmine prennent le premier vol pour Chicago.

Assise côté de moi, sur le canapé, Priya laisse échapper un soupir, les yeux humides mais brillants.

— Merci d'avoir prévenu tout le monde, Logan.

— Pas de quoi…

Priya se tourne discrètement vers moi et articule en silence « Je l'aime bien ».

Je souris, prise d'une nouvelle bouffée d'émotion, comme à chaque fois que je regarde mon amie.

C'est presque comme si le monde tournait de nouveau sur son axe. Le sol est solide. Et moi aussi.

Je suis sûre qu'il y aura d'autres chagrins, de ceux qui surgissent de nulle part et vous terrassent. J'ai assez vécu pour savoir qu'il n'y a pas toujours un arc-en-ciel après la pluie, et qu'une foule de choses arrivent sans aucune raison. Raison de plus pour VIVRE, RIRE ET AIMER ! Se donner une chance de voir la lumière au bout du tunnel, trouver le véritable amour. Je ne veux jamais cesser d'y croire.

Logan nous rejoint, et dépose un baiser sur mon front en s'asseyant près de moi, sur le canapé. Nous avons encore beaucoup à apprendre l'un de l'autre, mais j'ai l'impression qu'il est peut-être ma lumière au bout du tunnel, lui aussi.

Priya se lève.

— J'ai besoin de prendre l'air…

Elle se tourne vers Julian.

— Ne te sens pas obligé de rester si tu as des choses à faire.

— Je crois que je peux me libérer, ce soir.

Je cale quelques coussins derrière mon dos.

Sur le pas de la porte, Priya redresse les épaules et respire profondément avant de se glisser dans la nuit. Telle une couverture invisible, le soulagement m'enveloppe. Les cris des grillons déchirent le silence et quand on y regarde de près, les lucioles brillent encore, malgré les lumières clignotantes.

De : Priya Patel
<priyajesuismoiettoitaistoi514@gmail.com>
À : Zan Martini
<martiniweenybikini12@gmail.com>
Date : Vendredi 30 août, 08 : 32
Objet : J'AI REJOINT UNE SECTE !!!!!!!!!!!!!

Non, c'est pas vrai. Mais toi, où es-tu ? Dans un trou paumé au milieu de nulle part ? C'est vrai, en plus ! Mais pas d'excuses. Il paraît que tu as Internet.

J'ai entendu dire que tu avais repris l'entraînement de foot ? Et que tu donnais des cours de boxe ? Tout ça en plus de ton travail pour les FÉES ! Pas mal, pour une seule fille ! J'en veux encore un peu à Anushka et Yasmine de t'avoir laissée partir travailler là-bas PENDANT UN AN. J'apprécie que tu sois restée pour l'été, mais étais-tu obligée de partir si tôt ? Alors que j'ai besoin de toi ? Je ne suis pas sûre que tu aies bien compris l'ironie de me retrouver élève de terminale, APRÈS avoir fréquenté l'université. Tout ça pour deux cours et une équivalence en sport !!!!!

Je respiiiiiire Finalement, je suis très zen, Zan. Je dors bien la nuit, mais parfois j'appelle Harr pour qu'il vienne me border. Sean le Psy semble penser que je progresse quand même. Je ne suis pas sûre de m'habituer un jour à l'idée de m'asseoir sur un divan à heures fixes pour parler exprès des pires moments de ma vie. Je dois me retenir de faire des vannes, car Sean ne semble pas savoir les interpréter. Mais la plupart du temps, ça fait du bien. C'est sain. Peut-être même un peu courageux.

Ta chambre est comme elle l'était avant ton départ. En plus propre. J'espère que ça ne te dérange pas. Ta mère et Whit n'arrêtent pas de me dire de la redécorer à mon goût, mais elle me plaît comme elle est. Elle me fait penser à toi. En tout cas, tu leur manques à toutes les deux, et elles ont un peu le syndrome du nid vide. Il reste quand même Harr, moi, et Bee, que Logan a amenée plusieurs fois (elle adore ton frère, au fait. Il va falloir le surveiller, ce garçon).

L'autre jour, je suis allé voir Logan dans son dortoir de la SAIC. Il va vraiment adorer cet endroit. Il te le dira probablement lui-même quand vous vous parlerez, APRÈS notre conversation (je suis prems !). Il faut qu'il te montre ses nouveaux dessins. Il m'a montré un portrait de toi. Il n'y a pas de mots.

En parlant de mots, est-ce que tu l'as dit ? Crache le morceau, meuf. Nouveau principe ! N°23 et quelque, je ne sais plus où on en était restées : dis aux gens que tu les aimes ! C'est la dernière étape avant la guérison totale de ton célibat chronique.

Quoi d'autre ? Harr m'a raconté que ton père avait recommencé à jouer de la contrebasse. Cette semaine, il a un concert. :) Et je sais qu'il a hâte de venir te voir. (Après, c'est mon tour !)

Quand tu ne me manques pas atrocement, je m'occupe en remplissant des dossiers d'inscription à la fac. À la fin de l'année, je pense que je serai prête pour un nouveau départ.

Nick a l'intention de s'inscrire en droit à Yale, ce qui serait plutôt pas mal (pour l'instant, Yale est de nouveau en tête de ma liste, mais ça change tous les jours). Mon père dit qu'il ira où j'irai. Et Yaz et Anushka seront tout près de la plupart des établissements où j'ai fait des demandes – soirées pyjama en perspective !

Yasmine a été super cool avec moi. Elle m'a aidée dans mes démarches administratives. Quant à Anushka, j'ai l'impression que cette année, elle n'est plus en mode tout-le-monde-il-est-gentil. Mais tout change. Moi, en tout cas, j'ai changé. Ce matin, je suis tombée sur une photo prise au mois de mai, quand elles étaient venues me voir pour mon anniversaire. Toi et moi, on avait fait des selfies – en train de faire des grimaces et de tirer la langue. Derrière nous, on voit Yaz, Nush, ta mère et Whit discuter dans ton jardin. Quelque chose sur cette photo m'a fait penser à ma mère. Elle aurait adoré être là. Elle serait ravie de savoir que toutes ces femmes sont là pour moi.

Alors, Zans Christian Andersen (j'allais presque oublier de t'inventer un nouveau surnom !) Si tu te demandes encore quoi faire de ta vie l'année prochaine à la même époque, tu pourrais peut-être aller chercher la réponse sur la côte Est, non ?

Je vais sans doute t'embêter avec d'autres mails avant de me déconnecter pour aller dormir. Mais pour l'instant, tu me manques trop trop trop, ô Zanny Boy.

De : Priya Patel
<priyajesuismoiettoitaistoi514@gmail.com>
À : Zan Martini
<martiniweenybikini12@gmail.com>
Date : Vendredi 30 août, 8 : 34
Objet : JE VEUX DES IMPLANTS FESSIERS !!!!!

Alors, tu y as cru ? Non ?

De : Priya Patel
<priyajesuismoiettoitaistoi514@gmail.com>
À : Zan Martini
<martiniweenybikini12@gmail.com>
Date : Vendredi 30 août, 08 : 37
Objet : SI JE VOULAIS JE POURRAIS FABRIQUER DE LA METH, TU SAIS !

C'est vrai ! Tu te souviens, j'étais super bonne en chimie. Ah bon, tu ne te souviens pas ?

De : Priya Patel
<priyajesuismoiettoitaistoi514@gmail.com>
À : Zan Martini
<martiniweenybikini12@gmail.com>
Date : Vendredi 30 août, 8 : 40
Objet : TERMINÉ ! J'ARRÊTE LE BACON ! !

Là, je suis certaine que tu n'y as pas cru du tout !

De : Zan Martini
<martiniweenybikini12@gmail.com>
À : Priya Patel
<priyajesuismoiettoitaistoi514@gmail.com>
Date : Vendredi 30 août, 08 : 40
Objet : Re : TERMINÉ ! J'ARRÊTE LE BACON !

Ahahaha je suis là, je suis là ! Je ne vais pas tout lire parce que j'ai besoin de voir ta tête – NE TE DÉCONNECTE PAS ! C'est une longue histoire, mais nous venons tout juste de récupérer du courant. Les enfants vont se battre pour l'ordinateur alors que je suis en train de te Skyper. J'espère que la connexion est correcte. Ça peut prendre un certain temps. Ne bouge pas !

De : Zan Martini
<martiniweenybikini12@gmail.com>
À : Priya Patel
<priyajesuismoiettoitaistoi514@gmail.com>
Date : Vendredi 30 août, 09 : 02
Objet : Re : TERMINÉ ! J'ARRÊTE LE BACON !

Quelle galère, cet Internet ! Je recommence. Mais où es-tu ? Je me sentirais mieux si tu me confirmais que tu es toujours là. C'est le cas ?

De : Zan Martini
<martiniweenybikini12@gmail.com>
À : Priya Patel
<priyajesuismoiettoitaistoi514@gmail.com>
Date : Vendredi 30 août, 09 : 04
Objet : Re : TERMINÉ ! J'ARRÊTE LE BACON !

OUI ! Ça sonne !!!!!!!!!!! On a tellement de choses à se dire. Tu es là ? Hein ? Tu es là ?

De : Priya Patel
<priyajesuismoiettoitaistoi514@gmail.com>
À : Zan Martini
<martiniweenybikini12@gmail.com>
Date : Ven, 30 août, 9 : 04
Objet : Re : TERMINÉ ! J'ARRÊTE LE BACON !

Oui, ZanaBanana.
Je suis là.

Ouvrage composé par
Facompo-Lisieux

Imprimé en France
par Normandie Roto Impression s.a.s.
61250 Lonrai
N° d'impression : 2005241
S29681/01

MIXTE
Papier issu de
sources responsables
FSC® C003309

Pocket Jeunesse, une marque d'Univers Poche,
est un éditeur qui s'engage pour
la préservation de l'environnement
et qui utilise du papier fabriqué à partir
de bois provenant de forêts gérées
de manière responsable.

www.pocketjeunesse.fr
POCKET JEUNESSE

92, avenue de France – 75013 Paris